KB183898

화원

밀사화의 비밀

화원: 밀사화의 비밀

초판 1쇄 발행 2024년 12월 25일

지은이	금사율
펴낸이	이기봉
편집	좋은땅 편집팀
펴낸곳	도서출판 좋은땅
주소	서울특별시 마포구 양화로12길 26 지월드빌딩 (서교동 395-7)
전화	02)374-8616~7
팩스	02)374-8614
이메일	gworldbook@naver.com
홈페이지	www.g-world.co.kr

ISBN   979-11-388-3810-8 (03810)

화원

밀사화의 비밀

금사율 장편소설

座馬

좋은땅

일러두기

- 이 작품은 역사적 사실에 작가의 상상력을 더한 팩션이다.
- 이 작품에 등장하는 인물과 사건, 배경, 줄거리는 허구로, 작가의 창작에 의한 결과물임을 밝혀 둔다.
- 이 작품은 2015 '대한민국 스토리공모대전 대상 수상작'으로, 소설로 새롭게 창작한 작품이다.

차례

노비, 화원이 되다

비장 깊숙이 파고든 자상이 치명적이었다.

사내는 가쁜 숨을 몰아쉬며 필사적으로 도주했다.

자꾸만 시야가 흐려져 제대로 몸을 가눌 수 없었고, 나뭇가지들이 몸을 찔렀지만 걸음을 멈추지 않았다. 한 손으로 자상 부위를 압박하며 눌렀으나, 울컥울컥 핏물이 끊임없이 새어 나와 화원복을 붉게 적셨다. 갈비뼈 사이를 파고들어 신장을 파열시키며 비장 깊숙이 박힌 칼날은, 곧바로 횡으로 칼끝을 비틀며 비장과 그 주변을 단번에 짓이겨 버렸다.

눈 깜빡할 새 벌어진 일.

'빌어먹을…'

하아하아. 찬 공기가 사내의 폐부를 질식할 듯 압박했다.

'이제 좀 먹고살 만해졌는데…'

휘이이. 비를 잔뜩 머금은 시린 바람이 계곡에 휘몰아쳤다. 발목까지 쌓인 바싹 마른 낙엽이 사내의 발밑에서 어지럽게 부서지며 허공에 흩날렸다.

사내는 살아남을 두 번의 기회가 있었다.

하늘이 낮고 어두울 땐 외유사생을 나서는 게 아니었다. 암묵적인 계율처럼 도화서 화원들 사이에 회자되는 격언을 무시한 것이 첫 번째 실수요, 산사를 스쳐 지날 때 코끝을 간질이던 홍매화 향의 경고를 무시한 것이 두 번째 실수였다.

서른다섯 번째 새해를 맞는 그의 인생에서 홍매화는 늘 비극의 전조였다. 이태 전 늦은 나이에 그토록 바라던 선화직에 승차한 이래 단맛에 취해 그 촉을 잃어버린 대가는 컸다.

피를 너무 많이 흘린 탓일까, 호흡이 가빠지며 눈앞이 까무룩해졌다. 숨을 곳이 필요했다. 치명상을 입은 육체는 사내의 의지를 따를 수 없는 극한의 지경에 이르고 만 것.

저만치 계곡이 좁아지는 길 끝, 칼을 찬 장군 형상의 기암괴석이 서 있는 게 보였다. 터질 듯한 호흡을 부여잡으며 몸을 은폐할 곳을 찾아 암석 모퉁이를 도는 순간, 삿갓을 쓰고 하얀 두건으로 얼굴을 가린 무사가 석상처럼 소나무 아래 앉아 있었다. 허리에 찬 검이 사내의 동공을 찔렀고, 절망감에 호흡이 얼어붙었다.

무사가 천천히 일어나 사내에게 다가왔다. 얼굴을 가린 하얀 두건에 핏자국이 점점이 흩뿌려져 있었다.

화원: 밀사화의 비밀

하아하아. 사내는 간신히 암석에 기대선 채 가쁘게 숨을 몰아쉬었다. 피 내음 밴 비릿한 호흡이 찬 공기에 닿자마자 허공에 덧없이 스러졌다.

"그러니까, 그냥 한길로 쭉 갔으면 오죽 좋았나, 변심 말고. 자네는 생각이 너무 많은 게 탈일세."

무사가 두건을 벗자, 사내의 흐릿한 동공이 무사의 시선과 맞닿았다.

무사의 뺨에 낙인처럼 길게 난 칼자국.

다음 순간 사내의 몸이 그대로 경직됐다. 바르르 몸을 떨며 힘겹게 시선을 어깨 쪽으로 트는데, 어느새 세침이 귀 아래 목덜미 깊숙이 박혀 있었다.

"이미 맹독이 퍼지고 있으니 곧 자네의 숨통을 끊어 놓을 게야. 자네 가는 길 편하게 해 주려는 마지막 배려라고 여겨 주게나. 그러니 너무 용쓰진 말게."

사내의 눈빛에 허망함이 스쳤다. 그가 몸을 격하게 떨며 한숨처럼 짧은 호흡을 토해 내더니 그대로 무너졌다. 무사가 벗은 두건을 사내의 눈앞에 들이밀었다.

"보이는가, 이 글자?"

友

점점이 선혈이 흩뿌려진 하얀 두건. 그 하단 모퉁이에 붉은 실로 작게 아로새겨진 글자.

"자네가 선물했던 이 두건에, 자네 더운 핏물이 튈 줄 누가 알았겠나?

아직 글자에 담긴 온기가 채 식지도 않았는데 말일세."

잠시 사내의 절박한 눈빛을 들여다보던 무사가 무심하게 말을 이었다.

"참, 곡해가 있었던 모양이네만, 우리 사이에 벗이란 말은 어울리지 않네. 벗이란 말은 말일세, 그렇게 함부로 입에 담을 수 있는 게 아니지 않는가?"

사내가 할 말이 있는 듯 입술을 달싹거렸지만 그뿐이었다.

"원래 인생이 그래. 뜻대로 잘 안 흘러가기 마련이지. 그러니 너무 자책하진 말게."

사내가 부릅뜬 눈으로 무사를 노려보며 마지막 경련을 일으키더니 이내 몸을 축 늘어뜨렸다.

손을 뻗어 박힌 세침을 뽑은 뒤, 잠시 사내의 식은 몸을 내려다보던 무사가 사내의 다리를 잡고 낭떠러지 끄트머리로 질질 끌었다. 괴이한 괴물 주둥이처럼 입을 벌리고 있는 아찔한 낭떠러지.

"잘 가게."

무사는 주저 없이 사내의 시신을 낭떠러지 아래로 밀었다. 시신이 떨어지며 바위와 잡목 나뭇가지 따위에 부딪히는 둔탁한 소리가 아래쪽에서 몇 번 들리는가 싶더니, 이내 어지럽게 불어 대는 삭풍 소리에 묻혔다. 무사는 뒤도 돌아보지 않고 휘휘 길을 재촉했다. 목덜미를 휘감는 찬 공기가 매웠다.

쿵!

날이 잘 선 도끼가 바람을 가르며 소나무 등지를 힘차게 내리찍자,

화원: 밀사화의 비밀

나무가 후두둑 잔설을 털며 무너졌다. 어른 허리둘레보다 굵었지만 몇 번의 도끼질에 잘려 나간 것이다. 예전 같았으면 한참을 끙끙댔을 것이다. 그만큼 목표 지점을 정확하게 찍어 내는 집중력과 완력이 좋아진 덕분이다.

사율이 손등으로 이마의 굵은 땀방울을 훔쳐 내며 숨을 몰아쉬었다. 사방에 잘려 나간 나무가 그득했다. 이만하면 사나흘쯤 뒤에 땔감을 하러 뒷산을 다시 찾으면 될 터.

"자네, 땔감 하러 온 게 맞는가?"

한쪽 옆에서 사율이 잘라 낸 나무를 도끼로 패고 있던 애꾸 영감이 허리를 펴며 물었다. 무슨 뜻이냐는 듯 사율이 돌아보았다.

"도끼질하는 자네를 보고 있으면 살기가 느껴져서 그래."

"영감도 참… 그냥 도끼질이면 도끼질이지 살기 운운은 또 무슨 말이오? 다른 사람이 들으면 오해하겠수. 칼 제법 쓰는 칼잡이인 줄 알고 말이오."

사율이 설핏 입꼬리를 올리며 웃었다.

"자네를 곁에서 봐 온 지 벌써 몇 해가 지났어. 잘은 모르겠지만 처음 봤을 때 자네 느낌이랑 뭔가 달라."

"영감, 혹시 나 좋아하우?"

사율이 실없는 사람마냥 소리 내 웃자, 애꾸 영감이 무슨 뜬금없는 소리냐는 듯 쳐다보았다.

"아, 그렇잖수. 얼마나 내가 좋았으면 몇 해를 넘기면서까지 날 꼼꼼히 지켜봤겠수. 안 그렇소?"

"에끼, 이 사람아! 농이라도 그런 말 말게. 야들야들한 월산댁 놔두고 그 무슨 망발이야."

영감은 못 들을 소리라도 들은 양 손가락으로 귓속을 후벼 파더니, 끄응, 땔감을 그득 쌓은 지게를 짊어지며 힘겹게 일어섰다.

"먼저 감세. 천천히 좀 쉬었다 오게."

영감이 모퉁이를 돌아 시야에서 사라지자, 사율의 얼굴에서 천천히 웃음기가 사라졌다.

퍽퍽!

단검은 단숨에 늙은 호박의 심장부를 연거푸 꿰뚫었다.

군더더기 하나 없는 동작. 상대의 급소를 노린 민첩하고 정확한 최단 거리에서의 일격. 상대가 방금 사율의 공격을 받았다면 곧바로 절명했을 것이다. 뜨거운 피를 분수처럼 내뿜으며 지금 자신에게 벌어진 일을 믿을 수 없다는 듯, 퀭한 눈빛을 마지막으로 고목처럼 쓰러졌을 터.

퍽퍽! 퍽퍽!

같은 동작을 몇 차례 반복한 뒤 사율은 회피 동작을 시도했다. 소나무들이 촘촘하게 자란 숲속 그늘 아래, 나뭇가지가 사방으로 뻗은 소나무 사이를 발 빠르게 움직이며 허리를 숙이거나 옆으로 피하는가 하면 땅바닥에 몸을 날렸다. 벌떡 일어난 사율이 거뭇한 바위를 향해 곧장 내달리더니, 바위 위에 놓인 늙은 호박의 몸통 깊숙이 칼을 쑤셨다.

하아하아.

사율이 가쁜 숨을 몰아쉬며 자신이 뚫고 온 숲속의 동선을 되짚어 보

화원: 밀사화의 비밀

았다. 상대의 호위무사가 휘두른 검을 피해 민첩한 회피 동작을 반복하며 목표물에 일격을 가했으나, 실제 상황이라면 변수가 많아 성공을 장담할 수 없을 것이다. 아니, 냉철하게 판단하자면 오히려 실패할 가능성이 클 것이다.

'그럼에도 불구하고, 해야 하는 일.'

사율이 늙은 호박에 박힌 단검을 뽑아 천천히 바위 뒤편에 서 있는 소나무 한 그루에 다가섰다. 그리고 등지에 칼끝으로 또 하나의 사선을 새겨 넣었다.

'반드시, 내 손으로 해내야 하는 일.'

나무 등지엔 이미 백여 개에 가까운 사선이 촘촘하게 새겨져 있었다. 새긴 사선의 숫자가 늘어날수록, 원수를 향한 그의 집념의 크기와 강도는 오히려 커지고 있었다.

'조심해야겠어. 애꾸 영감 눈썰미가 보통이 아냐…'

어릴 적 잘못 날아온 화살을 맞고 한쪽 눈을 실명했다는 영감은 사율을 아들처럼 잘 대해 주었다. 그렇다 해도 대의를 위해선 매사 사사로운 실수를 경계해야 할 터. 아무리 스스로 매섭게 다그치고 단련한다고 해도, 그가 마주치고 극복해야 할 상대는 너무나 강력하고 거대할 것이기에 작은 실수조차 용납할 수 없는 것이다.

지금 그가 할 수 있는 건, 언젠간 마주치고야 말 상대의 심장에 통렬한 복수의 칼날을 박아 넣는 순간까지, 하루하루를 견고하게 살아 내는 일일 것이다.

뉘엿뉘엿 해가 지고 있었다.

사율은 단검을 품속에 넣고 손에 묻은 흙을 툭툭 털며 지게를 짊어지고 일어섰다. 이제 그의 몸과 눈빛에서 살기를 지우고 종의 신분으로 돌아갈 시간이다. 땔감의 무게가 등을 묵직하게 짓눌러 왔다.

1795년(정조 19년) 을묘년 1월, 청계천 태평방 광통교 부근에 자리한 도화서. 이른 아침부터 회랑을 오가는 화원들의 잰 발걸음에 정중동의 묘한 긴장감이 배어 있었다.

별제의 집무실.

"추락사로 결론 났다는 건가?"

"그렇습니다, 별제 나리. 검안소에서 보내온 검시문입니다."

선회 이참이 보고서를 내밀었으나 별제 김한구는 보는 둥 마는 둥 창밖을 멀거니 바라볼 뿐이었다. 며칠 전 도봉계곡에서 외유사생을 마치고 하산하다 의문의 변사체로 발견됐던 선화 이익종의 사인이 결국 실족사로 결론이 났다는 것이다.

"의궤 반차도 제작이 막 시작됐는데 걱정입니다. 선화께서 담당하셨던 반차도 실력이 워낙 출중하셨던 터라, 그 공백을 어찌 메울 수 있을지…"

이참이 별제의 눈치를 살피며 말꼬리를 흐렸다.

별제 김한구는 시선을 거두고 잠시 눈을 감고 생각에 잠겼다. 난감한 노릇이었다. 선화 이익종은 누구보다 뛰어난 선묘 실력을 갖춘 자였다. 임금의 화성행차가 코앞에 닥친 상황에서, 그의 부재는 생각하고 싶지 않은 돌발 악재였다. 편두통이 도지려는지 관자놀이가 욱신거렸다.

관자놀이를 지그시 누르며 별제가 입을 열었다.

화원: 밀사화의 비밀

"화원을 선발해야겠네. 특별취재를 서두르게."

"화원이라면 지금도 적지 않습니다만…"

"당장 반차도를 맡을 적임자가 필요하네."

이참의 낯빛이 어두워졌다.

그간 선화 이익종이 그린 그림의 채색을 주로 맡았으나, 적잖은 도설의 선묘 작업을 해 왔던 그였다. 내심 국왕의 화성행차 행렬을 묘사할 이번 반차도 작업에 자신이 동참하기를 얼마나 고대했던가. 더구나 그동안 갈고닦은 실력을 인정받는다면, 공석인 종6품 선화직에 승차할 절호의 기회가 아닌가.

"비록 하찮은 화공의 일이라고는 하나, 화원으로서 어엿한 공력을 쌓으려면 십여 년은 족히 인고의 세월을 감내해야 하거늘, 어찌 그런 인재가 갑자기 하늘에서 뚝딱 내려올 것처럼 말씀하시는지요?"

"인재를 얻기 위해선 널리 두루 살펴야 하네."

등잔 밑이 어둡다고 했습니다. 어찌 가까운 곳부터 살피지 않으십니까? 입술이 실룩거렸지만, 이참은 목구멍 너머로 애써 구겨 넣고는 허허롭게 별제 집무실을 물러 나왔다.

도화서 밥을 먹은 지 어언 십여 년.

그가 쏟은 애정과 노력에 비해 지금 맡고 있는 종7품 선회직은 아무래도 성에 차지 않았다. 내심 가슴에 품은 야망의 그릇을 채우기에는 모자라는 것이다. 몇 걸음 걷다 말고 이참이 하늘을 올려다보았다. 비라도 쏟아지려는 듯 저만치 하늘 한켠을 지우며 시커먼 먹구름이 몰려들었다.

후우.

회랑 모퉁이를 휘몰아쳐 온 찬바람이 그가 내쉬는 긴 한숨을 낚아채 허공으로 휘휘 흩어졌다.

한시바삐 반차도 제작에 박차를 가해야 하거늘, 어찌 신참 화원 선발에 아까운 시간을 낭비하려 한단 말인가. 무엇보다 부단한 노력과 헌신에도 불구하고 지척에 있는 인재를 알아보지 못하다니, 참으로 야속한지고.

이참의 가슴에 불길이 타오른다.

부나비처럼 기생과 술을 찾는 관료와 색주가들로 늘 북적이는 한양 최고의 기방 풍월관.

"나라에서 으뜸가는 미인, 천하의 국색이 나타났으니 당장 품어야 할 것이옵니다, 대감. 소인이 대감께만 특별히 다리를 놔 드리는 것이니…"

조방꾼이 비단 보료에 비스듬히 기대앉은 예조판서 민종현 옆에 착 달라붙어 눈빛을 반짝였다.

"물렀거라."

도화서 별제 김한구가 정색하자, 그제야 조방꾼이 입을 비쭉거리며 무거운 엉덩이를 들고 물러났다.

"아직 할 말이 남았는가?"

민종현이 심기가 불편한 듯 입맛을 다시며 헛기침을 했다.

"주상전하의 화성행차를 그릴 반차도의 적임자를 찾는 일이옵니다, 대감. 막중한 소임을 수행해야 하니만큼 마땅히 특별취재를 통해 인재

화원: 밀사화의 비밀

를 뽑아야 할 것입니다.”

“누가 뭐라 했는가?”

“그럼, 특별취재를 허락하시는 것인지요?”

“그렇다마다. 단, 내가 천거하는 화원 한 사람에 한해 단독취재를 해야 할 것이야.”

“대감.”

“어허, 이 사람! 자네 신참 하나 뽑고 도화서 그만둘 참인가?”

도화서 제조를 겸직하고 있는 민종현이 보료 팔걸이를 주먹으로 내리치며 버럭 소리를 지르자, 김한구가 입을 다문 채 얼굴이 굳어졌다.

“그럼, 내 말뜻을 알아들은 걸로 알겠네.”

민종현이 목소리를 부드럽게 풀었다.

“자자, 우리 골치 아픈 얘기 그만하고 일병화나 감상하세나. 자네도 궁금하지 않은가?”

곧바로 술상이 차려졌고, 기생들이 두 사람 옆에 자리했다.

누군가 들어서더니, 예판에게 공손히 절을 하며 예를 표했다. 이십 대 중반쯤 돼 보일까, 강건하고 날렵해 보이는 젊은 사내가 들어섰다. 반듯한 이마에 짙은 눈썹, 힘 있게 뻗은 콧날, 일자로 살짝 다문 입술. 그리고 흑요석을 품은 듯 맑게 윤이 나는 검은 동공.

“네가 사율이라는 자더냐?”

민종현이 물었다.

“그러하옵니다, 대감.”

민종현의 얼굴을 빠르게 훑은 사율이 화구통에서 초주지와 세필 붓을 꺼내 바닥에 내려놓았다.

"일병화가 저잣거리에 제법 이름이 나 있더구나. 그래, 정말 내가 술 한 병을 비우는 동안 초상화를 그릴 자신이 있느냐?"

"그렇습니다, 대감."

"그럼 시작해 보거라."

민종현이 첫 잔을 마시는 것을 신호로 기생 하나가 빈 술병을 건네자, 받아 든 사율이 주저 없이 허공에 술병을 던졌다. 요란한 소리를 내며 술병이 와장창 깨졌다. 민종현이 흠칫 놀라자, 기생이 교태를 부리며 술잔을 채웠다.

"대감, 놀라셨습니까? 일병화 시작할 때마다 저치가 하는 특별한 의식이옵니다."

"의식?"

"예컨대 눈요기 같은 거지요."

"그놈 참, 별나기도 하구나."

사율이 바닥에 흩어진 날카로운 술병 조각들을 흘끗 보더니, 붓을 들었다.

"깨진 술병 조각이 흩어진 모양새를 보니, 오늘 제법 초상화가 잘 나올 듯하옵니다, 대감."

"운세까지 볼 줄 아느냐?"

"그 정도는 아니옵고 그냥 심심풀이로 보는 정돕니다."

"오냐, 어서 그려 보거라."

화원: 밀사화의 비밀

예판의 얼굴을 화폭에 옮기는 사율의 손이 빠르고 거침이 없다.

전신사조. 인물의 외형 묘사를 넘어 그 사람의 내면에 깃든 인품까지 오롯이 화폭에 담아낸다는 초상화 화법. 보통 7분 면 정도의 옆얼굴을 그리는 데 반해, 사율의 일병화는 인물을 정면으로 담는다. 게다가 얼굴은 앞면에 담되 얼굴선과 옷주름선은 뒷면에 그리는 배면선묘법과 달리, 사율의 초상화는 필치가 대담하고 거침없어 신묘하기까지 했다.

그런 사율의 모습을 내내 주시하던 별제 김한구의 눈가가 미세하게 떨렸다.

'천재적인 소질을 가진 자로군.'

눈으로 보고도 믿기 어렵다는 기색이 역력했다. 한 번 본 모습을 찍어 내듯, 기억만으로 그대로 똑같이 그려 내는 경지. 말로만 듣던 특출한 재능을 가진 자가 바로 눈앞에 있었던 것이다.

'단 한 번도 고개를 들지 않고 속사를 하다니…'

예판이 술병을 막 비울 무렵, 사율이 눈동자를 그려 넣으며 초상화에 방점을 찍었다.

꿀꺽. 별제 김한구가 마른침을 삼켰다. 사율이 붓을 잡고 첫 선묘를 시작으로 눈동자에 마지막 방점을 찍을 때까지, 그는 초상화에서 잠시도 눈을 떼지 않았다.

"호오, 역시 듣던 대로 제대로 된 일병화야! 그놈 참 신통방통하구먼, 허허허!"

민종현이 완성된 초상화가 흡족한 듯 웃음을 입에 문 채 초상화에서 시선을 뗄 줄 몰랐다.

"어쭙잖은 화공이 며칠 공들여 그린 것보다 훨씬 낫군그래. 그렇잖은가, 별제?"

역시 초상화에서 시선을 떼지 못하고 있던 김한구가 대답 대신 가는 탄식 같은 한숨을 내쉬었다.

'어찌 이제야 이 같은 자를 만났을꼬…'

일병화.

한 병의 술을 비우는 동안 완성하는 초상화라는 뜻에서 붙은 별칭으로, 풍월관을 찾는 단골이라면 모르는 이가 없었는데, 이제야 천재적 소질을 가진 화공을 만났다는 아쉬움과 기쁨이 뒤섞인 탄식이었다.

"옜다."

예조판서 민종현이 묵직한 돈주머니를 사율 앞에 던져 주었다.

"고맙습니다, 대감."

예판에게 예를 표한 사율이 돈주머니를 공손하게 받아 들고 물러 나갔다. 그런 사율을 끝까지 살피는 별제 김한구.

"천한 놈이지만 재주가 아깝군…"

민종현이 혀를 끌끌 차며 술잔을 비웠다.

"이 사람, 뭐 하는가? 술잔 비우지 않고."

"예, 대감."

김한구의 시선은 여전히 사율이 막 완성한 일병화에 붙박여 있었다.

언제 까무룩 잠이 들었던 것일까, 사율이 온몸을 감싸고 도는 서늘한 기운에 눈을 떴다. 암탉 두 마리가 그의 곁에서 졸고 있었다. 그림을 그

화원: 밀사화의 비밀

리다 잠이 든 모양이었다. 헛간 옆 닭장 안. 그가 좋아하는 장소다. 구멍이 숭숭 난 작은 봉창 문 하나를 덧대 만든 닭장 안은 고약한 닭똥 냄새가 늘 코를 찔렀지만, 몸집 작은 그의 보금자리로는 그런대로 쓸 만해 즐겨 찾는 곳이다.

낡은 판자 위에 그리다 만 풍경화가 놓여 있고, 암탉을 희롱하듯 닭장 안에 난입해 뛰어노는 철없는 점박이 강아지 그림 몇 점이 바닥에 아무렇게나 나뒹굴고 있었다. 요즘 그는 닭들의 독특한 움직임과 모양새에 빠져 있었고, 닭 그림을 제대로 그리려면 가장 가까운 곳에서 지켜봐야 한다는 생각을 행동으로 옮기고 있었던 것.

기지개를 한 번 켠 뒤 시장기를 느낀 사율이 봉창 밖으로 시선을 돌렸다. 미시나 신시쯤 됐을까, 바깥에서 언뜻 누군가 외치는 소리가 들린 듯도 했다.

사율이 조용히 바깥 동정에 귀 기울였다. 그러나 낯선 적막감이 내려앉은 듯 조용하다. 밖을 향해 소리치려다 말고 가만히 일어났다. "어머니! 밥 좀 주세요!" 하고 소리치는 것보다 봉창 문을 열고 살금살금 고양이 걸음으로 부엌으로 다가가, 어린 아들을 위해 맛난 부침개를 부치고 계실 어머니를 뒤에서 놀래 주는 것이 더 재미나리라.

배시시 배어 나오는 미소를 문 채 사율이 막 봉창 문을 열려고 손을 뻗는 순간, 촤아악! 세찬 핏물 세례가 바깥 봉창을 시뻘겋게 물들였다. 허공에 뻗은 그대로 흠칫 얼어붙는 사율의 손.

'어머니가 닭을 잡으시나…?'

그렇다면 분명 귀한 손님이 오신 것이리라. 몇 마리 남지 않은 닭은

옹색한 집안 살림 중에서 그나마 손님을 대접할 수 있는 유일한 귀한 먹거리일 테니 말이다.

크어어억!

다음 순간 귀를 찢을 듯 터져 나오는 고통에 찬 비명.

일순 사율이 그 자리에 얼어붙었다. 호흡조차 얼어붙었다. 귀에 익은, 그에게 가장 소중한 존재들이 내지르는 비명.

"네… 네놈들이…?!"

금방 숨통이 끊어질 듯한 아버지의 격한 목소리가 이어졌다.

"기어코 날…!"

"네 이놈들! 이게 무슨 짓이냐!"

곧바로 어머니의 피 끓는 절규와 여동생이 울부짖는 울음소리가 귀청을 때렸다.

부들부들 몸이 떨려 왔고, 가슴이 세차게 두방망이질을 했다. 사율은 떨리는 손가락으로 봉창 문에 간신히 구멍을 뚫었다. 구멍을 통해 목격한 끔찍한 바깥 참상에 터져 나오려는 비명을 자신의 손으로 틀어막았다.

한 손으로 여동생을 꼭 끌어안은 어머니가 피투성이가 돼 쓰러진 부친을 향해 절규하고 있었다. 아버지가 핏발 선 눈을 잠시 힘겹게 드는가 싶더니, 이내 힘없이 고개를 떨어뜨렸다.

"이 천하의 나쁜 놈들아! 하늘이 무섭지 않더냐!"

어머니가 핏물이 뚝뚝 떨어지는 검을 쥔 자를 노려보며 울부짖었다.

"이 나라의 종묘사직을 해하려는 잔악한 역당을 처단했을 뿐이다."

화원: 밀사화의 비밀

한눈에 봐도 범상치 않은 인물. 흑립 아래의 그늘 속에서 서늘한 눈빛이 어머니를 노려보고 있었다.

"닥쳐라, 이놈! 누가 역당이란 말이냐! 네놈들이 있지도 않은 죄를 만들어 뒤집어씌웠음을 내 모를 줄 아느냐!"

겁에 질려 울부짖는 어린 여동생은 자꾸만 어머니의 품속으로 파고들었다. 금방이라도 목을 파고들 것처럼 새파랗게 날이 선 칼날이 어머니의 목을 겨누었다.

"염라대왕 앞에 가 보면 알겠지, 죄를 지었는지 아닌지."

입가에 비열한 미소를 머금는가 싶더니, 이내 날 선 칼날이 허공을 두 번 갈랐다. 더운 피가 사방에 흩뿌려지면서 어머니와 여동생이 그대로 고꾸라졌다.

'어머니…!'

사율은 손으로 자신의 입을 꼬옥 틀어막았다.

'애숙아…!'

입 밖으로 울려 나오지 않는 무음의 절규.

피투성이가 된 채 바닥에 쓰러진 어머니와 시선이 마주쳤다. 온몸의 피가 거꾸로 치솟는 분노와 공포가 사율을 집어삼켰다.

'사율아! 넌 반드시 살아야 한다!'

핏물에 물든 어머니의 눈빛은, 그렇게 절박하게 외치고 있었다.

사율은 반사적으로 눈을 질끈 감았다. 잠시라도 그 눈빛을 더 마주하고 있을 자신이 없었다. 온몸이 터질 듯한 통증과 세상이 무너질 듯한 공포가 옥죄는 듯 그를 짓눌렀다.

"역당의 집을 샅샅이 뒤져라!"

수장인 듯한 자가 고함치는 소리가 들렸고, 이어 와장창! 우지끈! 닥
치는 대로 집 안을 부수듯 뒤지는 소리와 발소리가 어지럽게 이어졌다.

사율은 최대한 몸을 웅크리고 무릎 사이에 얼굴을 파묻은 채 닭장 구
석에서 바들바들 떨었다. 눈앞이 하얘지고 온몸의 피가 말라 버릴 듯
한 공포가 엄습했다. 이제 저들의 손에 발각되는 건 시간문제일 터.

"저 안도 뒤져라!"

그 소리와 함께 사율이 숨은 닭장으로 접근하는 발소리가 들렸다. 누
군가 봉창 문을 거칠게 뜯어내는 소리에 사율의 호흡이 얼어붙었다.
최후의 순간이 닥칠 것을 직감하며 입술을 질끈 깨무는데, 암탉들이 요
란하게 홰를 치며 봉창 문 밖으로 달아나는 소리가 들렸다. 이어 "닭장
이었구먼.", "잡았다, 요놈!", "제법 살이 오른 게 맛나겠는걸." 하는 소
리와 함께 하나둘 발소리가 멀어졌다.

얼마나 시간이 흘렀을까.

사율이 천천히 고개를 들었다. 난입했던 자들이 모두 물러갔는지 바
깥은 적막했다. 입을 틀어막은 손에 얼마나 힘을 주었던지 입에서 비
릿한 피비린내가 배어났다.

그제야 참았던 숨을 토하며 부서진 봉창 문 밖으로 고개를 돌리는 사
율. 피투성이가 된 채 쓰러져 있는 부모님과 여동생의 싸늘한 주검이
동공에 꽂히자, 뜨거운 기운 같은 것이 목구멍 밖으로 치밀어 올랐다.

끄어억.

터질 듯한 울음을 간신히 목구멍 너머로 삼키며 사율이 막 닭장 밖으

화원: 밀사화의 비밀

로 기어 나오는 순간, 그것과 눈이 딱 마주쳤다.

죽어서도 잊지 못할 것 같은, 단 한 사람의 얼굴.

아니, 한순간 온 세상이 폭발해 소멸한다 해도 절대 잊어서는 아니될 그 얼굴.

그자가 비릿한 미소를 입가에 흘리더니, 사율의 목을 향해 시퍼렇게 날이 선 검을 내리쳤다.

허억!

사율이 비명을 토하듯 상체를 벌떡 일으키며 눈을 떴다. 익숙한 방 안 풍경이 눈에 보였다. 그제야 길게 한숨을 내쉬는 사율.

언제나 반복되는 악몽이었다.

얼마나 많은 악몽 속에서 마주쳤던 놈의 눈빛이던가. 이제는 제법 익숙해졌을 만도 하건만, 꿈속에서 마주치는 그자의 눈빛은 온몸의 피를 얼어붙게 할 정도로 여전히 공포스럽다. 그렇기에 어떠한 긴박한 순간에 마주친다고 해도 그 눈빛만은 놓치지 않을 것이다.

무의식 깊숙한 곳, 뼛속 깊이 각인된 소름 끼치는 단 하나의 눈빛.

그것이 바로, 살기 가득한 놈의 눈빛이었다.

다음 날, 도화서 별제가 사율을 찾아왔다.

"보아하니 한두 해 그려 본 솜씨가 아닌 듯한데, 자네 화원이 될 생각은 없는가?"

별제가 대뜸 본론부터 꺼냈다.

"생각 없습니다."

사율이 별제 김한구에겐 눈길조차 주지 않고 묵묵히 장작을 팼다. 장작이 쩌억, 갈라지면서 날 선 조각이 사방으로 튀었다.

"자네 재주가 아까워서 그러네."

"물러서십시오. 다치십니다."

"재주를 조금 더 갈고닦으면 제법 큰 재목이 될 게야."

"팰 장작이 많이 남았습니다."

단호한 사율의 태도에 별제가 순순히 물러섰다.

"다시 오겠네. 잘 생각해 보게나."

별제가 물러가고 한참이나 장작을 더 팬 뒤에야 사율이 도끼를 내려놓고 땀을 훔쳤다. 도화서 별제의 제안을 단번에 거절한 그였다. 단호한 자신의 마음을 알리기엔 부족함이 없었으리라.

지금의 그로선, 도화서 화원으로 일할 이유도, 시간을 허비할 여유도 없다는 것이 사율의 생각이었다.

비록 천한 노비의 신분이기는 하나, 그에겐 이곳 기방에 존재해야 할 명백한 이유가 있었다. 놈의 간교에 억울하게 멸문지화를 당한 천추의 한을, 놈의 칼날에 피를 흩뿌리며 억울하게 도륙당한 부모와 여동생의 한을 뜨거운 핏빛 복수로 되갚아 줄 신성한 의무 말이다. 오로지, 그날만을 꿈꾸며 버텨 온 세월이 얼마인데, 화원 따위로 시간을 허비하는 어리석음을 저지른단 말인가.

고관대작 신분인 놈을 만나기에 이곳 풍월관은 최적의 장소였다.

기방을 찾는 양반 관료들이 술을 마시는 동안 초상화를 그렸던 것도,

그 짧은 시간 안에 그리는 일병화로 이름을 얻었던 것도 바로 그런 이유 때문이었다. 이곳 바닥에 널리 이름을 알려 놈을 만날 가능성을 최대한 높이겠다는 계산. 놈의 소재를 모른다면, 놈이 나를 찾아오게 만들자는 일념. 아직도 부모를 도륙하며 비릿한 웃음을 흘리던 놈의 얼굴을 생생하게 기억하는 그였다. 놈의 심장 깊숙이 단단히 벼린 비수를 박아 넣는 통쾌한 그 순간까지, 오롯이 복수의 일념으로 버텨 오며 지난한 세월을 묵묵히 살아 낸 그가 아니던가.

사율이 다시 도낏자루를 움켜쥐고 허공에 치켜들었다.

퍼억! 놈의 숨통을 단번에 끊어 내듯 도끼의 날이 장작을 꿰뚫었다.

"자네, 정말 이렇게 나올 텐가?"

예조판서 민종현이 상대를 쏘아보았다. 그의 손에는 특별취재에 참여할 9인의 후보 명단이 적힌 명부가 들려 있었다.

"단독천거는 불가합니다, 대감. 두루 살펴 적임자를 뽑으려면 복수의 후보자를 대상으로 한 특별취재가 온당할 것입니다."

별제 김한구가 물러서지 않고 그 눈빛을 받았다.

"화원 선발에 관한 우선권은 자네에게 있지만 별제직을 수행하는 자에 대한 인사 평가는 내가 쥐고 있다는 사실, 설마 모르진 않겠지?"

"유념하고 있습니다."

"그런데도 고집을 피우겠다?"

"주상전하의 화성 원행 반차도를 맡는 중요한 소임입니다, 대감."

"다시 묻겠네. 단독천거를 받아들이지 않겠나?"

"불가합니다."

"짐은 미리 챙겨 두는 게 좋을 걸세."

민종현이 별제를 싸늘하게 쏘아보더니, 벌컥 문을 밀치고 나갔다. 그제야 다리가 풀리는지 김한구가 힘없이 자리에 주저앉았다. 단독천거로 신참 화원을 선발하자는 예조판서의 압력을 거부한 만큼 대가는 각오해야 할 것이다. 착잡한 심경이었지만 자신의 결정에 후회는 없었다.

모름지기 인사가 만사라고 하지 않았던가.

복수 후보자를 대상으로 한 취재야말로 최고의 인재를 뽑는 공정한 선발 방식이었다. 그것은 나라의 녹봉을 받는 관원이기에 앞서, 화폭에 그림을 담는 화공으로서 포기할 수 없는 자존심이었다. 자신이 별제로 있는 한, 예기의 세계만큼은 더럽고 추잡한 붕당의 폐해로 물들이고 싶지 않다는 신념의 발로이기도 했다.

특별취재 실시에 관한 보고서를 제출한 뒤 궐내각사 빈청에서 물러나온 별제 김한구는 풍월관으로 향했다. 기생 몇몇이 그를 알아보고 반갑게 맞았지만, 그는 곧바로 헛간에 있는 사율을 찾았다. 어제처럼 장작을 패느라 연신 굵은 땀방울을 훔치는 사율.

"손가락이 생각보다 섬세하군."

그 모습을 뒤에서 가만히 지켜보던 김한구가 입을 열었다.

"장작 패느라 그 손이 망가질까 안쓰럽네."

"밥벌이해 주는 고마운 손에게 안쓰럽다는 표현은 어울리지 않습니다."

사율이 뒤도 돌아보지 않고 장작을 후려치며 대답했다.

"세상 모든 사물은 각자에게 어울리는 자리가 있다네. 나무 한 그루,

잡초 한 뿌리, 흔해 빠진 돌멩이 하나조차 말일세. 하물며 사람의 운명을 좌우하는 손이야 두말해서 뭐 하겠나."

그제야 사율이 도끼를 내려놓고 뒤돌아보았다.

"소인한테 볼일이 남으셨는지요?"

대답 대신 김한구가 무언가 내밀었다.

사율이 두루마리를 펼쳤다.

모일 모시, 화원 선발을 위한 특별취재를 실시한다는 내용이다. 취재 명부 끝자락에서 자신의 이름 석 자를 발견한 사율이 흠칫 놀라는 기색을 감추지 못했다.

"역시 글깨나 읽을 줄 알았네. 자네 손을 보고 알았지."

"그저 눈동냥으로 일, 월, 해나 구별하는 정도입지요. 허드렛일하며 살아가는 천한 놈일 뿐입니다."

"어떤가, 생각 있는가?"

"천한 신분으로 어찌 화원 취재에 응할 수 있겠습니까?"

"범상치 않은 재주가 아까워서 그러네. 성상께서는 신분을 따지지 않고 재주 있는 인재를 널리 두루 취하고자 하신다네."

"세상사, 겉과 속은 다른 법이지요."

사율을 물끄러미 바라보던 김한구가 입가에 엷은 미소를 물었다.

"꼬인 건 푸는 게 좋네. 어쨌든 난 전했으니, 응하고 말고는 자네 뜻대로 하게나."

걸어가던 김한구가 무언가 생각난 듯 걸음을 멈추고 돌아보았다.

"세상만사 다 때가 있다네."

사율이 천천히 멀어지는 그의 뒷모습을 가만히 바라보았다.

김한구가 물러간 뒤 사율은 고민에 빠졌다. 오래전 한때 화원이 되고
자 했던 꿈을 꾼 적도 있었으나, 이젠 거뭇한 묏바위처럼 퇴화하고 만
꿈이다. 지금은 오로지 집안을 몰락시킨 원수에 대한 복수의 일념뿐.
다만, 별제 김한구의 말과 행동에 묘하게 끌리는 구석이 있었다. 반나
절쯤 고민하고 있었을까, 기생 수향이 사율을 찾아왔다.

"도화서 별제 나리가 찾아왔다던데 정말이우?"

"나랑 상관없는 얘기요."

사율이 심드렁한 표정으로 짚단 썰기를 계속했다. 평소에 사율이 그
리는 그림을 좋아해 맛있는 먹을거리를 챙겨 주며 남달리 호의를 베푸
는 그녀였다.

"상관이 없다니? 얼마나 좋은 기회인데 사돈 남 말 하듯 하시오?"

"그깟 그림쟁이 해 봤자 무슨 소용 있겠소. 난 그냥 여기가 맘 편하고
좋소."

"난 당최 이해가 안 되우. 좋아하는 그림 실컷 그리면서 녹봉도 받는
데 얼마나 좋아? 양반네 술자리에 불려 가서 똥개 똥 싸듯 초상화 후다
닥 그리고 나오는 것보단 훨씬 낫잖수?"

"관심 없다고 했소."

"다시 생각해 보우. 도화서 화원만 되면 사람 팔자 시간문젠데. 정승
같은 높은 양반들도 자주 만나고, 잘만 하면 출세도 할 수 있고. 얼마나
좋수?"

화원: 밀사화의 비밀

그 소리에 사율이 미간을 좁히며 수향을 쳐다보았다.

"방금 뭐라 했소? 정말 정승도 만날 수 있소?"

"정승이 대순가, 운 좋으면 나라님도 뵐 수 있지."

그 말을 듣던 사율의 눈빛이 반짝인다.

"내 그쪽이 동생 같아서 해 주는 말이오. 솔직히 여기서 양반들 상판 대기나 백날 그리고 있으면 뭐 해? 번듯한 도화서 화원 되는 게 백번 천 번 낫지. 게다가 말이 좋지, 제 발로 여기 걸어 들어왔으니 언제든 나 갈 수 있잖수?"

생각에 잠기는 듯 사율이 먼 산에 눈길을 던지자, 수향이 눈치를 살피며 말을 잇는다.

"아니 할 말로, 여기서 종노릇하는 것보다 화원 되는 게 맘에 두고 있는 여인 앞에서 품새 잡기도 훨씬 낫지, 안 그러우?"

그 소리에 사율이 시선을 돌렸다. 무언가 알고 있다는 듯한 눈빛으로 피식 웃는 수향.

"잘해 보우."

호호호. 간드러지듯 웃는 수향의 웃음소리 너머로 사율의 머릿속을 스쳐 가는 한 여인의 얼굴이 있었다.

일찍 세상을 뜬 어머니 대신 그 누구보다 그의 삶에 큰 영향을 끼친 여인. 그 여인을 생각할 때마다 그의 몸은 마치 돛단배를 타고 구름 위를 두둥실 나는 듯, 붕 뜨고 온몸의 피가 빠르게 내달리는 것을 느낀다.

가쁜 숨을 몰아쉬며 필사적으로 걸음을 옮기는 화원 허만교의 입에서 연신 하얀 입김이 뿜어져 나왔다. 옆구리 깊숙이 파고든 일격이 시시각각 그의 숨통을 조이고 있었다.

'더 조심해야 했어, 젠장…'

걸음걸음 짙은 후회가 밀려들었지만, 이미 일은 벌어진 상황.

사람들로 붐비는 시전 저잣거리를 빠져나와 한적한 길로 접어드는 모퉁이를 돌았을 때, 발을 절뚝거리며 다가왔던 걸인. 한 푼만 줍쇼. 구걸하는 사내를 밀쳐 내는 순간 옆구리에 둔중한 통증이 일었다. 낯선 감각에 아래로 시선을 돌렸을 땐 옆구리에 이미 홍매화처럼 핏물이 번지고 있었고, 걸인은 저만치 멀어지고 있었다.

진즉에 도망쳤어야 했다.

선화 이익종이 변사체로 발견됐다는 소식을 들었을 때 모든 걸 버렸어야 했다. 불행의 전조에 촉각을 곤두세워야 했었는데, 설마 하는 생각에 손에 든 걸 놓기 싫었다.

아니, 처음부터 잘못된 거였다. 느리더라도 그냥 묵묵히 제 길을 갔어야 했다. 서둘러 지름길을 가로지르려다 이 사달이 나고 만 것이다. 달콤한 꿀단지에 취해 있는 사이 단단한 올가미가 그의 몸을 옥죄고 있었고, 그 사실을 알아차렸을 땐 이미 늦었던 것이다.

'그래도 괜찮아. 아직 살아 있잖아.'

화원 허만교는 마음과 달리 자꾸만 느려지는 걸음을 그렇게 위로하며 재촉했다. 의원을 만나 자상을 치료하고, 아무도 알아보지 못하는 산속에 숨는다면 여생을 편안히 보낼 수 있을지도 모른다. 사방은 어둠에 잠겨 있었고, 다행히 몸을 숨길 수 있는 숲이 눈에 들어왔다.

화원: 밀사화의 비밀

'아름다운 여인을 만나 새 삶을 시작할 수도 있을 것이야.'

가야금 소리에 실린 기생의 흥겨운 노랫소리가 찬 밤공기를 타고 들려왔다. 저만치 불을 밝힌 풍월관이 희망의 등불처럼 어둠 속에 떠 있었다.

가쁜 숨을 몰아쉬며 허만교가 막 담장 모퉁이를 도는 순간, 쉬익! 서늘한 소리가 어둠을 가르며 날아왔다. 불길한 느낌에 몸을 비트는데, 강력한 충격이 그의 몸을 관통했다.

허억.

그의 호흡이 일순 얼어붙었다. 그대로 시간이 멈췄고, 믿기지 않는다는 듯 휘둥그레진 시선은 자신의 낯선 몸뚱이, 화살에 꿰뚫린 몸을 내려다보고 있었다.

하아. 그제야 허만교가 얼어붙었던 숨을 내쉬었다.

젠장, 다 글렀구먼…

주르륵, 그의 뺨을 타고 한 줄기 눈물이 흘러내렸다.

풍월관 후원 뒤쪽의 숲속. 습기를 잔뜩 머금은 잿빛 눈구름이 물러가고 하얀 달빛이 담벼락에 소담하게 얹힌 흰 눈을 파리하게 비추는 밤.

사율이 고요한 밤의 설경을 초주지에 담고 있었다. 인경 종소리가 울린 지도 한참 지난 시각. 깊은 밤의 적요함 속에서 홀로 화폭을 마주하는 일이야말로 그에겐 유일한 삶의 기쁨이었다.

설경과 화폭, 그리고 그 자신이 삼위일체가 돼 빠져드는 몰아지경. 원수의 손에 억울하게 풍비박산이 난 멸문지화의 고통도, 그럼에도 할 수 있는 게 아무것도 없다는 무력감도, 양반들 술자리에서 하루하루 헛되이 자신을 소비한다는 자괴감도 잊을 수 있는 시간이었으니까.

그렇게 얼마쯤 시간이 지났을까, 어디선가 적요한 공기를 깨뜨리는 거친 숨소리가 들려왔다.

하악하악…

어둠 속에서 모습을 드러낸 이의 형상을 보는 순간, 사율의 심장이 덜컹 내려앉았다. 그를 향해 비틀거리며 다가오는 화원 허만교. 투두둑. 새빨간 핏물이 새하얀 잔설 위를 어지러운 붉은 점으로 거칠게 수놓는다. 느닷없는 그의 등장에, 사율이 붓을 내려놓고 천천히 일어섰다.

하악하악…

비틀거리며 다가온 허만교가 품속에서 무언가를 꺼내 사율의 손에 꼭 쥐여 준다. 누군가에게 쫓기듯 다급하게 찢은 듯한 종잇조각. 공포와 절망에 갇힌, 핏빛으로 물든 그의 눈빛이 사율을 응시한다. 사율의 손을 꼭 부여잡고 뭐라고 말하려는 듯 그의 입술이 달싹거렸으나 그뿐이다. 절박한 눈빛과 달리 목구멍 밖으로 나오지 않는 목소리. 그의 의복은 이미 핏물에 흥건히 젖은 상태다. 가슴엔 화살이 박혀 있고, 옆구리에서 흘러내린 핏물은 하얀 잔설에 핏빛 점들을 어지럽게 찍어 낸다.

허만교가 털썩 무릎을 꺾었다.

"이, 이보시오!"

사율이 까무룩해지는 그를 부축했다.

"이보시오, 정신 차리시오! 내 금방 의원을 불러오리다."

그의 피 묻은 손이 황급히 자리를 떠나려는 사율의 손을 움켜잡았다.

그가 힘없이 고개를 저었다. 이미 틀렸다는 걸 직감했는지 처연한 허만교의 눈빛.

"살 수 있소. 의원을…"

사율이 채 말을 맺지 못하고 흠칫했다.

저만치 어둠 속에서 이쪽을 향해 내달려 오는 거친 발소리.

위험을 직감한 사율이 화방 도구를 황급히 챙겨 숲속 어둠에 몸을 숨겼다. 그리고 벌어진 눈앞의 참상에, 그는 자신의 입을 틀어막았다. 자객이 숨이 끊어져 가던 허만교를 무자비하게 몇 차례 더 난도질했던 것.

이윽고 칼질을 멈춘 자객이 주변을 스윽 둘러본다.

차가운 공기의 미세한 균열조차 감지해 낼 듯한 날카로운 눈빛. 호흡조차 잊은 사율의 동공에, 저만치 눈밭에 떨어져 있는 붓 한 자루가 꽂혔다. 황급히 화방 도구를 챙기다 떨어뜨린 모양이다. 선혈이 뚝뚝 떨어지는 검을 든 자객이 천천히 사율이 숨은 곳을 향해 다가왔다.

뿌드득뿌드득.

눈밭을 밟는 소리가 잘 벼린 칼날처럼 사율의 숨통을 조여 왔다. 미동도 않고 주변을 일별하는 자객. 검은 삿갓 아래 그늘에 가려진 자객의 눈매가 매섭다. 시간조차 멈춰 버린 듯 밀려드는 공포에 사율의 심장이 무섭게 두방망이질을 쳤다.

금방이라도 자객의 검이 그의 목을 노리고 날아들 것 같은 순간, 저만치서 여자의 웃음소리가 적막한 공기를 깨뜨리며 들려왔다.

"눈밭이 참 곱사와요, 대감. 어서 오시와요. 호호호!"

"수향아, 어딜 자꾸 가는 게냐? 이리 오래도. 허허허!"

어느 돈 많은 영감을 희롱하는 기생 수향의 웃음소리에 사율이 용기를 내 조심스럽게 바깥 동정을 살폈다. 어둠 속으로 사라졌는지 자객은 보이지 않았다.

사율이 길게 참았던 숨을 내쉬는데, 느닷없이 수향이 내지르는 날카로운 비명이 들렸다. 저만치 눈밭에 쓰러져 있는 사내의 주검을 발견한 모양이다. 그 소리에 사율은 정신이 퍼뜩 들었다. 그제야 눈밭에 떨어져 있던 붓이 보이지 않는다는 사실을 알아차렸다.

창덕궁 후원 부용정.

영의정을 위시한 삼정승과 도화서 제조를 겸직한 예조판서 민종현이 자리한 가운데, 고위 관료들이 천거한 응시자들이 속속 모여들면서 팽팽한 긴장감이 감돌았다. 별제 김한구가 무표정한 얼굴로 그들을 응시하고 있었다. 그들 대부분이 도화서 화학생도 과정을 거친 자들이었다. 진시 정각을 코앞에 둔 시각, 출입문이 폐쇄되면 그 이후 어떤 응시자도 못 들어올 것이다.

'이자가 끝내 오지 않으려는가…'

별제 김한구가 허망한 눈빛으로 막 닫히는 문을 응시하는데, 벌컥 문을 밀어젖히며 들어서는 이가 있었다. 사율이다. 그의 뒤로 닫히는 문을 바라보며 김한구가 그제야 나직하게 밭은 숨을 내쉬었다.

"저자도 참가하는가?"

예판 민종현이 사율을 알아보고 김한구에게 물었다.

"그렇습니다, 대감."

화원: 밀사화의 비밀

"자네, 지금 노비 따위 천한 작자를 도화서에 들이려는 겐가?"

민종현이 사나운 눈빛으로 김한구를 쏘아보았다.

"전하께서 신분을 따지지 말고 재주 있는 자를 널리 찾아내 귀하게 쓰라 하셨습니다. 게다가 저자는 엄밀히 따져 노비 신분이 아닙니다, 대감."

"두고 보세."

못마땅한 눈빛으로 그를 다시 쏘아본 민종현이 삼정승이 있는 자리로 돌아가 뭐라고 귓속말을 나누었다.

이윽고 아홉 명의 응시자들이 모인 가운데 예판 민종현이 앞으로 나섰다.

"이번 특별취재는 세 분 대감들께서 친히 참석하셨을 만큼 주상전하의 관심이 각별하시다. 선발된 화원은 특별히 윤2월에 있을 주상전하의 화성 원행을 담는 반차도의 중책을 맡게 될 것이니, 각자 갈고닦은 기량을 맘껏 발휘하길 바란다."

민종현이 응시자들을 일별한 뒤 말을 이었다.

"취재는 대나무, 산수, 인물, 영모, 화초 중 둘을 고르는 일차 시재와 정해진 특정 대상을 그리는 이차 시재로 나눠 치를 것이다. 도합 세 장의 그림을 그리는 것이다. 참고로, 그림은 반드시 나눠 주는 시재지에 그려야만 유효한 점수를 얻는다는 사실을 명심해야 할 것이야."

별제가 응시자들의 신원을 확인하고 시재지에 일일이 날인을 한 뒤 종이 울리자, 예판 민종현이 "시작하라!"라고 큰 소리로 말했다.

마침내 9인의 참가자들이 모인 가운데 취재가 시작됐다.

초주지 화폭에 혼신의 힘을 쏟는 그들의 열정에 시험장의 공기가 점점 달아올랐다. 저마다 화폭에 대나무 줄기가 날렵한 자태로 하늘로 뻗었고, 계곡 속 잔설을 뚫고 홍매화가 피었으며, 금방이라도 화폭 밖으로 뛰쳐나올 듯 점박이가 아이들과 골목길을 내달린다.

화폭의 진척을 매섭게 훑어보던 예판과 별제의 걸음이 한곳에서 멈춰 섰다.

밤하늘에 환하게 떠오른 보름달. 새하얀 눈밭에 박힌 거뭇거뭇한 바위와 돌들. 그 뒤에 밀도 깊게 버티고 선 소나무 숲. 그 너머로 달빛에 하얗게 물든 대나무 숲이 보인다.

사율의 두 번째 화폭엔 벚꽃이 흐드러지게 핀 골목길에 여인이 홀로 수줍게 서 있다. 풍월관 기생 수향을 닮은 듯 갸름한 얼굴, 매화를 희롱하듯 살며시 올라간 입꼬리, 눈을 그윽하게 내린 채 온몸으로 봄기운을 품으려는 듯 치맛단을 올리며 살포시 몸을 비튼 모습이 고혹적이다.

사율의 손끝에서 탄생되는 화폭의 신세계에 적이 놀란 듯 미간을 찌푸리는 예판. 그와 달리 별제의 얼굴은 무심하기만 하다.

일차 시재지를 제출하고 잠시 휴식 시간을 가진 뒤 두 번째 시재가 이어졌다. 별제가 눈짓을 하자, 문이 열리면서 각종 현란한 깃발을 든 병졸들이 등장했다. 어가가 뒤를 이어 부용정 앞에 나타났다. 주작기와 벽봉기, 삼각기, 백택기, 각단기에 이어 국왕을 상징하는 용기와 둑기가 바람에 펄럭인다.

"주상전하께서 이용하시는 정가교와 용기를 비롯한 깃발들이다. 단

이각을 주겠다. 이각 안에 눈앞의 어가행렬을 화폭에 그대로 옮기는 것이 이차 시재다."

별제의 카랑카랑한 목소리가 공기를 가르자 좌중이 술렁인다. 이각 안에 왕의 가마 행렬을 그리라니, 말도 안 된다는 표정들이다. 몇몇은 고개를 절레절레 내젓는다.

"지금도 시간이 흐르고 있다."

그 말에 정신이 드는 듯, 좌중에 움직임이 인다. 누구는 세필을 들어 무작정 어가부터 그리는가 하면, 어떤 이는 여백의 종이에 빠르게 대략의 행렬 구도를 그리기 시작하고, 가만히 행렬을 바라보는 이도 있다.

날카로운 시선으로 행렬을 훑던 사율이 화폭에 행렬의 모습을 빠르게 담기 시작한다. 특이한 점은 틈틈이 어가행렬을 보며 그리는 대다수의 응시자들과 달리, 사율은 화폭의 그림에만 집중한다는 사실이었다. 거침없이 화폭 위를 내달리는 사율의 붓. 어가가 완성되고, 주작기와 벽봉기를 비롯한 선봉대의 깃발이, 그 뒤를 이어 용기와 둑기가 완성돼 간다. 그 속도와 묘사의 세밀함에 놀란 주변 응시자들이 힐끔힐끔 경탄의 시선을 감추지 못한다.

'어찌 저럴 수가…!'

먼발치에서 사율의 그림을 지켜보던 예판 민종현의 얼굴이 일그러졌다. 사율이 그린 일병화를 보면서 묘사의 빠름과 필치의 세밀함을 일찍이 목격한 바 있으나, 사물을 한 번 보고 그대로 묘사하는 천재적인 그림 실력을 보고 있자니 당혹감과 경탄이 뒤섞인 혼란스러움이 밀려들었던 것.

낭패감에 예판의 낯빛이 어두워진다.

그때, 먹통을 들고 황급히 제자리로 돌아가던 응시자 하나가 걸음이 꼬인 듯 비틀거리며 넘어졌다. 그 바람에 완성을 거의 눈앞에 두었던 사율의 화폭에 먹물을 엎지르고 말았다.

"저, 저런⋯!"

우의정 채제공이 나직이 혀를 찼다.

뜻밖의 돌발 상황에 사율도 난감한 듯 움찔했다.

"미, 미안하오. 내, 어찌 이런 실수를⋯"

먹물을 엎지른 응시자가 미안한 듯 어쩔 줄 몰라 했다. 시험장이 어수선해지자 별제가 앞으로 나섰다.

"일각이 채 남지 않았다. 집중토록 하라. 불문곡직하고 그 안에 제출하는 시재지만 채점토록 할 것이다."

별제의 단호한 일성에 사율의 얼굴이 굳는다. 그제야 경탄의 눈길을 거두고 자신의 화폭으로 돌아가는 응시자들.

가만히 화폭을 바라보던 사율이 눈을 감고 심호흡을 하더니, 입고 있던 두루마기를 벗어 바닥에 폈다. 그리고 어가행렬을 한 번 보고는 두루마기에 다시 그림을 그리기 시작했다. 거침없되 마치 눈앞의 풍경을 찍어 내듯, 세밀하고 정교한 행렬 묘사가 두루마기 화폭에 펼쳐졌다.

이윽고, 모든 시재가 끝나고 영의정을 필두로 한 삼정승과 도화서 제조, 별제가 참석한 가운데 채점이 끝났다. 응시자들이 부용정 앞에 집결했다. 제출한 모든 그림이 한눈에 볼 수 있도록 부용정 내부에 걸려 있는 가운데 최종 결과 발표를 눈앞에 둔 것이다. 예판으로부터 밀봉된 아홉 개의 채점 봉투를 받아 든 별제 김한구가 참가자들 앞에 섰다.

"채점 결과를 발표하겠다."

응시자들의 시선이 일제히 별제에게 쏠렸다.

"채점 방식은 기존의 화원 선발 취재 형식을 따르되, 각 주제별 점수 산정은 자비대령화원을 선발하는 녹취재 방식을 적용했다. 최고점 이상은 6푼, 이중은 5푼, 이하 4푼, 삼상 3푼, 삼중 2푼, 삼하 1푼, 차상은 반 푼, 차중과 차하는 무 푼이다. 총획득 점수가 물론 중요하지만, 그것보다 더 중요한 것은 상위 주제에서 높은 점수를 받는 자가 유리하다는 걸 유념해야 할 것이다."

별제가 첫 번째 응시자의 이름을 호명했다.

"상촌 박회강."

두 번째 줄 제일 왼쪽에 서 있던 응시자가 긴장된 얼굴로 침을 꿀꺽 삼켰다. 별제가 밀봉된 봉투에서 채점표를 꺼내 들었다.

"첫 번째 시재에서 대나무와 산수를 그린 바, 이하 4푼을 얻었으며, 두 번째 시재인 어가행렬에선 삼상 3푼을 얻어 총 7푼의 점수를 얻었다."

기대치보다 낮은 듯 박회강의 낯빛이 어두워졌다.

"다음 양주골 이선석. 첫 번째 시재 대나무와 산수에서 이중 5푼을 얻었으며, 두 번째 시재에선 이하 4푼을 얻어 총 9푼의 점수를 얻었다."

"다음 구파발 김말생."

채점 결과가 발표될 때마다 응시자들의 얼굴에 희비가 순간순간 엇갈렸다. 가는 탄식이 새어 나오기도 했고 작은 탄성이 터져 나오기도

했다. 최고점을 얻었다는 김말생의 점수 발표를 듣던 예판의 얼굴에 남모를 회심의 미소가 번졌다.

"마지막으로 개천 장사율."

밀봉된 봉투에서 채점지를 꺼내 드는 별제의 목소리가 살짝 떨렸다. 마지막 결과를 앞두고 일등을 달리고 있던 김말생이 초조한 낯빛으로 예판을 힐끗 보았다. 일등을 확신하는 듯 엷은 미소를 입가에 물고 있는 민종현이다.

"한후."

그 소리에 응시자들이 수군거리며 사율을 쳐다보았다. 제출 기한을 넘겨 제출 시 채점에서 제외되는 '한후'를 받은 것이 의외라는 듯한 눈빛들이다.

"이차 시재에서 영점을 받아 한후로 탈락이다. 따라서 일등은 대나무와 산수에서 각각 최고점을 받은…"

예조판서 민종현이 득의의 미소를 짓는데, 임금의 행차를 알리는 내관의 목소리가 들렸다. 영의정을 비롯한 모든 사람이 황급히 일어나 공손히 예를 표했다. 예조판서가 얼른 국왕 앞으로 나서며 허리를 굽혔다.

"화원 특별취재를 한다 하여 들렀소이다."

정조가 엷은 미소를 띤 채 삼정승과 눈인사를 나눈 뒤 응시자들을 일별했다.

"응시자들의 작품이오?"

임금이 부용정 안에 걸린 그림들을 보며 물었다.

　　　　　　　　　　　　　　　　화원: 밀사화의 비밀

"그렇습니다, 전하."

민종현이 대답했다.

시재지에 담긴 작품들을 한 점씩 찬찬히 살피는 임금. 그러다 한쪽으로 걸음을 옮기더니, 어느 그림 앞에서 임금의 발길이 멈춰 섰다.

사율이 그린 밤의 설경과 골목길에 수줍게 서 있는 여인을 묘사한 인물화, 그리고 두루마기에 그린 어가행렬.

꼼짝도 하지 않고 세 점의 그림을 응시하는 임금의 눈빛이 예사롭지 않다.

"이 시재지는 몇 푼을 받았소?"

사율이 두루마기에 그린 그림을 보며 임금이 하문했다.

"한후를 받았습니다, 전하."

"한후라, 저런…"

임금의 용안이 살짝 찌푸려졌다.

"제출 기한을 넘긴 거요?"

"그게 아니오라, 지급한 시재지가 아닌 두루마기에 임의로 그린지라 실격 처리를 했사옵니다."

"시재지가 아닌 두루마기에 그림을 그렸다…?"

용안에 호기심이 어렸다. 왕이 친히 사율의 이름을 불렀다.

"장사율이 누구냐?"

"소인이옵니다, 전하."

당황한 사율이 허리 굽혀 머리를 숙였다.

"연유가 무엇이냐? 시재지가 아니라 두루마기에 그린 연유가 무엇이더냐?"

"……"

"괜찮다. 고개를 들고 말해 보거라."

그제야 사율이 숙였던 고개를 반쯤 들었다. 뭐라 설명할지 난감한 듯 앞에 선 응시자의 등을 바라보고 섰는데, 별제 김한구가 있었던 상황을 간략하게 설명했다. 다 듣고 난 왕이 고개를 끄떡이더니, 잠시 생각에 잠긴 듯 두루마기 그림을 응시했다.

"타인의 실수로 시재지를 사용할 수 없었던 연유가 분명하고, 그럼에도 불구하고 시간 안에 그림을 제출했으므로, 장사율에 대한 채점은 마땅히 다시 해야 응당 합당하지 않겠소?"

순간 예판의 얼굴이 살짝 굳어졌고, 누구 하나 이의를 제기하는 사람은 없었다.

약 이각 후, 별제 김한구가 최종 결과를 발표했다.

"재채점 결과, 김말생이 첫 번째 시재에서 이상 6푼, 두 번째 시재에서 이중 5푼을 받아 최고점으로…"

고무된 얼굴로 재채점 결과를 듣고 있던 예판 민종현이 흠칫했다. 임금이 붉은 봉투를 꺼내 들었기 때문이다.

임금의 채점 점수가 담긴 '어평점' 봉투.

애초 예정에 없던 돌발 상황이었다. 도화서 화원 취재 과정에서 임금이 어평점을 내는 일은 극히 드물었다. 선발 과정에서 도화서의 독립성을 보장하고 외부의 입김을 배제해 최대한 공정성을 높이려는 취지

화원: 밀사화의 비밀

때문인데, 임금이 붉은 봉투를 꺼내 든 것이다.

"가장 뛰어난 실력을 가진 자가 화원으로 봉직하길 바라는 마음으로 공정하게 채점을 했소."

별제가 정조가 건넨 봉투를 공손히 받아 들고 민종현에게 건넸다. 봉투를 개봉하던 그의 표정에 미세한 균열이 일었다. 함께 점수를 확인하던 삼정승 또한 마찬가지. 일부의 표정에 동요가 일었다.

재채점표를 다시 받아 든 별제 김한구가 담담한 목소리로 최종 결과를 발표했다.

"어평점을 합산해 재채점한 결과, 첫 번째 시재와 두 번째 시재에서 각각 이상 6푼씩을 얻은 장사율이, 최고점자로 도화서 화원 특별취재에 최종 선발되었음을 공표한다."

응시자들의 시선이 일제히 사율에게 꽂혔다. 당연한 결과라는 듯 수긍하는 눈빛과, 인정할 수 없다는 듯 부정하는 눈빛이 한데 어지럽게 뒤얽혔다.

굳은 얼굴로 듣고 있던 예판 민종현이 앞으로 나섰다.

"신 예판 아뢰옵니다. 장사율이 최고점을 얻었다고는 하나, 도화서 화학생도 과정도 거치지 않은 자가 의궤 반차도라는 막중한 임무를 맡은 전례가 없사옵니다. 더구나 강상의 도리가 만방에 여전하온데, 어찌 천민의 신분으로 종묘사직의 지엄한 혼을 담는 일을 맡을 수 있단 말이옵니까? 부디 통촉하여 주시옵소서, 전하."

임금이 낮고 단호한 목소리로 일갈했다.

"장사율의 그림을 보시오. 마치 연과 장졸들이 화폭에서 튀어나올 듯 묘사가 세밀하고 생동감이 넘치니, 이 중 단연 으뜸이지 않소?"

그 소리에 찬물을 끼얹은 듯 침묵이 내려앉았다.

"더구나 다른 이의 실수로 시재지를 못 쓰게 됐음에도 불구하고, 끝까지 포기하지 않고 두루마기에 그림을 그려 취재를 끝낸 그 불굴의 정신은 모두가 본받을 만하다 할 것이오."

고개 숙인 예판의 입술이 잠깐 실룩거렸다.

"게다가 짐이 신분의 고하와 귀천을 떠나 종묘사직을 위해 그 재주를 요긴하게 쓸 수 있는 자를 널리 두루 쓰겠다고 공표한 지가 언제이거늘, 아직도 신분 타령을 한단 말이오. 윤2월에 있을 화성 원행에 지장이 없도록 도화서는 각별히 그 직분을 다하도록 하시오."

그 말을 끝으로 정조가 사율을 가만히 바라보았다. 보일 듯 말 듯 입가에 머물러 있는 엷은 미소.

사율이 몸을 엎드려 부용정을 떠나는 국왕에게 예를 표했다. 잠시후, 머리를 들었을 때 자신을 향해 일제히 꽂히는 차가운 시선에 몸이 굳었다.

원반과 곁반, 책상반으로 차려진 12첩 반상의 아침 수라상. 원반에는 흰 쌀밥과 미역국을 비롯해 찌개, 찜, 전골, 젓갈, 수란, 나물 등이 차려져 있고, 곁반엔 팥밥과 곰탕, 숭늉대접곡차가, 책상반에는 전골, 장국, 고시, 참기름과 각색 채소가 올라와 있었다.

"젓수십시오, 전하."

조기조치를 맛본 기미상궁이 공손히 말하자, 정조가 숟가락을 들어

찌개를 맛보았다.

"어찌 맑은조치를 내어 온 게냐?"

아침 수라를 들던 왕이 살짝 이맛살을 찌푸리며 수라상궁에게 물었다. 조칫보에 담긴 조기조치를 두고 이름이었다.

"생선조치를 내올 땐 반드시 된장이나 고추장으로 간을 한 토장조치를 내오라 하지 않았더냐?"

왕의 목소리에 짜증이 살짝 배어났다.

"전하…"

기미상궁이 얼른 답하지 못하고 난감한 듯 수라상궁을 흘끗 보았다. 수라상궁 또한 난감하긴 마찬가지였다.

"전하, 생선조치를 내올 땐 맑은조치를 내오라 하셨사옵니다."

"뭐라? 토장조치가 아니라 맑은조치를 내오라 하였단 말이냐, 과인이?"

왕의 목소리에 균열이 일면서 신경질적으로 높아졌다.

"그, 그렇사옵니다, 전하."

수라상궁이 머리를 조아렸다.

그 모습을 본 왕이 이내 흐트러지려는 호흡을 가다듬었다.

하나, 둘, 셋…

마음속으로 숫자를 셌다.

요즘 들어 부쩍 심해지는 증상이다. 누군가 자신의 말을 반박하거나 인정하지 않을 때, 불쑥불쑥 솟구쳐 오르는 열기. 지금 이 순간처럼 사소한 상황에서도 발화됐다. 파직, 바싹 마른 건조기의 숲을 단숨에 태워 버릴 수 있는 부싯돌처럼, 아무리 삼켜도 삼켜지지 않은 이물감처럼, 그것은 내면의 깊은 근저에 똬리를 튼 뜨거운 용암 덩어리 같았다.

"후우."

왕이 탄식 같은 한숨을 내쉬었다.

난감한 노릇이 아닐 수 없었다. 수라상궁이 거짓부렁을 고할 리 없을 터. 하나, 그런 말을 한 기억조차 잘 나지 않았다.

'내가 맑은조치를 내오라 하였다니…'

왕의 얼굴이 굳어졌다.

"전하, 잠시만 기다리소서. 바로 토장조치를 올리겠나이다."

"아니다. 그럴 것 없다."

정조는 묵묵히 김구이를 집어 들었다.

요즘 들어 기억이 가물거리는 일이 잦았다. 상참이나 경연을 할 때 자주 그랬다. 이미 결재한 공문서에 계자인을 찍거나 면담을 끝낸 대신을 다시 부르기도 했으며 바로 옆에 둔 붓을 찾아 상선을 몇 번이나 부르기도 했다. 선왕께서 매병으로 고생하셨는데, 자신 또한 그러한 전철을 밟아 치매가 심해지는 게 아닌지 언뜻 두려운 마음이 엄습했다.

몇 번 수저를 들던 왕이 수저를 내려놓았다.

"입맛이 없구나."

왕은 이내 상을 물렸다.

蕩蕩平平室

창덕궁 편전 선정전.

화원: 밀사화의 비밀

국왕 정조가 편전 한쪽 벽에 걸어 놓은 친필 휘호를 응시하며 만감에 젖어 있었다. 편전을 탕탕평평실이라 칭하며 선왕에 이어 탕평에 힘써온 지난날들이 뇌리에 스쳤다.

『황극편』이란 저술을 통해 각 붕당에서 왕정을 보필하는 인재를 이끌어 내 귀하게 쓰는 것이 중요하다고 논파하며 규장각을 설치하고, 서얼 폐지, 노비제도 폐지 추진, 신해통공, 내수사 혁파, 장용위 설치, 화성 건설 착수 등 각종 개혁 정책을 이끌며 한달음에 달려온 날들이었다. 스스로 군사라 자처하고, 만천명월주인옹이라 자임한 세월이었다.

왕의 시선이 아까부터 벽에 걸린 두 점의 그림에 붙박여 있었다.

'이 느낌은…'

대지를 비추는 환한 보름달. 새하얀 눈밭에 박힌 거뭇거뭇한 바위와 돌. 그 너머에 버티고 선 소나무 숲과 달빛에 하얗게 물든 대나무 숲. 그리고, 벚꽃이 흐드러지게 핀 골목길에 홀로 서 있는 여인이 시선을 사로잡는다. 미소 지을 듯 말 듯 살며시 올라간 입꼬리와 봄을 희롱하듯 치맛단을 올리며 몸을 살포시 비튼 고혹적인 여인의 모습.

사율이 일차 시재지에 그려 제출했던 그림이다.

'어디선가 마주한 듯한 느낌인데…'

먹의 농담과 여백을 활용해 사물의 생동감을 살리고, 소박하되 과감한 붓의 흐름으로 사물에 담긴 진정성을 드러내는 필치. 빠르고 쉽게 그린 듯하나, 오랫동안 사물의 본질을 관조한 자만이 드러낼 수 있는 간단치 않은 성찰의 미학. 그것은 오랫동안 예기를 갈고닦은 자만이 보일 수 있는 독보적인 미의 세계에 다름 아니었다.

묘한 기시감.

더불어 임금의 뇌리에 스치는 인물이 있었다. 동통처럼 가슴을 뻐근하게 후비는 둔중한 통증.

'설마… 이미 이 세상 사람이 아니지 않은가…'

말도 안 된다는 듯 임금은 얼른 머리를 가로저었다.

"오늘이 며칠이더냐?"

기이한 기시감을 억누르며 정조가 편전 벽면에 내걸린 한 폭의 산수화로 시선을 돌리며 물었다.

"스무하루이옵니다, 전하."

멀찍이 입시하고 있던 상선이 공손히 대답했다.

"참, 그렇지. 내 정신 좀 보게. 좀 전에도 물었었지."

왕이 멋쩍게 웃으며 산수화 앞에 걸음을 멈췄다. 요즘 들어 부쩍 날짜를 잊어버리는 일이 잦다.

"이 산수화 이름이…?"

"작년 가을, 예판 대감께서 진상하신, 단원 김홍도의 『비봉폭』이옵니다, 전하."

"참, 그렇지. 『비봉폭』…"

고개를 끄덕이며 산수화를 응시하는 정조.

억겁의 세월이 켜켜이 쌓인 듯한 기암절벽의 거뭇한 암석들 사이로 굽이치며 흘러내려 마침내 쏟아져 내리는 폭포와, 그 아래 언덕에 앉아 폭포를 감상하는 사람들의 처연한 풍경이 눈앞에 펼쳐진다. 마치 봉황새가 꼬리를 매끄럽게 휘저으며 천상으로 날아오르는 듯 장엄한 형국의 풍광.

한참 그림을 바라보던 국왕이 어지러운 듯 균형을 잃고 순간 비틀거렸다. 상선이 황급히 다가와 왕을 살폈다.

"괜찮으시옵니까, 전하."

"괜찮다. 내 정신 좀 보게. 어서 침전으로 가자. 번암과 다산이 기다리겠구나."

의문의 죽음들

한약재 창출과 뒤섞인 시큼한 초 냄새가 좌포도청 검안소의 공기 속에 희미하게 부유하고 있었다. 두 개의 검시대에 선화 이익종과 화원 허만교의 시신이 반듯하게 놓여 있었고, 은비녀를 비롯해 초, 매실 과육, 지게미, 소금, 파, 창출 등의 약재가 검시 도구 상자에 담겨 있었다.

"보시다시피 피자치사입니다요."

화원 허만교의 시신을 검시하던 혈두가 시신의 몸에 난 자상을 가리키며 말했다. 시신의 등 쪽 옆구리에서 파고들어 복부를 예리하게 관통한 자상이 보였다.

"등 뒤에서 단번에 복부를 관통한 점으로 봐서, 전문 칼잡이의 솜씨 같습니다."

"전문 칼잡이?"

좌포청 종사관 강도수가 미간을 찌푸리며 자상을 들여다보았다.

"그렇습니다요. 처음 검험했을 때 언뜻 상흔을 알아볼 수 없을 정도로 예리했으니까요."

그랬다. 언뜻 봐서 쉽게 분간이 안 돼 자상이 의심되는 부위를 물로 적시고 파의 흰 부분을 으깨어 바른 뒤, 초에 적신 종이를 덮었다 반 시진 후 걷어 내고 물로 씻고 나서야 자상을 확인할 수 있었으니까.

"비장과 신장을 찔린 망자는 한 식경쯤 출혈로 고통받다 절명했을 겁니다요. 이상한 점은… 전문 칼잡이의 소행이라면 단번에 절명시킬 수 있었을 텐데, 그러지 않았다는 것이지요."

"무슨 뜻인가?"

"전문 칼잡이라면 단번에 비장과 신장을 꿰뚫어 절명시킬 수 있었음에도, 그러질 않고 비켜 찔렀다는 것입니다요."

"일부러 그랬단 말인가?"

"그럴 가능성이 크다는 생각입니다. 보시다시피 치명적 사인은 가슴을 꿰뚫은 화살입지요. 즉, 첫 번째 공격을 받은 망자는 한 식경가량 엄청난 고통과 공포에 떨며 도망치다 두 번째 화살 공격을 받고 절명했을 거라는 거지요."

"흠…"

종사관 강도수가 흥미롭다는 듯 콧구멍을 벌렁거렸다. 혈두의 검험 결과가 사실이라면 그 뒤에 숨은 범인의 의도를 밝혀내는 것이 사건 해결의 지름길이 될 것이다.

검시의 혈두는 믿을 만한 자였다.

선공감 예장관 수하의 관노로 일하는 틈틈이 반촌에서 도축과 고기를 다루며 익혔던 뛰어난 해부 실력을 인정받아 검시의 일을 병행하고 있었다. 등이 굽은 꼽추에다 몰골도 볼품없는 자이지만 이 바닥에선 꽤 경력을 인정받아 적지 않은 검시의 일을 맡았다. 이번 검시도 초검에서 상흔을 정확히 발견하지 못하자, 강도수가 혈두를 추천해 재검시를 했던 것이다.

"근데 두 번째 시신은 좀 다릅니다."

혈두가 선화 이익종의 시신에 다가서며 말했다.

"추락과 자상이 망자의 주요 사인인 건 분명하지만 소인의 생각은 좀 다릅니다요."

무슨 뜻이냐는 듯 강도수가 혈두를 흘끔 쳐다보았다.

"추락해서 절명하기 전에 먼저 독살을 당한 것 같습니다. 칼에 찔려 피를 많이 흘리긴 했겠지만 결정적인 사인은 아니지요. 추락사 전에 맹독이 숨통을 끊어 놓았을 겁니다요."

"독살이라…?"

"이거 보십시오."

혈두가 무언가를 보여 주었다. 은비녀였는데, 청흑색으로 변해 있었다.

"혹시나 해서 은비녀를 쥐엄나무를 끓여 우려낸 조각수로 씻어 시신의 목구멍 안에 넣어 놨었는데, 이렇게 변색이 되었습니다. 이런 경우, 은비녀를 조각수로 다시 씻어도 그 색이 없어지지 않으면 독살이 분명한 겁니다요."

혈두가 은비녀를 조각수가 담긴 그릇에 넣고 흔들며 세척을 했다. 예상대로 청흑색은 없어지지 않았다.

"독침을 꽂은 흔적은 발견하지 못했으나 독살이 분명합니다요. 누군가 추락사로 위장하기 위해 독살한 것이지요."

"흠…"

강도수가 다시 콧구멍을 벌렁거렸다.

"근데 망자가 그림 그리는 화원이라면서요?"

혈두가 구택규의 검험 지침서 『증수무원록』을 바탕으로 작성한 검험서에 수결을 하며 물었다.

"날씨도 사나웠는데 왜 혼자 외유사생을 갔을까요?"

강도수가 제동을 걸었다.

"거기까지. 네놈은 검시만 제대로 하면 된다. 필요 없는 건 알려고 애쓰지 말거라."

"송구합니다요."

혈두가 시신 뒤처리를 하는 것을 보며 강도수가 검지로 코를 후벼 팠다. 곰곰이 생각에 잠길 때면 나오는 그만의 버릇이다.

선화 이익종과 화원 허만교는 누구에 의해 죽임을 당했을까? 허만교의 죽음 뒤에 숨은 범인의 의도는 무엇이며, 혈두의 말이 맞는다면 범인은 왜 이익종을 추락사로 위장해 독살했을까?

이제부터 그가 찾아내야 할 해답이었다.

"나리."

혈두가 손길을 멈추고 뜨악하니 강도수를 쳐다보았다.

"또 뭐냐?"

"코…핍니다요."

아무렇지 않다는 듯 강도수가 코를 후벼 파던 손을 멈추고 흐르는 피를 소매로 스윽 훔쳤다.

"그럼, 소인 먼저 퇴청하겠습니다."

강도수는 혈두가 퇴청하고도 한참 동안 시신 옆에서 생각에 잠겨 있다 검안소를 조용히 빠져나왔다. 밖은 이미 어둠에 잠겨 있었다.

보드득보드득.

발밑에서 잔설 밟히는 소리가 청명한 밤공기를 깨뜨렸다.

그는 자신도 모르게 몸을 움츠렸다. 종국에 가 닿아야 할 여정의 끝이, 왠지 만만찮을 것 같은 예감이 알싸하게 몰려들었던 것.

"그날을 또렷하게 기억하고 있습니다. 퇴청하고 누군가 만나러 간다는 말과 함께 급히 나갔었지요."

"퇴청 후 외출이 잦았습니다."

"평소와 달리 사람이 좀 불안해 보였습죠."

도화서 별제와의 면담을 시작으로 화원들을 상대로 면담 조사를 벌였지만, 별다른 특이점을 보인 화원은 없었다. 최근 들어 이익종이 퇴청 후 외출이 잦았고, 허만교는 누군가에게 쫓기는 듯한 불안감을 자주 보였다는 증언이 많았다. 선화 이익종이 의문의 주검으로 발견된 이후 더욱 그랬다는 증언이었다.

"혹 이익종과 허만교가 원한을 살 만한 일은 없었소?"

"글쎄요, 워낙 조용히 할 일만 하던 양반들이라 딱히…"

고참 화원 허방이 고개를 주억거렸다.

"아니면, 수상한 자를 본 적은 없소? 괜히 도화서 주변을 얼쩡거린다던가."

"수상하다기보단 최근에 새로 온 화원은 있지요."

"새로 온 화원?"

"그렇습니다. 장사율이란 잔데, 특별취재를 통해 선발된 화원 말입니다."

"죽은 화원을 대신할 화원을 뽑았단 말이오?"

"확실치는 않으나 돌아가신 선화 이익종의 자리를 대신할 가능성이 있는 걸로 알고 있습니다."

"실력이 대단한가 보오. 선화라면 도설의 선묘 작업을 주로 하는 걸로 알고 있는데, 새로 온 화원에게 그 작업을 맡길 정도면."

수사하면서 알게 된 얕은 겉핥기 지식을 자랑이라도 하듯 강도수가 아는 체를 했다.

"실력이 전부가 아니지요. 실력 좋다고 오랫동안 도화서에 헌신한 화원들을 퇴물 취급하면 누가 혼을 바쳐 그림을 그리겠습니까? 안 그렇습니까?"

"도화서에 불만이 많은 듯하오."

"아니, 뭐 그런 게 아니라… 이를테면 그렇단 말이지요."

허방의 볼멘소리에서 최근 분위기가 뒤숭숭한 도화서의 실상을 엿보는 듯했다.

최근 잇달아 발생한 도화서 화원의 죽음.

무기를 다루는 무관이 아니라, 그림을 그리는 화원들의 연쇄적 사망 사건은 예사로운 일이 아니었다. 비록 동기들에 비해 승차는 늦었지만 다년간 종사관으로 좌포청의 녹봉을 받아 온 그의 직감이 그렇게 말하고 있었다.

"장사율 그자는 어디 있소?"

강도수가 눈빛을 반짝이며 물었다. 제대로 사건을 해결해 공을 세워 몰락한 집안을 다시 일으켜 세우기 위해서라도, 이번 도화서 화원들의 잇단 죽음의 배후는 철저히 파헤칠 것이다. 이번 사건 해결에, 그는 사활을 걸고 있었다.

강도수는 곧바로 풍월관을 찾았다. 도화서로 보낼 짐을 꾸리고 있던 사율을 보자마자, 강도수가 대뜸 선화 이익종을 알지 않느냐고 물었다. 몇 차례의 물음에도 모른다는 대답이 돌아오자, 강도수가 집요한 눈빛을 번득이며 재차 캐물었다. 미세한 표정 변화도 놓치지 않겠다는 듯.

"선화 이익종, 정말 모르는 사람이오?"

"일면식도 없는 사람입니다."

짐 꾸리는 손을 멈추지 않고 사율이 대답했다.

"잘 생각해 보시오. 하다못해 이곳 풍월관에 술 마시러 왔을 수도 있잖소."

"못 봤습니다."

여전히 여장을 꾸리느라 바쁜 사율.

"이보슈. 사람이 말을 하면 얼굴이라도 쳐다봐야 할 거 아니오?"

강도수의 어조가 시비조로 변했다. 그제야 사율이 여장을 꾸리던 손을 멈추고 강도수에게 시선을 돌렸다.

"지금 절 심문하시는 겁니까?"

예상치 못한 당당한 어조.

"아니, 뭐 그런 건 아니지만…"

"그럼, 추포령이라도 내려진 겁니까?"

강도수의 얼굴에 당혹감이 살짝 번졌다.

"아니, 그러니까 내 말은 사람과 사람의 대화는 서로 눈을 보면서 하는… 그런 인간적인 대화가 돼야 한다, 뭐 그런 뜻이오."

강도수가 어색한 미소를 지으며 한발 물러섰다.

"지금 저를 마치 범인 대하듯 하는 종사관 나리의 말투가 인간적인 대화란 말씀인지요?"

"거참, 내가 언제 그쪽을 범인으로 몰아갔단 말이오. 듣고 보니, 참 섭섭하네."

강도수가 머리를 긁적였다.

"내 말은, 그쪽이 죽은 이익종의 자리를 꿰찬 장본인이라는 점에서 확인할 필요가 있단 말이오. 왜냐하면, 이익종의 죽음으로 제일 이득을 본 자가 누구겠소?"

사율이 다시 일손을 멈추고 강도수를 똑바로 응시했다.

"제가 망자를 죽이기라도 했단 말입니까?"

"에헤이, 그 눈빛이 너무 도전적이오. 과하단 말이외다. 내 말은 그런 뜻이 아니라, 심증상 그쪽을 우선 의심할 수밖에 없다, 뭐 그런 말이오."

"분명한 건, 전 특별취재에 응해 합격했고 화원으로 선발됐다는 사실입니다."

"누가 뭐랬소…"

"볼일 다 보셨으면 그만 돌아가시지요. 내일 진시 정각에 도화서에 등청해야 합니다."

사율이 여장을 다시 꾸리기 시작하자, 멋쩍은 듯 헛기침을 하며 하릴없이 턱을 쓰다듬는 강도수. 초면에 체면을 구긴 게 못마땅한 듯 사율을 한 번 쏘아보고는 홱 몸을 돌렸다.

"또 봅시다."

뭔가 못마땅하다는 듯 벽을 툭툭 치며 멀어지는 강도수의 뒷모습을 흘끗 응시하는 사율. 왠지 개운치 않은 기분을 털어 내려는 듯 다시 짐을 꾸리기 시작했다.

좌포청으로 돌아온 강도수는 탐문 수사를 강화하는 한편 8패로 나누어 순찰을 돌던 것을 두 명의 패장과 군사를 보강해 우범 지역의 밤 순찰을 강화하고, 관할 구역 내 전문 칼잡이들의 동향 파악에도 더욱 주의를 기울이겠다는 보고서를 제출한 뒤 집무실로 돌아왔다.

'보통내기가 아니야, 그 친구…'

자리에 털썩 앉은 강도수가 길게 한숨을 내쉬었다. 낮에 면담했던 사율의 얼굴이 자꾸만 떠올랐다. 꿀릴 것 하나 없다는 상대의 능청맞은 말투와 태도에 종사관이라는 자신의 직분조차 순간 망각할 정도로, 사율의 눈빛과 몸짓은 당당했다.

"뭐가 또 그리 고민스러워 우리 강 종사관을 피 보게 한단 말인가, 응?"

익숙한 동료 목소리에 고개를 돌리자, 박흥청 종사관이 활짝 웃으며 들어섰다.

"어, 왔는가?"

"자네, 그 버릇 좀 고칠 수 없나? 앞으로 고민해야 할 일이 한둘이 아닐 텐데, 그때마다 코피를 보면 어디 자네 명줄대로 살겠나?"

그제야 강도수가 피 묻은 손가락을 슬쩍 내렸다. 어느새 자기도 모르게 코를 후벼 파고 있었던 것.

"자네, 그 이름부터 바꿔야 하는 거 아냐? 사나이 이름이 홍청이 뭔가? 차라리 망청이라고 하지 그래."

강도수가 계면쩍음을 감추려는 듯 피식 웃었다.

"그렇잖아도 개명이라도 해야지, 이거야 원. 밖에 나가면 말발이 안 먹힌다네. 연산군 때 기녀들 떠오른다고 말이야."

두 사람이 큰 소리로 껄껄 웃음을 터뜨렸다.

"그나저나 수사는 잘돼 가는가?"

박 종사관이 여전히 웃음기를 입에 문 채 물었다.

"뭐 그럭저럭. 사건 처리 보고서, 발사는 올렸는데, 아직은 잘 모르겠네."

"타살 같은가?"

"예리한 자상을 찾았네. 등 뒤쪽 옆구리에서 복부를 관통한 자상으로 봐서 타살 같으이."

"타살이라… 그림쟁이들이 뭐 그리 원한 살 일이 많다고…"

"그러게나 말일세."

"죽은 자가 둘이라고 들었는데, 둘 다 타살이란 말인가?"

"선화 이익종이란 자는 추락사 전에 독살을 당한 듯하네. 검시 결과

두부를 비롯해 여러 군데서 다발성 골절을 확인했네만 늑액사나 중독사, 익사나 자상의 상흔은 발견되지 않았어. 화원 허만교는 타살이 분명하고."

"쯧쯧. 그 추운 날에 외유사생은 왜 갔을꼬. 보나 마나 응달진 곳에서 미끄러져 추락사한 게 뻔하지, 뭐."

"글쎄, 좀 더 수사해 보면 알겠지."

"어쨌거나 고생 많네. 난 그만 퇴청하겠네. 수고하게나."

"내일 봄세."

집무실을 나가려던 박 종사관이 걸음을 멈추고 뒤돌아보았다.

"참, 자네 나랑 한잔하지 않겠나?"

"지금?"

"그럼. 얼마나 좋아. 술 마시기에 좋은 날 아냐?"

"다음에 하세. 일이 좀 남았네."

"그럴까, 그럼?"

박 종사관이 문밖으로 사라지자, 강도수는 다시 생각에 잠겼다. 수사는 모든 가능성을 열어 놓고 멀리서 내려다보아야 하는 법. 우선, 두 사람 모두 살해됐다고 가정한다면, 대체 그림쟁이가 둘씩이나 잇달아 살해될 연유가 무엇이 있단 말인가? 두 사건은 별개의 사건일까, 아니면 서로 연관이 돼 있을까? 자신도 모르게 어느새 그의 검지가 콧속을 파고들고 있었다.

쿵쿵!

규칙적인 도끼질 소리가 산속의 적막한 공기를 깨뜨리며 울려 퍼졌다. 도끼로 나무를 찍어 내는 사율의 움직임에 날이 서 있었다. 단번에 목표물을 찍어 내려는 듯 도끼날은 정확하고 빈틈이 없었다. 애꾸 영감도 없이 혼자 땔감을 하러 온 참이다. 사율은 도끼를 내려놓고 석록암이 옹송그리듯 한데 모인 커다란 암석 쪽으로 다가갔다. 평소 땔감을 마련하는 산속보다 한참 더 깊숙이 들어온 데는 이유가 있었다.

석록암이 봉긋하게 자리한 양지바른 곳.

사율이 작은 소나무 한 그루 앞에 걸음을 멈췄다. 그리고 준비한 호미로 소나무 앞의 메마른 낙엽 더미를 걷어 내고 땅을 파기 시작했다.

이윽고, 그의 손에 들려 나오는 작은 나무 상자.

상자 뚜껑을 열자, 피 묻은 천 조각이 드러났다. 하나가 아닌 세 조각의 피 묻은 무명천. 일정한 크기로 정성껏 잘라 낸 듯한 천 조각을 가만히 바라보던 사율이 손을 뻗어 천 조각을 집어 들었다.

'…아버지, 어머니, 애숙아…'

그의 눈빛이 흔들렸다.

오랜 세월이 흘렀건만, 마치 어제 일처럼 고통스러운 기억이 뇌리를 파고든다. 닭장 안에서 숨죽인 채 무기력하게 지켜봐야만 했던 부모님과 여동생의 끔찍한 살육의 현장. 지금 그가 들고 있는 것은 그들의 시신을 감쌌던 단순한 천 조각이 아니라, 무자비한 칼날에 찢기고 난도질당했던 혈육의 육체이자, 영혼에 다름 아니었다.

그런 까닭에 풍월관에 정착하면서 이곳에 묻어 놓고는 한 번도 찾지 않았던 그였다. 아니, 사실 몇 번이나 찾아왔으나 감히 땅을 파내고

화원: 밀사화의 비밀

천을 마주할 용기가 없었다고 하는 게 맞을 것이다.

천 조각을 마주한다는 건 끔찍했던 과거와의 조우를 뜻하기 때문이었다. 피를 흩뿌리며 억울하게 숨져 간 그들의 절규와 원통함을 마주할 자신이 없었을 뿐만 아니라, 한참의 세월이 흘렀음에도 불구하고 그들의 넋을 달랠 복수의 실마리조차 찾지 못한 자신의 변변찮음에 대한 자괴감 때문이었다.

그렇게, 피 묻은 세 조각의 천은, 차가운 땅속에 묻혀 있었음에도 늘 사율과 함께하고 있었다. 어린 나이에 폐가가 돼 버린 집을 떠나 바람처럼 전국을 떠돌면서도 잠시라도 그 존재를 잊은 적이 없었다. 그가 그토록 오랜 세월을 별 탈 없이 떠돌 수 있었던 것도, 지금은 핏빛이 바래 연갈색 혈흔으로 남은 이 세 조각의 천 때문이라고 해도 과언이 아닐 것이다.

그에게, 천 조각은 곧 죽었으되 죽지 않고 그와 늘 함께하는 사랑하는 가족이자, 친구이자, 영혼의 벗이었다. 동시에 일순간 파멸의 고통을 안기고 떠난 원수에 대한 핏빛 복수를 완성할 때까지 초심을 잃지 않도록 결의를 다지게 해 주는 힘의 원천이기도 했다.

'아버지, 이제 원수를 찾아 떠납니다.'

천 조각 아래엔 닥종이와 단도가 놓여 있었다. 닥종이를 꺼내 들고 폈다.

정자관을 쓰고 수염을 잘 기른, 사대부 고위 관료인 듯 보이는 자의 초상화. 가는 눈꼬리가 위로 뻗었고 광대뼈가 발달했으며 하관이 단단해 보이는 것으로 보아, 야망과 자아가 견고해 보이는 인상이다.

사율이 초상화를 똑바로 응시했다.

종이가 닳도록 보고 또 본, 설령 놈이 나무 아래 짙은 그늘 속에 숨어 있다 해도 단번에 알아챌 수 있도록 머릿속에 또렷이 각인된 얼굴이 아 닌가. 아버지와 어머니, 여동생을 도륙하며 칼을 내리치던 순간 놈의 얼굴에 비릿하게 스치던 광기 어린 비웃음을 어찌 잊으랴. 살아 숨 쉬 는 매 순간마다, 부모와 여동생의 시신을 부여잡고 절규하며 복수를 다 짐하던 꿈속에서조차 잊어 본 적이 없었던 놈의 얼굴이 아니던가.

오직 놈을 향한 복수의 일념으로, 낮은 곳에서 묵묵히 버텨 온 지난 한 세월.

사율이 단도를 꺼내 들고 칼끝을 매만졌다. 손가락이 닿는 순간 핏물 이 살짝 배어났다. 파리하게 날이 선 칼날. 초상화의 목을 겨누는 그의 손이 파르르 떨렸다.

'반드시 내 손으로 네놈 숨통을 끊어 부모님 무덤에 바칠 그날이 올 게야.'

사율이 이를 꽉 다문 채 피 묻은 천 조각과 초상화, 비수를 나무 상자 에 넣고 비단 보자기로 쌌다. 그리고 자리에서 일어섰다. 이제 부모님 과 여동생의 혼은 차가운 땅속이 아니라, 그의 입김이 닿는 지척에서 함께하며 통쾌한 복수의 순간을 맞을 것이다.

깊은 밤, 병조판서 심환지의 처소.

호위무사들이 경계하는 가운데 노론 수뇌부들이 침통한 얼굴로 앉 아 숙의 중이었다. 그중엔 정조로부터 봉조하를 받아 정계에서 은퇴했으나 여전히 노론의 정신적 지주인 김종수와 예조판서 민종현도 굳은 얼굴을 하고 있었다.

최근 벌어진 도화서 취재 결과를 둘러싸고 볼멘소리가 좌중에서 터져 나왔다.

"기방 노비가 화원이 되다니, 있을 수 있는 일입니까?"

"더구나 예판이 천거한 자를 밀어내고 화원이 되다니요. 도저히 믿을 수 없는 일이 벌어졌어요."

"다 된 밥에 주상이 코를 빠뜨리다니, 말이 됩니까?"

"그래요. 뜻하지 않게 주상이 개입하면서 일이 틀어졌으니, 하루빨리 대책을 세워야 합니다."

가만히 듣고 있던 예조판서 민종현이 굳은 얼굴로 입을 열었다.

"우리 측 인사들이 주상의 화성 원행을 담는 반차도를 모두 맡아야 일을 온전히 도모할 수 있습니다. 한 자리라도 구멍이 난다면 성공을 장담할 수 없습니다."

예판의 시선이 김종수를 향해 있었으나, 그는 듣는 둥 마는 둥 눈을 감고 있었다. 줄곧 말없이 지켜보고 있던 심환지가 입을 열었다. 김종수가 조정에서 물러나면서 사실상 노론 수장 역할을 맡고 있는 그였다.

"장사율 그자, 만만하게 볼 인물이 아니오. 그 상황에서 임시방편으로 두루마기를 사용할 정도로 침착한 자요."

민종현이 고개를 주억거리며 말을 받았다.

"그자가 그리 대처할 줄은 예상치 못했습니다. 이럴 줄 알았으면 아예 시험장에 못 나오게 다리를 분질러 놓는 건데 말입니다."

소문을 듣고 호기심에 풍월관을 찾았고, 사율이 일병화를 그리는 솜씨를 직접 눈앞에서 목격하며 내심 감탄했던 그였지만, 사태가 이렇게 엉뚱한 방향으로 번질 줄은 전혀 예상하지 못했다. 별제 김한구가 올린 취재 응시자 명부에서 사율의 이름을 발견했을 때만 해도 인재를 취하기 위해선 신분의 귀천을 따지지 않겠다는 주상의 치기가 빚어낸 볼썽사나운 구경거리 정도로 조소하고 말았던 그였다.

"매사에 만전을 기해야 했소. 조그만 가능성이라도 미리 예상해 대비했었어야 했소. 호미로 막을 거 가래로 막는다고 하지 않았소이까."

"송구합니다, 대감. 이럴 줄 알았으면 두루마기조차 못 쓰게 온몸에 먹물을 뒤집어씌우라고 일렀어야 했는데…"

"이미 벌어진 일은 할 수 없지. 대신 분명히 말하지만 차제에 이런 일이 다신 있어선 아니 될 게요."

"명심하겠습니다, 대감."

"호경불구. 좋은 풍경은 오래가지 않는다 했소."

그 소리에 김종수가 눈을 뜨고 입을 열었다.

"병판의 쓴소리에 모두 귀 기울여야 하오. 지금 조정 돌아가는 꼴을 좀 보시오."

조정에서 은퇴했다고는 하나 꼬장꼬장한 목소리는 살아 있었다.

"주상이 올해 회갑을 맞는 사도세자에게 8자 존호를 올리고, 죽책 대신 옥책과 금인을 올려 사도세자를 국왕으로 추숭하려 하고 있소이다. 채제공 그자가 앞장서서 나팔을 불고 있고, 주상이 뒤에서 말리는 듯 오히려 충동질하는 형국이오. 선왕께서 친히 단죄한 대역죄인을 국왕으로 받들자니, 이 도대체가 말이 되는 소리요? 내 귀를 베고 싶을 정도의 망발이외다."

그가 좌중을 일별하며 쐐기를 박듯 말을 이었다.

"주상이 입으로는 탕평 탕평 해도, 정신 바짝 차리지 않으면 언제 우리 목에 비수를 들이댈지 모른단 말이오."

김종수의 말이 끝나자, 잠시 싸한 침묵에 휩싸이는 좌중.

이윽고, 심환지가 헛기침을 한 뒤 주위를 환기했다.

"모두 대감의 뜻을 잘 새겨야 할 것이오."

공감한다는 듯 좌중이 고개를 끄덕이며 비장한 눈빛이 되자, 심환지가 기다렸다는 듯 말머리를 돌렸다.

"또 지적해야 할 사안이 있소. 지난번 배신자에 대한 처단은 일 처리가 깔끔하질 못했소."

좌중 여기저기에서 헛기침 소리가 났다.

"무귀, 게 있느냐?"

조용히 문이 열리며 호위무사 무귀가 즉각 대령했다.

서늘함을 담은 눈빛, 일자로 굳게 다문 입술, 부드럽고 날렵하되 강철처럼 단단해 보이는 몸. 그리고 낙인처럼 뺨에 길게 나 있는 칼자국.

쉬익.

무귀가 부복함과 동시에 시퍼런 칼날이 허공을 갈랐다. 무귀의 뺨을 타고 주르륵, 한 가닥 핏물이 흘러내렸다. 검이 허공에 그어 내린 단호한 궤적에 참석한 인사들이 일순 흠칫 놀라 얼어붙었다.

"다음엔 네 목을 잘라 낼 것이야."

심환지의 담담한 경고.

"명심하겠사옵니다, 대감."

한 치의 흐트러짐도 없이 무귀가 대답했다.

심환지의 추궁이 이어졌다.

"목격자가 있을 수 있다고 했느냐?"

"송구하옵니다, 대감."

"똑바로 고하거라."

"확실치는 않사오나 언뜻 사람 그림자를 본 듯합니다."

"네 눈으로 봤느냐, 직감이더냐?"

무귀가 품속에서 무언가를 꺼내 심환지 앞에 내려놓았다.

"무엇이냐?"

"현장에서 습득한 물건이옵니다."

심환지가 그것을 집어 들었다. 좌중의 시선이 일제히 그에게로 쏠렸다.

한 자루의 붓.

"붓이 아니더냐?"

"그렇사옵니다, 대감."

심환지가 붓을 들고 뚫어질 듯 응시했다. 일반적인 붓과 달리 몸통이
작고 가늘 뿐만 아니라 붓 끝 또한 가늘고 뾰족하다.

"화원들이 주로 사용하는 세필 붓이 아니냐?"

그가 단번에 붓의 주인을 추론해 냈다.

예판 민종현이 심환지가 내민 붓을 살피더니, 고개를 끄덕이며 눈빛
을 반짝였다.

화원: 밀사화의 비밀

"그렇습니다, 대감. 주로 선묘 작업이나 세필화를 그릴 때 사용하는 붓입니다."

"흠. 배신자를 처단하는 자리에서 발견한 세필 붓이라… 이것 참 점점 재미나지 않는가?"

심환지가 민종현을 보며 묘한 미소를 지어 보였다.

"예판이 할 일이 많아지겠소이다그려."

민종현이 난감한 듯 머리를 주억거리자, 심환지가 무귀에게 일갈했다.

"만사불여튼튼이라 했다. 작은 일 때문에 대업을 망칠 순 없어. 일꾼을 풀어 뒤처리를 확실히 하거라."

"예, 대감."

무귀가 물러가자, 심환지가 좌중을 둘러보며 눈빛을 번득였다.

"주상이 보위에 오른 지 이십 년. 이젠 우리 턱밑까지 바짝 목을 조여 오고 있소. 주상의 이번 화성행차는 하늘이 주신 절호의 기회요. 이 기회를 절대 놓쳐선 안 된다는 사실, 다들 명심하길 바라오."

회합 참석자 모두가 잔을 비웠다.

그 모습을 날카로운 눈빛으로 바라보며 무언의 결의를 다지는 심환지. 어떻게 초석을 다지며 만들어 왔던 세상이던가. 이 땅의 주인은 왕이 아니다. 과거에 이 땅의 주인이었고, 현재의 주인이며, 앞으로도 주인일 주인공은 바로 그와 같은 사대부가 돼야 할 것이다. 영원히.

깊고 푸른 어둠에 잠긴 밤.

희부연 달빛이 다닥다닥 이어진 동네 초가집 지붕과 꼬불꼬불한 골목길에 빛을 뿌리고 있었다. 고요한 밤공기를 깨뜨리며 골목길을 조심스럽게 지나는 걸음. 사율이다. 모퉁이를 돌자, 어둠에 잠겨 있는 흉물스러운 폐가의 모습이 저만치 눈에 들어왔다. 사율이 주변을 살피더니 재빨리 폐가 안으로 몸을 숨겼다.

혜민서에서 걸어서 한 식경쯤 떨어진 마을의 폐가였다. 나무 몇 그루가 집 안에 깊고 음침한 그늘을 드리우고 있었다. 역병에 걸린 일가족이 몰살당한 뒤로 줄곧 폐가로 남은 곳이다. 오늘처럼 달빛이 부연 밤엔 간혹 귀신이 출몰한다는 뜬소문이 나돌아 인적이 끊긴 지 오래된 곳이다.

그 소문을 떠올려서 그런 걸까, 귀신이라도 튀어나올 듯한 스산한 공기에 사율이 살짝 몸을 떨었다. 담장 너머 골목길 동정에 신경을 곤두세우고 있는데, 등 뒤에서 외마디 비명 같은 날카로운 소리가 들렸다. 화들짝 놀라 뒤돌아보니, 길고양이 두 마리가 다투는지 한데 뒤엉킨 채 잽싸게 어둠 속으로 사라지는 게 보였다.

후우. 한숨을 내쉬는데, 희끄무레한 물체가 등 뒤로 스윽, 스쳐 갔다.

서늘한 기운에 소름이 돋았지만 사율이 용기를 내 물체가 사라진 방 쪽으로 조심스럽게 다가갔다. 반쯤 부서진 병풍 하나가 벽에 삐뚜름히 서 있을 뿐 오래전 사람의 온기가 끊긴 방 안은 음산한 어둠에 잠긴 채 횅한 찬바람만 일고 있었다. 병풍 앞에 선 사율이 막 돌아서는데, 병풍 뒤에서 희끄무레한 물체가 소리 없이 나타났다.

시커먼 머리를 풀어 헤치고 하얀 소복을 입은 귀신!

허억. 사율이 기겁하는가 싶더니, 그대로 풀썩 고꾸라졌다. 그 모습

화원: 밀사화의 비밀

을 잠시 내려다보고 있던 소복녀가 얼른 얼굴을 가리고 있던 긴 머리카락을 손으로 휘휘 감아 무명천으로 질끈 묶고는 다급하게 사율에게 다가왔다.

"오라버니! 오라버니!"

다급하게 사율을 흔들어 깨우는 그녀. 그러나 사율은 기절했는지 미동조차 하지 않는다.

"오라버니, 정신 차려요! 오라버니!"

찰싹찰싹, 손으로 두어 차례 뺨을 때리지만 역시 사율은 미동도 하지 않는다.

'어쩐담, 이게 아닌데…'

소복녀가 난감한 듯 사율의 코에 손등을 갖다 대고 숨을 쉬는지 확인했다. 숨결이 느껴지지 않자, 품속에서 작은 의침 꾸러미를 꺼냈다. 얼마나 다급했던지 꾸러미를 푸는 손이 바르르 떨렸다. 그녀가 간신히 침봉에 꽂힌 가는 의침 하나를 빼내며 울먹거렸다.

"오라버니, 제발…"

그녀가 빠르게 두어 번 심호흡을 했다.

'침착하고 정확하게 시침해야 해. 그래야 숨을 쉬게 할 수 있어.'

떨리는 손으로 사율의 인중에 시침하려는 찰나, 사율이 갑자기 상체를 벌떡 일으켜 세우며 그녀의 손목을 잡았다.

"설마 그걸로 인중을 찌르려는 게냐?"

꺄아악! 놀란 그녀가 비명을 질렀다. 얼른 한 손으로 그녀의 입을 틀어막고 검지를 세워 자신의 입에 갖다 대는 사율.

"쉬잇. 다 큰 여인이 방정맞게 고양이 같은 소리를 내느냐. 담 너머 행인이 듣겠어."

놀라 동그래진 눈을 끔벅거리며 사율을 바라보는 소복녀. 그렇게 서로의 눈을 바라보던 두 사람이 어느 순간 민망했던지 고개를 슬쩍 돌린다.

"그렇게 갑자기 벌떡 일어나면 어떡해요, 오라버니."

그녀가 사율의 손을 잡아떼며 눈을 살짝 흘긴다.

"얼마나 놀랐는지 아세요?"

"누가 할 소리. 귀신처럼 머리를 풀어 헤친 네 모습을 보고 간 떨어질 뻔한 나는 괜찮단 말이냐?"

"제 간은 떨어져도 괜찮고요?"

뾰로통하니 입술을 내미는 그녀를 바라보는 사율의 얼굴에 미소가 번졌다.

그제야 방 안에 스며드는 달빛에 드러나는, 희고 고운 갸름한 얼굴. 크고 맑은 눈동자와 반달을 닮은 듯 짙은 눈썹, 도톰하니 날이 선 콧날, 잘 익은 홍매화를 닮은 입술, 그리고 움직일 때마다 살포시 드러나는, 하늬바람 같은 날렵한 몸매를 가진 여인.

가희다.

"그럴 리가. 맘이 급해 오는 내내 걸음이 꼬였구나."

"농이 능청맞지만 자연스러우세요."

가희가 배시시 웃자, 달빛에 하얀 이가 살짝 드러난다.

사율이 뭐라 하려다 말고 가만히 그녀를 바라보았다. 어느새 폐가의

화원: 밀사화의 비밀

음산한 기운이 스러지고, 은밀한 달빛 아래 젊은 남녀가 서로를 마주 보며 환히 웃고 있었다.

"도화서 생활은 하실 만하십니까?"

"갓 들어간 초짜라 뭐가 뭔지 모르고 허둥대고 있구나."

"금방 나아지실 거예요."

"그렇겠지?"

"그럼요. 금세 도화서를 주름잡고 다니실걸요?"

사율이 그녀를 보며 환히 웃었다.

그저 바라보고만 있어도 좋은 사람. 그에게, 그녀는 그런 사람이었다. 아무 말 없어도, 그저 같이 있다는 사실 하나만으로 충만한 기쁨으로 가슴 따듯해지고 행복해지는 사람.

너무 빤히 바라보았던지 가희가 얼굴을 붉히며 시선을 살짝 돌렸다. 무안해진 사율이 얼른 화두를 돌렸다.

"화원복을 입고 오긴 했다만 좀 작아서 어떨지…"

"화원복이 참 잘 어울리세요. 오래전부터 화원이셨던 것처럼요."

"농이 능청맞으나 꽤 자연스러우십니다, 낭자."

"티가 났사옵니까?"

그 소리에 두 사람이 웃음을 터뜨렸다.

"네가 아니었으면 화원이 되지 못했을 거다."

틀린 말이 아니었다. 수향이 찾아와 화원이 되면 고관대작들은 물론 임금도 만날 수 있다는 말에 솔깃했던 게 사실이지만 가희의 조언이 없었다면 화원이 될 생각도, 선뜻 특별취재에 응할 생각도 하지 못했을

것이다. 할 수 있다고, 지금보다 더 가치 있는 일이 될 것이라며 힘을
실어 준 그녀의 격려가 없었다면 말이다.

기실, 그녀가 없었다면 지금의 사율도 없었다.

멸문지화를 당하고 십여 년을 바람처럼 전국을 떠돌며 살았던 사율.
거처도 없이 하늘을 지붕 삼고, 굶주림을 양식 삼아 거지처럼 떠돈 삶.
그러다 어느 날 만난 인연이 가회였다. 며칠을 굶주린 끝에 의식을 잃
고 눈밭에 쓰러져 있던 사율을 구해 준 것이 가회였던 것. 아버지를 따
라 전국의 양반네들 잔칫상을 찾아다니며 노래와 춤으로 흥을 돋운 대
가로 입에 겨우 풀칠을 하며 살아가는 그녀였다. 말이 유랑 악단이지
사율의 형편과 진배없는 고단한 삶을 이어 가던 그녀는 아버지를 졸랐
고, 덕분에 사율은 양반네 잔칫상 풍경을 화폭에 담아 주며 겨우 알량
한 밥값을 할 수 있었다.

그렇게 몇 년을 떠돌다 가회의 아버지가 전염병에 걸려 죽으면서 사
율은 그녀와 헤어져야 했다. 때마침 그녀의 뛰어난 춤과 노래 실력을
눈여겨본 꽤 유명한 사물놀이패가 그녀를 데려갔던 것. 그렇게, 몇 년
의 세월이 흘렀고 두 사람은 한양에서 재회했다. 사율이 풍월관에서
일병화로 조금씩 이름을 얻어 가던 어느 날, 고관대작의 성대한 잔칫상
이 벌어지면서 한양의 내로라하는 권력가들이 모인 그날, 심금을 울리
는 천상의 목소리에 홀린 듯 따라가다 멈춰 선 그곳에서, 궁중연향을
빛내는 여령으로 몰라보게 성숙해진 그녀를 목격했던 것. 그렇게 다시
만난 젊은 남녀는 본능적으로 서로에게 끌렸고, 녹록잖은 연정을 키워
왔던 터였다.

화원: 밀사화의 비밀

"아닙니다. 전, 오래전부터 언젠가 오라버니가 훌륭한 화원이 되실 줄 알았습니다."

"그래, 혜민서 생활은 여전하고?"

"병자들 볼 때마다 가슴이 아리고 아프지만, 완쾌돼 병상을 떠날 때면 천하를 얻은 듯 홀가분해집니다."

"이젠 의원 행세를 해도 되겠구나."

"그냥 흉내만 내는 정도지요."

가희가 하얀 이를 가지런히 드러내며 웃어 보였다. 지방의 관아에서 의녀 교육을 받고 상경해 혜민서 의녀로 일한 지 십여 년이 지난 그녀는 웬만한 의원 못지않은 의술을 지니고 있었다.

"정재를 수행하는 일은 할 만하더냐?"

대답 대신 가희의 얼굴에 엷은 미소가 떠올랐다.

"힘들지? 의녀 생활만 해도 힘들 텐데 약방기생이라고 여기저기 궁중 잔치에 불려 다니느라 얼마나 고되겠느냐."

"아니에요. 할 만해요."

"그 고충 잘 알아."

재주가 뛰어난 여기를 선발해 장악원에서 정재와 노래를 가르쳐 각종 연향에서 악가무 활동을 하게 했던 과거와 달리, 지금은 풍기 문란과 같은 폐단을 없애려고 연향이 있을 때만 외방여기나 의녀, 침선비 중에서 춤과 노래 솜씨가 뛰어난 자들을 선발해 정재 공연에 참가케 하고 있었다.

"재주가 많아도 고생이구나. 그래도 지금까지 잘해 왔지 않느냐."

가희가 대답 대신 사율을 가만히 응시했다.

마주치는 두 사람의 시선.

'오라버니 덕분이에요.'

가희의 눈빛은 그렇게 말하고 있었다.

"어험… 안이 어째 이리 덥지?"

그녀의 눈빛을 어찌 모르겠는가. 사율이 헛기침을 하고 손부채 시늉을 하며 짐짓 더운 체를 했다.

"오라버니, 노래 한 곡 해 보셔요. 그럼, 시원해지실 거예요."

화답하듯 농처럼 가희가 화두를 바꾸었다.

느닷없는 그녀의 제안에 멀뚱히 눈을 깜박이던 그의 입에서, 어느 순간 노랫소리가 흘러나왔다.

가시리 가시리잇고

버리고 가시리잇고

날더러 어찌살라고

버리고 가시리잇고

사율의 눈빛과 목소리가 잠깐 흔들리는가 싶더니, 이내 균형을 되찾고 담담하게 곡조를 이어 갔다. 사율의 시선이 한곳에 머물렀다. 그가 부르는 〈가시리〉 곡조에 맞춰 가희가 춤을 추기 시작한 것이다.

하얀 장옷을 벗고 춤을 추는 가희.

화관을 쓰진 않았으나 상의 황초삼과 하의 홍초상, 소매 끝에 색동으

화원: 밀사화의 비밀

로 된 오색 한삼을 하고 수대를 한 그녀가 노랫가락에 맞춰 하늘하늘 아름다운 자태를 드러내며 춤을 추고 있었다. 향악정재에 쓰이는 죽간자나 구호, 유려한 장단도 없지만 우아하게 헌선도를 추는 가희의 몸짓에 여인의 화사한 자태가 물씬 묻어났다.

사율이 노래를 부르다 말고 넋을 잃고 가희의 모습을 바라보았다.

우아한 춤동작에 따라 물결처럼 유유히 흐르던 한삼이 허공에 단호히 정점을 찍자, 나는 새처럼 위아래로 거침없이 몰아치는 춤사위가 이어졌다. 그에 따라 곡조를 이어 가는 사율의 호흡도 빨라졌다 느려졌다 깊어졌다 옅어졌다 하며 오르내렸다.

이윽고, 가희가 춤동작을 멈추고 사율을 바라보았다. 그제야 그녀의 춤사위에 따라 불규칙하게 넘나들었던 사율의 호흡도 가지런해졌다. 잠시 그녀를 바라보던 그가 입을 열었다.

"아름답구나… 네가 춤을 추는지 춤이 널 추는지…"

"춤출 땐 아무 생각도 들지 않아요. 그냥 춤사위에 빠져들 뿐이에요."

말없이 사율을 바라보던 가희가 품속에서 무언가를 꺼냈다. 고이 접은 닥종이. 사율의 동공이 커졌다. 한눈에 알아볼 수 있었으니까.

"이 그림은…?"

"오래전, 어느 양반집에서 얻은 닥종이에 그려 제게 주신 그림이지요. 이 그림을 간직한 내내 오라버니가 훌륭한 화원이 되신 모습을 마음속으로 그리고 있었답니다. 그림 속 즐겁게 뛰어노는 바둑이랑 꼬맹이의 천진난만한 눈빛을 보는 순간 천생 훌륭한 화원이 되실 분이라는 걸 알았지요."

사율은 가슴이 먹먹했다.

실력 하나로 당당히 화원이 되었다는 뿌듯함도, 오랜 풍파를 견디고 지금껏 살아남은 스스로에 대한 대견함도 아닌, 누군가 내내 자신이란 존재를 기억해 주었다는 사실. 그 누군가가 지금의 자신에겐 세상 그 어떤 존재보다 특별한 의미이기에 더욱 그러했다.

"고맙구나."

사율이 가희의 손을 꼭 잡았다.

"네가 지켜 준 이 그림처럼, 언제나 네 곁을 지킬 것이야."

두 사람은 손을 맞잡은 채, 신뢰 가득한 눈빛으로 서로를 바라보았다. 그렇게, 꼭 움켜쥔 서로의 손안에서, 상대를 담은 서로의 눈빛 안에서, 그들은 하나였다.

선화 이익종과 화원 허만교의 연이은 죽음 이후, 묘한 긴장감이 도화서에 드리워져 있었다. 좌포청 종사관 강도수가 수사에 착수하면서 화원들을 상대로 캐묻고 다니자, 화원들은 더욱 동요하는 빛을 보였다. 눈에 보이지 않는 무언가가 그들을 옥죄어 오는 듯한 형국에 화원들의 긴장감은 날을 세웠다.

그런 와중에 짓궂은 신참례가 사율을 기다리고 있었다. 깨끗한 화원복으로 갈아입은 그가 예판과 별제에게 인사를 한 뒤 선배 화원들이 모인 별관으로 들어서는 순간, 선배들이 달려들어 완력으로 그를 기둥에 묶었다.

"신래가 왔으니 마음껏 분칠을 해도 좋다!"

고참 화원 허방이 소리치자, 붓을 든 화원들이 한꺼번에 달려들어 사율의 얼굴과 옷에 마구 칠을 해 댔다. 먹칠에 이어 붉은색, 파란색, 노란색, 초록색 등이 덧칠이 되면서 순식간에 엉망으로 변해 버린 사율의 볼썽사나운 모습에 일제히 웃음소리가 터져 나왔다.

"꼴좋구나!"

"그 작자 면상 한번 해괴하구먼!"

"나라님이 뒷배가 되어 들어왔다는 소문이 있던데, 그림 한 장이나 제대로 그릴까?"

와하하하! 비아냥거림과 독설이 날아들었다.

사율은 기둥에 묶인 채 꼼짝없이 당하고 있을 수밖에 없었다. 고려 말기 권문세족의 자녀들이 부정한 방법으로 관직을 차지하는 일이 비일비재하자, 이들을 혼내 주려는 방책으로 시작된 신참례. 예문관을 비롯해 사관과 사헌부에서 유독 심했는데, 도화서 또한 예외가 아니었던 것.

"이 작자 꼬락서니를 보니 붓조차 들기 힘들 것 같은데, 아니 그런가?"

누군가의 지적에 다른 이가 맞장구를 쳤다.

"옳거니!"

그러자, 허방이 턱짓으로 방 한쪽 구석을 가리켰다.

"어이, 신래. 경홀 한번 번쩍 들어 봐. 저것도 못 들면 맞아야지. 어디 개나 소나 다 되는 게 화원인가?"

허방이 길쭉하게 깎은 몽둥이에 침을 퉤, 뱉었다.

"옳거니!"

"못 들면 사람도 아니지."

허방이 사율을 풀어 구석으로 데려갔다. 서까래만 한 크기의 목재가 덩그렇게 놓여 있다. 사율이 깊게 숨을 한 번 들이마셨다. 어차피 먹을 골탕, 그냥 제대로 한번 먹자. 그렇게 마음을 다잡고 한쪽 무릎을 꿇고 목재 옆에 앉아 두 손으로 목재를 끌어안고 최대한 힘을 주며 일어섰다.

끄응.

꿈쩍도 하지 않는 목재.

우하하하! 기다렸다는 듯 웃음소리가 터져 나왔다.

다시 심호흡한 뒤 잔뜩 용을 써 보았지만 마찬가지다. 혼자 단번에 목재를 든다는 건 사실상 불가능했다. 장정 서넛이 달려든다 해도 만만찮을 터. 저들이 바라는 건 끙끙대며 잔뜩 진을 빼다 포기하는 모습일 것이다. 그러고 싶진 않았다. 방법이 없을까? 사율은 호흡을 고르며 찬찬히 목재를 살펴보았다.

'그래, 그 방법이면…'

이윽고 사율이 목재 한쪽 끝 쪽에 자리를 잡더니, 끄응, 두 손을 그러모아 쥐고 목재 끝부분을 들며 일어섰다. 재미있다는 듯 능글거리며 바라보던 선배 화원들의 눈이 커진 건 다음이었다. 한쪽 어깨와 손으로 목재 끝부분을 받쳐 들고 일어선 그가, 어깨를 목재에 댄 채 중간쯤으로 움직이는가 싶더니, 한순간 으라차차! 힘찬 기합 소리와 함께 목재를 들며 힘겹게 일어서는 게 아닌가.

일제히 휘둥그레진 눈. 눈앞의 광경을 보고도 못 믿겠다는 듯 모두가 입을 딱 벌린 채 바라보았다.

"에헤이, 누가 저리 삐쩍 마른 경홀을 갖다 놓았담?"

허방이 계면쩍게 웃으며 나섰다.

"자자, 고생했어. 그만하고 씻게나."

허방이 너스레를 떨며 사율을 한쪽 문으로 데려갔다.

사율이 숨을 몰아쉬며 문을 열고 들어서는데, 쏴아! 이번엔 시커먼 구정물 한 바가지가 머리 위로 쏟아졌다. 또다시 터져 나오는 웃음소리.

"어허, 이 사람들! 분홍방이 온 것도 아닌데, 신래를 괴롭히면 쓰나?"

누군가 호통을 치며 들어섰다. 선회 이참이다.

"신래를 괴롭히고 학대하는 자는 장 육십 대에 처한다고 했거늘!"

그가 좌중을 한 번 쏘아보더니, 사율에게 다가갔다.

"이런…"

품에서 잘 접은 손수건을 꺼내 구정물에 흠뻑 젖은 사율의 얼굴을 닦아 주는 이참.

"사람들 하곤…"

그러다 흠칫 이참의 얼굴이 굳는다.

"자네… 사율이 아닌가…?"

그제야 이참과 눈이 마주치는 사율. 멀건 눈으로 잠시 상대를 응시하던 사율의 얼굴에 일순 반가운 기색이 번졌다.

"참…?"

이내 상대를 알아본 사율과 이참이 반갑게 서로의 손을 맞잡았다.

"사율!"

"참!"

뜻하지 않은 장소에서, 참으로 오랜만에 옛 친구 두 사람이 해후를 한 것이다.

별관 안쪽에 마련된 그림 연습실. 사방 벽면에 도화서 소속 화원들의 이름이 새겨진 작은 팻말이 부착돼 있고, 그 밑에 완성된 수십여 점의 궁중화, 도설 따위의 그림들이 빼곡하게 붙어 있었다. 찻잔을 놓고 마주 앉은 사율과 이참. 종이와 먹 내음 사이로 은은한 차향이 떠다녔다.

"자네도 참… 시킨다고 그 무거운 걸 들어?"

"자네 아니었으면 정말 경을 칠 뻔했지, 뭔가."

사율이 신참례 생각에 진저리 치는 시늉을 하며 웃다가 말을 이었다.

"대체 이게 얼마 만인가?"

"자네 집안이 그리되고 그 길로 사라진 자네랑은 영영 못 보는 줄 알았다가, 십여 년이 훌쩍 지나 김 대감 잔칫날, 그림 그리던 자네랑 해후했었지."

"그랬었지. 그리고 이제야 다시 만났으니 세월 참…"

말없이 서로를 바라보는 옛 친구.

어떻게 살았나, 조목조목 말하지 않아도 무언의 행간에 숨은 지난 세월의 궤적과 상흔을 어찌 짐작할 수 없을까. 그만큼 둘은 막역한 불알친구 사이였다. 어려서 담벼락을 사이에 둔 이웃집에서 자라며 화원을 꿈꾸었으나, 어느 날 삶의 궤적이 완전히 바뀌어 버린 두 친구.

"자네 이름 석 자를 발견하고 놀랐네."

이참이 담담하게 입을 열었다.

화원: 밀사화의 비밀

"전혀 생각 못 했었네."

"자네 그림 실력을 생각하면, 이제야 도화서 화원이 된 게 어찌 보면 늦다고 할 수 있지. 자네 실력이라면 쟁쟁한 경쟁자들을 누르고 특별취재에 최종 선발된 게 당연할 테니까 말일세."

"이 사람, 입에 침이나 좀 바르고 말하게."

그 소리에 이참이 가볍게 웃었다.

"사실, 이 화원복이 아직 어색해."

"그렇겠지. 곧 익숙해질 걸세."

"자넨 잘 어울려 보여."

이참이 미소로 답을 대신했다.

"그래, 특별취재는 어떻게 알고 응시하게 됐나?"

"음, 어떻게 설명할까…"

지난 세월이 주마등처럼 뇌리를 스쳤다. 이 친구라면 가슴에 품고 있던 응어리를 조금이나마 풀어내도 되겠지. 혹여 누군가에게 들킬까, 내내 가슴 깊은 곳에 꽁꽁 싸맨 채 짓눌러 왔던 한과 분노의 덩어리를 말이다.

"한동안 풍월관에서 허드렛일하는 틈틈이 그림을 그리며 먹고살았다네."

"그럴 줄 알았네. 자네라면 어디서 무슨 일을 하든지 붓을 놓지는 않을 거라고 생각했었네. 근데 기방에서 그림을…? 특별한 연유라도 있었나?"

"사실 그게 말이야, 그 원수를 만나면…"

사율은 다음 말을 이을 수 없었다. 누군가 솜뭉치로 기도를 틀어막는 듯한 질식감이 엄습했기 때문이었다.

상대가 방 안으로 들어서는 순간, 그는 바로 알아차렸다.

그토록 기다려 왔던 철천지원수.

평탄하던 그의 삶을 어느 날 한순간에 뒤엎어 버리고 시궁창 막장에 처박아 버린 원수. 한때 훌륭한 화원을 꿈꾸며 아름다운 화폭에 빠져 살던 그를 감당키 버거운 고난과 지옥의 불구덩이 속으로 메쳐 버린 원수. 꿈에서도 잊을 수 없었던, 그와 그의 집안, 그의 삶, 그의 소중한 꿈을 모조리 짓밟아 뭉개 버렸던, 바로 그 불구대천지원수가 그의 눈앞에 서 있음을 말이다.

"자네가 새로이 화원이 된 장사율이란 잔가?"

상대가 미소 띤 얼굴로 사율에게 다가왔다.

마주치는 두 사람의 시선. 온몸이 얼어붙은 듯 사율이 꼼짝도 하지 않고 상대를 바라보았다. 그 모습에 이참이 얼른 사율의 옆구리를 쿡 찔렀다.

"뭐 하는가? 병판 대감께 어서 인사드리지 않고."

그제야 정신을 차리고 고개 숙여 예를 표하는 사율.

"장사율이라 하옵니다, 대감."

"뛰어난 실력자가 화원이 됐다는 소문이 파다하더군. 궁금해서 가만 앉아 있을 수가 있어야지. 그래서 내 직접 이렇게 보러 왔다네."

"과찬이십니다, 대감."

그제야 사율이 상대를 똑바로 바라보았다.

위로 뻗은 굵고 짙은 눈썹, 상대의 근저를 꿰뚫어 볼 듯한 강한 눈빛, 크고 두툼한 콧방울, 고집스럽게 꾹 다문 입술, 그리고 잘 발달한 광대뼈를 가진 큰 얼굴. 타협을 모르는 아집과 독선으로 자신의 주관을 밀어붙이는 심성이 그대로 드러나는 얼굴이다.

"주상전하께서 특별히 점수를 후하게 주시긴 하셨지. 하나 이왕 도화서에 발을 디뎠으니, 종묘사직을 위해 그 재주를 아끼지 말아야 할 것이야."

"그리하겠습니다."

"자네, 손 한번 이리 줘 보게."

뜻밖의 소리에 사율이 흠칫 굳었다.

"그림 그리는 화원 손 한번 만져 보고 싶어서 그러네."

사율이 손을 내밀다 말고 멈췄다. 그리고 상대의 손을 물끄러미 바라보았다. 그의 부모와 여동생을 죽이고, 그리하여 평온했던 그의 삶을 단번에 박살 냈던 저주받은 더럽고 추잡한 손. 그 손이 지금 사율의 손을 잡으려 하고 있었다.

허공에서, 사율의 손이 미세하게 떨렸다.

"왜 내 손에 뭐가 묻었나?"

고개를 들어 심환지를 응시하는 사율.

엷은 미소를 머금은 입과 달리, 서늘한 기운을 품은 심환지의 눈빛이 사율을 쏘아보듯 응시하고 있었다.

"아, 아닙니다."

그제야 사율이 손을 내밀었다. 그리고 심환지의 손을 잡았다.

손을 맞잡은 채 서로를 응시하는 눈빛.

낙엽 하나가 허공을 날아 바닥에 떨어져 닿을 만큼의 시간이 흘렀을까, 심환지가 사율을 가만히 응시하며 물었다.

"자네, 언제 내 손을 내어 줄 텐가?"

"아… 소, 송구하옵니다, 대감."

사율이 마치 불에 덴 듯 황급히 잡았던 손을 놓았다.

"선배라고 너무 몰아세우지 말고 살살하게. 기겁해서 야반도주라도 하면 어쩌나?"

심환지가 옆에 서 있던 이참에게 시선을 건네며 껄껄 호탕하게 웃었다.

"나중에 또 보세."

심환지가 돌아서서 멀어지자, 사율이 얼어붙은 듯 선 채 그의 뒷모습에서 시선을 떼지 못했다.

"자네, 참 운이 좋네. 벌써 대감께 눈도장을 찍다니 말일세."

이참이 사율의 어깨를 한 번 툭 치며 옅은 미소를 지었다. 사율은 심환지가 사라진 뒤에도 여전히 문밖의 허공에 시선이 못 박힌 듯, 꼼짝하지 않고 그 자리에 서 있었다. 방금 상대의 손이 닿은 어깨 부위가 불에 달군 화인처럼 화끈거렸다. 그제야 숨조차 쉴 수 없는 뻐근한 통증이 가슴께에 밀려들었다.

"할바마마! 소손, 숨을 쉴 수가 없사옵니다! 살려 주시옵소서!"

아이가 울부짖었다.

"할바마마! 제발 살려 주시옵소서…!"

화원: 밀사화의 비밀

아이는 갇혀 있었다.

웅그린 채 겨우 발을 조금 뻗을 만큼의 비좁은 공간.

진작 어둠이 내렸음에도 한낮 동안 대지를 뜨겁게 달구었던 한여름의 열기가 좁은 공간 안을 숨 막히게 했다. 숨을 쉴 때마다 가슴이 턱턱막혔다. 용변을 지렸는지 고약한 지린내와 인분 냄새가 코를 찔렀다.

아이는 사방이 막힌 뒤주 안에 갇혀 있었다.

"할바마마! 소손, 이대로 죽사옵니다!"

금방이라도 질식해 죽을 것 같은 공포. 아이는 밀려드는 공포에 사로잡혀 맨손으로 뒤주 안 벽을 벅벅 긁었다. 살기 위해 이를 악물고 필사적으로. 핏물이 말라붙은 손톱이 깨지면서 아이의 손가락은 금세 피로다시 물들었다. 살려 달라고, 은혜를 베풀어 달라고, 절박하게 절규했으나 응답은 없었다.

점점 혼미해지는 의식의 끝자락을 붙들며 아이가 절규하듯 소리쳤다.

"살려 주시옵소서! 할바마마! 제발…!"

아이의 간절함이 하늘에 닿은 것일까, 마침내 구원의 손길이 등장했다. 누군가 성큼성큼 뒤주를 향해 다가서는 인기척이 들렸다.

"할바마마! 소손, 여기 있사옵니다!"

아이가 남은 힘을 다해 뒤주의 벽을 쾅쾅 내려쳤다.

이윽고, 소리 없이 어둠을 뚫고 다가선 인기척이 뒤주 벽을 사이에두고 아이와 마주 섰다. 그러나 선뜻 아이에게 구원의 손길을 내밀 의향이 없는 듯, 꼼짝도 하지 않는 인기척. 견고한 벽 같다.

"하… 할바마마, 제발…"

물기 가득한 목소리.

아이가 간절함을 담은 목소리로 벽 너머의 절대자에게 호소했다.

마침내 하늘이 열렸다. 뒤주 뚜껑이 열린 것이다. 누군가 어두운 밤 하늘을 배경으로 아이를 내려다보고 있었다.

"할바마마…"

살았다는 안도감과 손자를 사지에 내버려둔 할아버지에 대한 원망, 죽음에 대한 극심한 공포가 뒤섞인 채 아이가 할아버지를 향해 힘겹게 손을 뻗었다.

"할바마…?!"

아이는 채 말을 맺지 못했다.

어둠에서 뻗어 나온 두툼한 두 손이 아이의 목을 그악하게 졸랐기 때문.

"네 이 고얀 놈! 뒈져라!"

어둠 속, 두 개의 시뻘건 인광이 고함을 지르며 아이를 향해 무섭게 달려들었다.

크으윽.

왕은 상체를 벌떡 일으키며 눈을 떴다. 침전 안. 그제야 또 악몽을 꾸었다는 사실을 깨달은 왕은, 손등으로 이마에 맺힌 식은땀을 훔쳐 냈다. 요즘 들어 뒤주 안에 갇혀 허우적대는 악몽을 자주 꾸곤 했다. 외마디 비명을 지르며 깨거나 이부자리가 흥건할 정도로 식은땀을 흘리곤 했다. 손을 뻗어 머리맡에 놓인 냉수 그릇을 집어 들고 벌컥벌컥 단숨에 비웠다. 그래도 갈증이 사라지지 않자, 그는 두 번째 냉수 그릇마저 비웠다.

머리맡에 놓인 냉수 두 그릇.

정조는 요즘 이부자리에서 조청 두 숟가락이 아니라, 냉수 두 그릇을 비우고서야 하루 일과를 시작하곤 했다. 어의가 새벽녘에 과하게 마시는 냉수가 위를 상하게 할 수 있다고 간언했으나 소용이 없었다. 생각 같아선 냉수가 아니라, 얼음을 덩어리째 와작와작 씹고 싶을 정도로, 가슴 깊은 곳이 꽉 막힌 것처럼 답답했다. 유근피와 백출, 생강, 대추, 감초를 달인 약재를 어의가 처방했으나 별 효험이 없었다.

소화불량과 답답증.

해가 지날수록 덧나는 종기와 더불어 왕을 괴롭히는 증상이었다.

호흡을 고르며 고개를 돌리니, 창밖이 희붐하게 밝아 오고 있었다. 이부자리에서 천천히 몸을 일으켰다. 천근만근 몸이 무거웠으나 곧 시작될 상참을 준비해야 했다.

창덕궁 편전 선정전.

영의정 홍낙성과 우의정 채제공, 좌의정 유언호를 비롯한 대신들과 병조판서 심환지, 예조판서 민종현 등의 중신과, 도승지, 주서, 교리, 그리고 삼사 관원들이 입시해 있었다. 곧 있을 화성 원행을 두고 대소 신료들이 덕담을 주고받았으나 이내 노론과 남인이 팽팽하게 대립했고, 공방은 왕과 신하에까지 번졌다.

심환지가 핵심부터 찔러 나갔다.

"전하, 화성 축성을 두고 세간에 말들이 많은 것이 사실이옵니다. 아니 할 말로 한양을 버리고 화성으로 천도하려는 게 아니냐는 우려가 여전하옵니다."

정조가 입을 열었다.

"터무니없는 말이오. 화성을 축성한다고 해서 천도를 하느니 마느니 논란을 벌이는 것은 일고의 가치도 없소. 태종대왕께서 이 나라를 건국하신 이래 사백여 년이나 종묘사직을 지켜 온 이곳을 버리고 어디로 간단 말이오?"

"하오나, 이태 전 화성에 장용영 외영을 설치하시고 5천여 명의 병사를 주둔시킨 것을 두고도 말들이 많사옵니다. 이미 천도가 시작된 게 아니냐며 민심이 동요하고 있사옵니다, 전하."

"허허, 답답한지고. 지금 화성을 축성하고 있는 연유는 과인이 용상에서 물러난 뒤 어머니를 모시고 그곳에서 살고 싶은 마음도 있거니와, 무엇보다 이곳 한양을 방어하는 요새를 구축하고 싶었기 때문이오. 그건 누구보다 병판이 잘 알잖소? 임진왜란 때 어떤 일이 있었소?"

심환지는 말없이 경청했다.

"왜놈들이 일사천리 이곳까지 쳐들어올 때까지 변변한 방어 요새 하나 없이 밀리는 치욕을 당하지 않았소."

"……"

"그동안 동과 서, 북으로만 치우쳤던 기존 방어 체계의 단점을 보완해 한양 방어를 위한 든든한 보루로 삼자는 게 과인의 구상이오."

"화성을 국왕 직속의 직할지 탕목읍으로 삼으시려는 전하의 복안에

화원: 밀사화의 비밀

대해서도 이의를 제기하는 목소리가 작지 않사옵니다. 주나라 천자가 제후에게 목욕비를 충당하려고 내려 준 직할지의 개념이 조선의 실태와는 맞지 않다는 지적이옵니다."

"뭐가 맞지 않다는 말이오? 나랏돈을 받지 않고 독자적으로 자급자족해 마련한 재원으로 현륭원 관리와 화성 경영에 필요한 모든 비용을 충당하려는 복안이 뭐가 잘못됐단 말이오?"

물러서지 않는 심환지.

"백성들로 하여금 잘못된 생각을 가질 수 있게 하지 않을까, 저어되옵니다."

"구체적으로 말해 보시오."

"백성들이 화성의 번듯한 겉모습만 보고 너도나도 탕목읍으로 해 달라고 떼를 쓴다면 나라의 세금은 어떻게 걷을 것이옵니까? 이는 자칫 종묘사직을 보존함에 있어 큰 장애가 될 것이옵니다, 전하."

"그건 병판이 잘못 이해하고 있기 때문이오. 화성을 탕목읍으로 하려는 과인의 생각은, 화성에 사는 모든 백성이 집집마다 부유하게 잘 먹고 잘살게 만들자는 데 있소."

"지금도 전하의 은덕을 입어 잘살고 있사옵니다."

정조의 미간이 살짝 찌푸려졌다. 그러나 내심 태연하게 말을 이었다.

"왕실의 내탕금으로 화성 주변에 뛰어난 수리 시설과 농장을 만들 생각이오. 그리하여 수확량이 늘어난다면 백성들이 기꺼이 세금을 더 낼 것이고, 그 세금의 일정 부분은 당연히 이 나라 종묘사직의 보존을 위해 쓰일 것이오."

"송구하오나, 말처럼 그리 쉬운 일은 아닌 듯싶습니다, 전하."

"요는, 화성을 온 백성이 기꺼이 살고 싶은 모범적인 곳으로 만들고 온 나라에 널리 퍼뜨려, 종국에는 이 나라 모든 백성들이 잘 먹고 잘사는 본보기로 삼자는 데 있소."

"자칫 의욕이 넘쳐 현실을 가리는 우를 범한다면 이는 아니 함만 못할 것입니다. 부디 널리 살펴 주시옵소서, 전하."

왕과 신하의 설전은 한 치의 물러섬 없이 내내 팽팽했다. 누구 하나 끼어드는 사람도 없었다. 그럴 자리가 아니었다.

왕은 통치권을 가진 군주였으되 외로웠고, 신하는 군주를 따르는 듯 보였으나 왕 못지않은 막강한 세력과 권세를 지닌 자였다. 그렇게 또 하루가 시작되었다.

"니기미!"

정조가 나직하게 욕설을 내뱉었다.

"지들 고집밖에 모른다니까! 썩을!"

가슴이 답답한지 주먹으로 가슴을 퍽퍽 치며 깊게 숨을 들이마셨다. 상참 때의 일이 생각났는지 한숨을 내쉬다 몇 걸음 떨어져 있던 상선에게 손짓했다. 들고 있던 냉수 그릇을 왕 앞에 공손히 대령하는 상선. 내심 놀랐지만 그런 티를 내지 않으려고 그릇에만 시선을 두었다. 아무리 사적인 공간이라고는 하나 왕이 욕설을 내뱉는 건 극히 드문 일이었다. 늘 자제력을 발휘하려고 애쓰던 왕이 아니던가.

"도무지 상대방 말을 들으려고 하질 않아. 내가 누구야? 임금 아닌

가. 그러면 좀 들어 주는 척이라도 해야 할 거 아냐. 하여간 돼먹지 않은 고집불통들이라니까."

정조가 냉수 그릇을 받아 단번에 비웠다. 속이 시원하지 않은지 손바닥으로 가슴과 복부를 원을 그리듯 압박하며 쓸었다. 그래도 무언가 기도와 가슴을 틀어막은 듯한 이물감은 쉽게 가시지 않았다.

"다음엔 얼음도 좀 띄우게."

왕의 목소리에 짜증스러움이 살짝 묻어났다.

"그리하겠사옵니다, 전하."

상선이 빈 그릇을 받아 공손히 물러났다.

"젠장, 가슴속에 대체 뭐가 이리 꽉 막힌 건가…"

왕이 나직한 소리로 혼잣말을 했다. 그리고 창가에 다가서더니, 상선이 말릴 틈도 없이 왈칵 창문을 열어젖혔다. 한껏 날을 세운 삭풍이 왕의 용안을 때리듯 침전 안으로 휘몰아쳐 들어왔다.

"후우… 이제야 좀…"

왕이 눈을 감고 선 채 살을 에는 듯 휘몰아치는 겨울바람을 온몸으로 맞았다.

복수의 벼린 칼날

'반드시 네놈 심장에 칼을 꽂아 주마!'

새로운 화원 생활에 적응하느라 바쁜 가운데도 사율은 어떻게 하면 심환지에 대한 복수를 성공시킬 수 있을지 고심을 거듭했다.

상대는 병조판서.

이 나라의 병권을 움켜쥔 최강의 실력자다. 우선, 물리적으로 상대에게 접근하는 것부터가 대단히 힘겹다. 접근한다고 해도 늘 그를 호위하는 호위무사와 군사의 방어벽을 뚫고 그의 심장에 칼을 꽂아야 한다. 상대가 심환지인 만큼 절대 서둘러선 안 된다. 완벽한 기회를 노려 단번에 성공시켜야 한다.

문제는 마땅한 방도가 쉽게 떠오르지 않는다는 것.

사율은 도화서 생활을 하면서 기회를 엿보기로 마음먹었다. 그리고 이참과 허방의 도움으로 도화서 생활에 조금씩 적응해 갔다. 천민 신분으로 국왕의 어평점을 받아 쟁쟁한 경쟁자들을 물리치고 의궤 반차도를 맡을 화원으로 선발됐기에, 그에게 쏟아진 주위의 따가운 질시와 경계의 눈빛은 여전한 상황이었다. 그만큼 사율의 선발은 전례 없는 파격이었다.

아니나 다를까, 예판 민종현이 상참에서 이의를 제기했다. 사율이 특별취재를 통해 화원이 됐다고 해서 무조건 의궤 반차도를 그리는 중책을 맡길 순 없다는 것이 자신뿐만 아니라 삼정승의 견해라는 것. 짧게나마 선대의 의궤를 모사하는 수련을 통해 그 실력의 진위를 따진 뒤 맡겨도 늦지 않다는 것이다.

정조는 즉석에서 이를 윤허했고, 사율은 교수 김홍도와 함께 규장각에 첫걸음을 내디뎠다.

창덕궁 후원, 규장각.

"의궤란 왕실을 비롯해 나라에서 치르는 주요 행사를 보고서 형식의 기록과 그림으로 남기는 책을 말하네. 의례와 궤범을 합한 말로, 의례의 본보기가 되는 책이란 뜻이지."

교수 김홍도의 설명을 들으며 처음 접하는 수많은 서책이 보관된 책장 사이를 지나는 사율. 처음 접하는 규장각의 규모와 보관된 서책의 방대함에 경외감이 들었다. 종이와 먹 냄새가 섞인 은은한 내음을 맡으며 서책을 찬찬히 살폈다.

"의궤는 행사의 내용에 따라 태실의궤와 세자책례도감의궤, 가례도감의궤를 비롯해 국장도감의궤, 종묘의궤, 사직서의궤, 실록청의궤, 보인소의궤, 대사례의궤, 어진의궤 등이 있네. 의궤가 제작되면 의정부를 비롯한 춘추관과 예조, 지방 사고에 저주지로 만든 분상용 의궤를 보내고, 이곳 규장각에는 초주지로 만든 어람용 의궤를 보관하지. 십여 년 전부터는 강화도 외규장각에 옮겨 보관하고 있다네."

김홍도가 걸음을 멈추더니, 서책 한 권을 뽑아 들었다.

『영조정순후가례도감의궤』라네. 가례도감엔 왕비의 간택부터 납채, 납징, 고기, 책비, 친영, 동뢰연과 같은 혼인 행사와 왕과 왕비를 비롯해 내관, 궁녀를 포함한 참여자들의 복장, 행사에 필요한 물품의 재료와 수량, 장인들 명단, 전교와 계사, 이문 등의 공문서, 행사 총비용과 쓰고 남아 돌려준 비용 처리까지 행사에 관한 세밀한 내용 모두가 담겨 있네. 한마디로 중요한 국가 행사에 관한 모든 것을 글과 그림으로 담아 후세에 기록으로 남겨 주자는 뜻이지."

김홍도가 탁자에 의궤를 펼치더니, 어느 한 부분을 가리켰다. 왕이 별궁에 있는 왕비를 맞으러 가는 친영 모습이 세밀한 필치와 화려한 색깔의 그림에 담겨 묘사돼 있다.

"반차도일세. 반차란 나누어진 소임에 따라 행렬 참여자가 차례로 도열함을 의미하지. 의궤에서 도화서 화원이 맡아야 할 아주 중요한 소임이라네. 보다시피 반차도에는 마치 그날의 행렬이 눈앞에 살아 있듯 생생하게 그려져 있지. 행렬의 순서, 참여 인원과 가마들의 배치, 각종 의장기의 모습까지 말일세."

수십여 장에 걸쳐 그려진 반차도를 감탄 어린 눈빛으로 찬찬히 살피는 사율. 문득 궁금증이 일었는지 질문을 한다.

"그렇다면 화원이 행사 당일 행렬을 따라가며 반차도를 그리는 것입니까?"

"좋은 질문이네. 당시 친영일은 6월 22일이었으나 이 반차도는 6월 14일에 이미 완성돼 영조대왕께 바쳤다네. 무슨 뜻이냐 하면, 반차도는 실제 행사 전에 그림을 통해 미리 행사를 재현해 본다는 의의를 지니고 있다네. 그렇게 함으로써 행사 당일에 발생할 수 있는 여러 문제점과 폐단을 사전에 파악해 실수를 최대한 줄여 보자는 게지."

"아, 그렇겠군요."

사율은 고개를 끄덕이며 내심 감탄했다. 행사 전 미리 그림을 통해 행사를 재현해 봄으로써 예견되는 실수나 문제점을 찾아내 수정 보완하고 비용도 절감할 수 있을 뿐만 아니라, 후세에 기록으로도 남길 수 있는 일석이조의 현명함.

"우선 이론은 이 정도로 하고, 여기 보관된 의궤들을 자네가 직접 찬찬히 살펴보게."

긴급한 전갈을 받은 김홍도가 나가고 사율이 혼자 남는다.

각종 의궤 속 화려한 반차도와 도설을 눈으로 직접 보며 그는 기포처럼 끓어오르는 흥분을 억누를 수 없었다. 집안 원수에 대한 복수를 반드시 이뤄야 한다는 비장함도 잠시 잊은 채, 오래전 한때 꾸었던 꿈이 현실이 됐다는 감흥에 가슴이 뛰었다.

그렇게, 밤을 지새우며 그는 의궤 속 그림에 빠져들었다.

다음 날부터 의궤 반차도와 도설을 그대로 모사하는 수련이 시작됐

화원: 밀사화의 비밀

다. 옛 친구이자 선배 화원 이참이 그의 수련을 돕겠다고 자청하고 나섰다.

"모사는 전모이사라 하여 화원의 재기를 갈고닦는 데 아무리 강조해도 부족함이 없네. 특히 의궤 반차도를 옆에 두고 보면서 베끼는 임모야말로 그 근본이 되므로 결코 소홀히 해서는 안 될 것이네."

1777년 제작되었던 『경모궁악기조성청의궤』의 도설을 그리는 작업부터 시작했다. 크고 작은 악기는 세밀한 묘사가 필수적이기에 임모 수련에 적당하다는 판단에서다.

의궤를 펼치자, 악기 제작에 참여한 예조와 장악원 소속 관리, 궁가나 군문에 속했던 장인들에 관한 기록에 이어 사슴의 뿔, 아교, 소가죽 등 실제 악기 제작에 소요된 모든 품목에 관한 상세한 기록과 공문서가 빼곡하게 적혀 있다. 모두 25종의 악기가 제작됐는데, 43개 분야에서 동원된 148명의 장인 명단도 일일이 적시돼 있고, 그 뒤를 이어 악기 그림들이 세밀하게 그려져 있다.

"편종과 편경을 비롯해 방향, 장고, 절고, 진고, 어, 당비파, 향비파, 가야금, 현금은 물론 아쟁과 생, 훈, 태평소와 박까지 빠짐없이 그대로 임모해 보게. 직선과 곡선을 긋는 힘은 물론 묘사력도 늘게 해 줄 걸세."

먼저 종이에 편종을 임모해 보는 사율.

용머리와 다섯 마리의 목 공작이 상부에 세밀히 조각돼 있는 독특한 형상이 눈길을 끈다. 그 아래로 두 개의 방대가 가지런히 뻗어 있으며, 한 쌍의 목재 사자가 하부를 떠받치고 있는 모습이다.

가만히 의궤 속 편종 그림을 바라보는 사율. 눈도 깜빡하지 않고 얼마간 그림을 응시할 뿐이다. 언뜻 그림 그릴 생각이 없는 듯 보인다.

"자네, 지금 뭐 하는가?"

보다 못한 이참이 참견을 하려는데, 사율이 그제야 붓을 들고 종이에 그림을 그리기 시작한다. 그런 모습을 옆에서 지켜보던 이참이 무언가 이상하다는 듯, 사율과 그가 그리는 그림과 옆에 놓인 의궤 원본을 번갈아 바라보았다.

스삭스삭. 종이 위를 거침없이 내달리는 사율의 세필 붓.

사율이 한번 붓을 잡자, 의궤 원본엔 눈길 한 번 주지 않고 마치 찍어 내듯, 원본과 똑같은 그림을 그려 내는 것이 아닌가. 이참이 흠칫 미간을 좁혔다.

'속사까지⋯!'

사율의 붓은 거의 막바지를 향해 달리고 있었다.

이참은 눈앞에서 벌어지는 광경을 보고도 믿을 수 없다는 듯 벌린 입을 다물지 못했다.

'짧은 시간 안에 사물을 저토록 정확하게 묘사할 수 있다니⋯'

그렇게, 일각이 채 지나지 않은 시간 만에 도설 한 점이 완성됐다.

"자네⋯?"

이참은 말을 잇지 못한 채 그림을 뚫어질 듯 응시했다. 어떻게 단 일각 만에 원본과 같은 그림을, 단 한 번만 원본에 눈길을 준 뒤 똑같이 그려 낼 수 있단 말인가.

"다섯 살 때였던가, 아이들과 마을 뒷산에 올라가 그림을 그렸었지. 종이에 처음 그려 보는지라 신나게 그리고 나니, 딴 아이들은 아직 반에 반도 못 그렸더라고. 자세히 보니, 아이들은 마을 모습을 보고 또 보면서 그리는 게 아닌가? 그때 처음 알았네. 내가 한 번 눈여겨본 사물을 보지도 않고 기억만으로 정확히 그릴 수 있다는 사실을 말일세."

이참이 고개를 끄덕이며 입을 열었다.

"그러고 보니, 어릴 적부터 유독 자네는 그림을 빨리 그렸었지. 그때는 잘 몰랐지만… 난 그저 자네가 그림을 별 성의 없이 그린다고만 생각했던 거 같아."

그제야 까맣게 잊고 있었던 과거의 기억이 어렴풋하게 떠올랐다. 제법 그림을 잘 그린다는 아이들 사이에서도 사율의 그림 실력은 도저히 따라잡을 수 없는 진기의 영역으로 치부됐었으니까. 피조물을 창의적으로 재해석해 화폭에 옮기는 건 다른 문제라고 차치하고라도, 대상의 원본을 빠른 시간 안에 화폭에 그대로 똑같이 재현하는 데 탁월한 재능을 보인 사율이었다.

"내 생각에, 지금의 자네 능력이라면 임모 수련을 계속하는 게 별 의미가 없을 듯하네."

이참이 천천히 고개를 가로저었다.

늦은 밤, 이참의 처소.

이참은 좀처럼 잠을 이룰 수 없었다. 낮에 눈앞에서 목격했던 사율의 놀라운 임모 실력이 자꾸만 뇌리에 떠올랐기 때문이다. 공석으로 남아 있는 선화직을 내심 노리고 있는 상황에서 사율이란 존재의 등장은 누구보다 강력한 걸림돌이자, 뜻하지 않은 큰 벽이 앞을 가로막고 선 형국이라고 할 수 있었다.

뛰어난 화원이 갖춰야 하는 자질 중 사물을 있는 그대로 똑같이 그려 내는 임모 능력은 그 무엇보다 중요했다. 사물에 대한 정교한 묘사력이야말로 화원의 중요한 기본 자질이었으므로. 그런데 사율은 태어나면서 한번 본 사물을 마치 목판화로 찍어 내듯 그대로 똑같이 그려 내는 걸출한 능력을 타고난 것이다.

'이 얼마나 불공평한 일인가…'

밤이 깊어 갈수록 이참의 고민 또한 깊어 갔다.

분명한 사실은, 절대 선화직을 놓칠 수 없다는 것. 이번이야말로 하늘이 준 천재일우의 기회가 아닌가. 언제까지 선회 노릇에 만족하고 있어야 한단 말인가.

창밖이 희부옇게 밝아 올 무렵, 이참이 마침내 결심을 굳혔다. 방법은 하나뿐. 그를 구원해 줄 든든한 동아줄은 이미 내려져 있었다. 그가 손을 뻗어 그것을 움켜잡기만 하면 될 뿐.

사율에 관한 소문은 빠르게 도화서 전체로 퍼져 나갔다. 별제를 비롯해 김홍도와 선배 화원들이 모인 가운데 사실 확인 작업이 벌어졌다. 각종 의궤에 수록된 도설과 반차도 원본을 사율이 임모하는 시범을 모두가 감탄하며 직접 지켜봤던 것.

사율이 반차도 소임을 맡는 건 명약관화하다는 말이 나돌았다. 그러자 몇몇 화원들이 별제를 찾아가 이의를 제기했다. 원하는 화원에게 공평하게 기회를 달라는 것.

화원을 대표해 허방이 나섰다.

"사율이 타고난 임모 능력을 갖고 있다고 하나, 그게 곧 반차도의 소임을 맡을 자격을 입증하는 건 아닙니다. 다른 화원들에게도 공평한 기회를 주어야 할 것입니다."

일리가 있다고 판단한 별제는 예판 민종현에게 이 같은 화원들의 의견을 보고했고, 예판은 이를 상참의 화두로 삼았다.

"도화서 화원들의 의견이 이와 같으니, 내부의 공정한 경선을 거쳐 반차도의 소임을 맡을 화원을 최종 선발하심이 옳을 듯하옵니다, 전하."

정조는 그 자리에서 지체 없이 윤허했다. 오래 끌 사안이 아니었다. 천재적인 임모의 능력을 지닌 사율이 반차도의 중책을 맡을 자격이 있음은 분명하나, 자질을 갖춘 다른 도화서 화원들에게도 공평한 기회를 부여하는 것이 일견 마땅했다.

그 같은 소식은 곧바로 도화서에 전해졌고, 곧 벌어질 내부 경선을 놓고 벌이는 눈에 보이지 않는 경쟁으로 도화서에 팽팽한 긴장감이 드리워졌다. 승자는 선화직 승차라는 달콤한 열매의 주인이 될 것이다.

내부 경선이 새로운 화두가 되면서, 다소 어수선한 도화서에서 밤늦게까지 의궤 반차도 임모 작업에 몰두하고 숙소로 돌아온 사율. 벽장 안에 은밀히 숨겨 놓은 채, 애써 외면하고 있었던 그것을 꺼내 들었다.

구겨지고 찢어진, 피 묻은 종잇조각.

열어 봐서는 안 될 금지된 금등을 몰래 푸는 심정이 이럴까. 종이를 펼치자 창을 든 장졸들의 그림이 불빛에 드러났다. 자세히 살펴보니,

궁중 행렬에 참가한 장졸들이 어깨에 창과 화승총을 메고 행진하는 반차도의 일부를 찢은 듯하다. 종잇조각에 묻은 붉은 핏자국과 마구 구겨진 것으로 봐서 급하게 찢은 듯한 흔적이 역력하다.

그날 밤, 화원 허만교가 자신의 손에 종잇조각을 쥐어 주던 긴박한 순간과 그 절박하던 눈빛이 떠올랐다. 자신이 숨은 곳을 향해 소리 없이 다가서던 자객의 살기등등한 모습 또한 자꾸 어른거렸다.

'대체 화원 허만교가 죽기 직전 필사적으로 건넨 이 그림 조각에 담긴 숨은 뜻은 무엇일까?'

자객에게 발각되기 직전, 아슬아슬하게 숲을 빠져나오던 순간이 자꾸 떠올라 사율은 모골이 송연해졌다.

'그를 죽인 자는 누구며, 왜 그를 죽였을까?'

좌포청 종사관 강도수가 선화 이익종과 화원 허만교의 죽음에 얽힌 배후와 내막을 캐고 있지만, 쉽사리 밝혀낼지는 의문이었다. 강도수에게 그날의 일을 설명하고 그림을 전해 줄까 하는 생각도 들었지만 이내 관두었다. 이제 막 도화서 화원으로 새출발을 한 상황에서, 더구나 그토록 찾아 헤매던 집안의 원수 심환지를 목전에 둔 시점에서 괜히 긁어 부스럼 만들 필요가 없다는 판단에서였다.

'어떻게 하면 놈의 처소에 접근할 수 있을까?'

이런저런 고민에 쉽게 잠을 이루지 못하는 밤이 깊어 갔다.

기회는 뜻밖에도 빠르게 찾아왔다.

며칠 뒤, 초상화를 그려 달라는 병판 심환지의 연통을 받았던 것. 사

화원: 밀사화의 비밀

율은 곧바로 그의 처소로 향했다. 하얀 달빛을 받으며 골목길 모퉁이를 도는 사율. 가슴이 두방망이질을 쳤다. 몇 번이나 품속에 손을 넣어 새파랗게 날이 선 비수를 매만지며 결의를 다졌다.

'이 기회를 절대 놓쳐선 안 돼.'

뜻밖에도 빨리 찾아온 천재일우.

원수 심환지와 독대할 수 있는 절호의 기회가 아닌가. 심환지의 처소가 가까워질수록 가빠지는 호흡을 억누르며 그는 걸음을 빨리했다. 몇 번인가 모퉁이를 돌자, 저만치 하얀 달빛 속에 우뚝 서 있는 솟을대문이 눈에 들어왔다.

"한잔하게."

책사를 물리고 나자 심환지가 술잔을 권했다.

"괜찮습니다. 세밀하게 초상화를 묘사하는 힘이 흐트러질까 저어됩니다."

완곡히 술잔을 사양하는 사율.

"그렇다면 더 권하진 않겠네. 혹여 자네가 내 얼굴을 엉망으로 만들어 버리면 난감하지 않겠나?"

"그럴 리가 있겠습니까."

"그나저나 입술 좀 풀게나. 무슨 중대한 일이라도 앞둔 사람처럼 그리 앙다물고 있나? 허허허."

입가는 웃고 있으되, 눈빛은 상대를 뚫어볼 듯한 심환지.

"다른 분도 아니고 대감의 초상화를 제 손으로 그리고자 하니, 소인도 모르게 긴장이 됐나 봅니다."

심환지가 가볍게 고개를 끄덕였다.

"사실 제 손으로 대감의 초상화를 꼭 그리고 싶었습니다."

"내 초상화를…?"

"그렇사옵니다, 대감."

흥미롭다는 눈빛으로 심환지가 사율을 응시했다.

"연유가 무엇인고?"

"사실 오래전부터 대감을 존경해 왔사옵니다."

"나를 본 적이 있던가?"

사율을 바라보는 병판 심환지의 눈빛이 예사롭지 않게 빛났다.

'내 어찌 한시라도 네놈을 잊을 수 있겠느냐…'

화염처럼 솟구치는 분노를 온화한 미소로 애써 억누르며 사율이 상대를 바라보았다.

"오래전 대감의 행차 행렬을 멀리서 본 적이 있사옵니다. 어찌나 위풍당당하시던지… 멀리서 보고 있는데도 환하게 빛나던 대감의 풍채를 보고 그때 깊은 감명을 받았사옵니다."

"흠, 그래?"

병판의 입가에 묘한 미소가 번졌다. 의중을 짐작하기 어려운 미소를 머금은 채 사율을 바라보던 그가 불쑥 물었다.

"정말 자네 그림이 일등이라고 생각하는가?"

"무슨 뜻이신지…?"

"그냥 궁금해서 물어보는 거니 기탄없이 말해 보게."

"어찌 그림에 일등이 있고, 이등, 삼등이 있을 수 있겠사옵니까? 소인

화원: 밀사화의 비밀

은 그저 세상 모든 그림이 가치 있는 일등이라고 생각합니다."

"역시 특별취재에 선발된 화원답게 모범 답안만 내어놓는구먼, 허허허."

웃고는 있으나 눈매는 사율을 날카롭게 훑고 있었다.

"일병화가 저잣거리에 제법 이름이 나 있더군그래. 정말 내가 술 한 병을 비우는 동안 초상화를 끝낼 자신이 있는가?"

"그렇습니다, 대감."

"물론 잘 그려야 할 것이야."

"여부가 있겠사옵니까."

"그래⋯?"

흥미롭다는 듯 사율을 한 번 쳐다본 뒤 심환지가 잔을 비우는 사이, 사율이 재빨리 방 안을 훑는다. 단 세 보 떨어진 곳에 철천지원수가 앉아 있고, 호위무사조차 없는 하늘이 준 기회가 아닌가.

바닥에 초주지와 세필을 비롯한 화방 도구를 내려놓고 준비하는 사율의 손이 팽팽한 긴장감으로 굳는다. 당장 득달같이 달려들어 원수의 가슴 깊숙이 비수를 박아 넣으면 모든 것이 끝나리라. 상대는 술을 마시며 긴장을 푼 상태. 실행만 하면 되는 셈이다. 얼마나 기다려 왔던 순간인가.

심환지가 잔을 내려놓으며 고개를 끄덕였다.

"그럼, 시작하게."

혹 그가 품고 있는 내밀한 생각을 상대가 눈치채지 않을까 경계하며 시선을 내린 사율이 손을 뻗어 미리 준비되어 있던 빈 술병을 집어 허공에 던졌다. 와장창! 요란한 소리와 함께 술병이 박살 나며 파편이 사방으로 튀었다. 심환지가 흠칫 놀라며 움찔했다.

"송구합니다, 대감. 일병화를 시작할 때마다 소인이 하는 특별한 의식이옵니다."

"의식…?"

"그렇습니다. 깨진 파편의 모양새를 살펴 초상화를 잘 뽑을 수 있을지 미리 점칠 겸, 눈요기 겸해서 하는 것이지요."

사율을 뚫어질 듯 응시하던 시선을 누그러뜨리며 그제야 심환지가 수염을 쓰다듬었다.

"그래, 초상화가 잘 나올 듯한가?"

사율이 바닥에 어지럽게 흩어진 파편의 형태를 빠르게 훑어보더니, 담담한 어조로 답했다.

"봉황지세. 단 한 번도 본 적 없는 최고의 형상이니, 단언컨대 부끄럽지 않은 역작이 나올 듯합니다."

"재미있구먼그래. 어서 시작하게나."

"그럼, 시작하겠습니다, 대감. 시선을 약간만 오른쪽으로 비켜 두시지요."

사율의 말에 따라 병판이 오른쪽으로 약간 고개를 틀자, 세필을 들던 사율의 손이 가늘게 떨린다. 눈에 담듯 상대의 이목구비를 찬찬히 바라보는 사율. 한 번 본 것은 그대로 모사하는 타고난 능력으로 일필휘지를 휘두르듯, 단번에 초상화를 그려 내 많은 이들의 찬사를 받았던 그였지만, 이 순간만큼은 떨리는 속내를 어찌하지 못하는 그였다.

화원: 밀사화의 비밀

고비마다 숱한 정적을 제거하며 이 자리까지 올랐을 노회한 정치인의 얼굴이 눈앞에 있었다.

'얼마나 이 순간을 기다렸던가.'

사율의 손끝이 살짝 떨렸다.

'수천 번을 찢어발겨도 시원찮을 집안의 원수!'

비껴진 시선. 상대가 경계를 풀고 있는 이 순간이야말로 절호의 순간이 아니던가.

사율은 세필 붓을 재빨리 왼손으로 옮겨 쥐고 오른손을 품속에 집어넣었다. 서늘한 기운이 손끝에 닿았다.

품속에서 시퍼렇게 날이 서 있을 비수.

'지금이야!'

머릿속에서 맹렬한 외침이 들려왔다. 외침이 가슴을 뒤흔들었고, 사율이 비수를 움켜잡으려는 찰나였다.

심환지 앞에 놓인 서안과 뒤쪽 병풍 사이 벽에 걸려 있는 한 자루의 도검. 검신이 약간 휜 환도였다. 검은 칠을 한 목제 칼집에, 두 마리의 호랑이가 포효하듯 뒤얽힌 형상의 문양이 양각된 황동 재질의 칼막이. 잘 벼려진 검신을 타고 흐른 불빛 끝에서, 시퍼렇게 날이 선 칼날이 사율의 시선을 찔렀다.

순간 그날의 참혹한 참상이, 날카로운 비명과 함께 벼락처럼 머릿속을 때렸다.

헛간 옆 닭장 안. 구멍이 숭숭 난 작은 봉창 문 하나를 덧대 만든 냄새나는 닭장 안 좁은 공간 속에서 눈을 부릅뜬 채 숨죽여 지켜봐야 했던, 피를 토할 것 같은 놈의 잔인한 만행과 차마 지켜볼 수 없던 부모님의 마지막 순간. 시퍼렇게 날이 선 검이 허공을 긋는 순간 더운 선혈이 사방으로 튀었고, 짐승처럼 절규하며 부모님과 여동생이 무참히 쓰러지던 최후의 모습이 엄습했던 것.

참혹했던 그날의 기억과 함께 사율은 옴짝달싹할 수 없었다. 일순 생각이 멈춰 버린 듯, 팔다리조차 까딱할 수 없었다. 거대한 얼음 속에 갇힌 듯, 무기력하고 숨조차 쉴 수 없이 질식해 죽을 것만 같은 압박감이 그를 짓눌렀다.

마치 날카로운 도검의 칼끝이, 금방이라도 자신의 몸을 관통할 것만 같은, 비현실적인 공포가 그의 심신을 한 치도 옴짝달싹할 수 없도록 옭아매어 버렸던 것.

아버지와 어머니, 여동생을 무참히 도륙하며 칼을 내리치던 순간 놈의 얼굴에 비릿하게 스치던 광기 어린 비웃음을 어찌 잊으랴.

그때였다.

"대감, 궐에서 급한 전갈이 왔사옵니다."

문밖에서 들려오는 책사의 새된 목소리가 방 안의 정적을 깨뜨렸다.

"이런… 일병화는 다음으로 미뤄야겠네."

심환지가 아쉬운 듯 입맛을 다셨다.

무거운 발걸음을 끌며 집으로 돌아오는 내내 사율은 마음이 무거웠다. 모래를 문 듯 입안이 까끌거렸다. 하필 그 절호의 순간을 방해라도 하듯 궐에서 날아온 전갈. 원수의 심장에 벼리고 벼린 비수를 박아 넣

화원: 밀사화의 비밀

을 절호의 순간을 놓친 진한 아쉬움을 곱씹으며 걸음을 되돌려야 했던 그였다. 동시에 뇌리에서 지워지지 않았던 찰나의 순간이 머릿속을 어지럽혔다.

허공에 던진 빈 술병이 요란한 소리를 내며 박살 났을 때, 심환지 뒤편의 병풍 너머에서 언뜻 일었던 미세한 동요. 벚꽃이 공기를 타고 한 뼘 미끄러져 떨어질 만큼 찰나의 순간이었지만, 그의 오감이 놓치지 않고 잡아챘던 그 순간, 병풍 그 너머의 공간은 분명 동요했었다.

'혹, 병풍 뒤편에 살수가 대기하고 있었을까?'

능구렁이 수백 마리가 똬리를 틀고 있을 만큼 노회하고 음흉한 상대가 자신의 목숨을 노렸을지도 모른다는 생각에 뒤늦게 가슴 한켠이 서늘해졌다.

그리고, 그 순간이 다시 떠올랐다.

벽에 걸려 있던 한 자루의 환도. 시퍼렇게 날이 선 칼날이 사율의 시선을 찌르는 순간, 날카로운 비명과 함께 벼락처럼 머릿속을 때리던 그날의 참혹한 참상 말이다.

도검의 검신이 수백여 개의 뾰족한 바늘로 쪼개져 온몸에 날아와 박힐 것 같은 환각과, 거대한 바위에 짓눌린 듯 숨조차 내쉴 수 없었던, 금방이라도 질식할 것 같던 압박감에 이어 온몸이 결박된 듯 손끝 하나조차 움직일 수 없을 것 같은 무기력함이 엄습하던 그 순간의 참담함에 몸이 얼얼했다.

그것은 끔찍한 공포였다.

대체 무슨 일이 벌어졌던 걸까?

그 순간의 당혹감을 곱씹으며 사율이 골목길에 짙게 내려앉은 어둠 속을 유령처럼 부유하듯 힘겹게 나아갔다.

그 시각, 예조판서 민종현의 처소.

화원 이참이 예판과 마주하고 있었다.

"그리하면 제가 얻을 수 있는 것이 무엇입니까?"

이참이 예조판서이자 도화서 제조의 눈을 똑바로 응시했다.

"선화직이면 되겠느냐?"

예판이 미소 띤 얼굴로 그를 보았다.

공석으로 비어 있는 종6품 선화직. 결코 놓칠 수 없는 기회가 눈앞에 있었다. 선화 이익종의 죽음으로 당연히 자신이 공석을 채울 줄 알았으나, 현실은 그리 녹록지 않았다.

장사율의 출현.

뜻하지 않은 돌발 변수였다. 도화서 개설 이래, 천민 출신으로 도화서 화학생도 과정도 거치지 않고 특별취재를 통해 곧바로 화원이 된 사례는 전무후무했다. 그것도 의궤 반차도의 소임을 맡는 화원이라니. 이대로라면 장사율이 자신을 제치고 선화직을 차지할 것이 불문가지였다. 무릇 제 발로 찾아온 기회는 반드시 낚아채야 한다.

"그리만 하면 되는 것이옵니까?"

"그렇다네."

사실, 그 같은 제의를 받은 건 보름 전이었다. 하나 선뜻 결정을 내리기엔 무언가 찜찜한 구석이 있어 미뤄 왔던 게 사실이었다.

화원: 밀사화의 비밀

"내부 경선 결과와 상관없이 내 재량으로 자네를 선화직에 임명하겠네. 물론 이번 내부 경선에서 자네 스스로 실력을 입증하는 것이 좋겠지만 말일세. 어떤가? 재주로나 가문으로나 어디 선화직에 만족할 자네인가?"

절대 놓칠 수 없는 기회였다. 증조부께서 사헌부 지평을 지낸 이후, 이렇다 할 관직도 없이 지리멸렬하게 쇠락해 온 가문이었다. 도화서 별제 자리에만 오를 수 있다면, 집안을 부흥시킬 주춧돌이나마 다질 수 있지 않겠는가.

"그리하겠사옵니다, 대감."

이참은 불꽃같은 사명감과 흥분이 뒤섞여 끓어오름을 느끼며 머리를 조아렸다.

기실 그 증상은 얼마 전부터 그를 괴롭혔다.

칼이나 침, 낫처럼 뾰족하거나 날카로운 물건을 보는 순간, 자신도 모르게 숨이 막히고 몸이 뻣뻣하게 굳어져 버리는 증상. 천길 땅속에 갇혀 숨조차 쉴 수 없을 것만 같은 질식감과 공포가 벼락처럼 휘몰아쳐 심신을 옴짝달싹할 수 없게 옭아매는, 마치 마귀가 불벼락을 퍼붓는 듯한 불가항력적 저주의 순간 말이다.

'방법이 없을까?'

어쨌든 방법을 찾아내야 했다. 마침내 그토록 찾아 헤매던 집안의 원수를 찾아냈는데, 그깟 문제 때문에 포기할 순 없는 노릇이었다.

도화서에서 반차도 의궤와 도설을 모사할 때도, 어두운 골목길을 걸어 퇴청할 때도, 소박한 음식으로 끼니를 때울 때도, 사율의 신경은 온통 한 군데에만 집중했다.

어떻게 하면 원수 심환지의 가슴에 벼리고 벼려 왔던 복수의 칼날을 박아 넣을 수 있을까? 오로지 불타오르는 복수의 일념 말이다.

사흘 후, 마침내 그는 방책을 찾아냈다. 쇠뿔도 단김에 빼라고, 그는 주저 없이 다시 복수의 칼을 뽑아 들었다.

"대감마님 초상화라고?"

"그렇습니다."

"대감께선 지금 빈청에 나가 계시네. 명일 다시 오게나."

"빈청에서 대감을 뵙고 허락을 받고 오는 길입니다."

그 소리에 청지기가 삐뚜름하게 사율을 쳐다보았다.

"도화서 화원이라고 했나?"

"그렇습니다."

질 좋은 한지로 감싼 초상화를 들고 선 사율이 물러서지 않고 버티자, 청지기가 듬성듬성 난 수염을 거드럭거리듯 매만지며 그를 빤히 쳐다봤다.

"이리 주게."

탐탁잖은 표정으로 청지기가 초상화를 향해 손을 뻗었다.

"제가 직접 대감 처소에 가져다 놓고 싶습니다. 제 손으로 정성껏 그린 대감의 초상화입니다."

사율이 단호한 눈빛으로 상대를 보며 꿈쩍도 하지 않았다. 그제야 청

화원: 밀사화의 비밀

지기가 못마땅하다는 듯 헛기침을 하며 한 손을 들어 무성의하게 한쪽을 가리켰다.

다섯, 여섯, 일곱, 여덟, 아홉…

마음속으로 숫자를 세며 천천히 걷는 사율. 주변을 살피며 집 안 구조를 머릿속에 각인시킨다. 솟을대문 안으로 들어서면 왼편에 자리한 문간채와 정면에서 약간 오른쪽 사선으로 마주하는 사랑채, 그 뒤쪽에 안채와 아래채가 위치했고, 그 옆에 곡간과 사당이 자리한 구조였다.

"어이, 그쪽이 아니라 이쪽이라니까."

사율이 중문 너머로 언뜻 보이는 안채와 사당 쪽을 바라보고 섰는데, 청지기가 다가와 쌀쌀맞게 사랑채를 가리켰다.

"아, 예…"

솟을대문으로 들어와 오른쪽으로 살짝 시선을 틀어 열일곱 보 되는 지점 앞에, 그 이름 석 자만큼 위엄을 자랑하듯 심환지의 처소가 눈앞에 있었다.

'바로 이곳이… 놈의 처소.'

국왕에 버금가는 권세와 위력을 뽐내듯, 3단으로 놓은 장대석 위에 사랑채가 위풍당당하게 눈앞에 버티고 서 있었다. 궁궐 목수를 도편수로 데려와 당대 최고의 목수와 일꾼을 가려 뽑아, 18개월 동안 그늘에서 말린 속리산 적송을 사용해 지었다는 99칸 대저택의 심장. 사랑채의 오른편, 객사와 곡간 사이에 자리한 석가산이 시선을 끌었으며, 사랑채 누마루 아래에도 금강산을 형상화한 작은 석가산이 자리하고 있었다.

당장이라도 난입해 놈의 가슴에 분노의 칼을 쑤셔 넣고 싶은 강한 충동을 억누르며 사율이 사랑채를 노려보았다. 마루에 올라선 사율이 대청마루를 지나 누마루 앞에 이르렀다. 짧게 심호흡을 한 뒤 천천히 문을 열고 안으로 들어서는 사율. 따스한 온기가 온몸을 감싼다. 차가운 냉기에 절로 몸이 움츠러드는 바깥과 달리, 벚꽃 날리는 봄날처럼 따사로운 실내 공기가 폐부에 닿는다.

그리고 시선을 찌르는, 놈의 심장이 자리한 곳.

옻칠한 자개 서안과 그 뒤 상석에 자리한 호화로운 보료가 눈앞에 있다. 등을 기대는 안석과 장침, 사방침까지 비단으로 두른 호화로운 비단 보료 일습이다.

왕의 그것에 버금갈 정도로 호화로운 상석.

사율은 할 말을 잃고 눈앞의 보료 일습을 노려보았다. 당장이라도 달려들어 놈의 체취와 온기, 영혼이 숨 쉬는 보료를 갈기갈기 찢어발겨놓고 싶은 강한 충동에 손이 움찔거렸다.

"뭐 하는 겐가?"

그때 등 뒤에서 갈라지고 탁한 목소리가 들렸다.

"어서 내려놓고 가게."

어느새 청지기가 들어서며 갸름하게 뜬 눈초리로 경계하듯 사율을 다그쳤다.

열하나, 열둘, 열셋…

객사 쪽 담을 뛰어넘어 객사와 곡간 사이에 자리한 석가산까지 열보, 마당을 지나 대청마루에 올라 큰 사랑방이 있는 누마루까지 스물두보. 원수의 심장에 칼을 꽂기까지 그가 걸어야 할 걸음의 수였다.

야심한 밤, 도화서 숙소 뒤뜰.

구름 너머로 흩뿌리는 희끄무레한 달빛을 받으며 사율이 걷고 또 걸었다. 눈을 감은 채, 마음속으로 훈련을 거듭했다. 혹여 호위무사가 겨눌 시퍼렇게 날 선 검신과 마주쳤을 상황을 대비해 눈을 감은 채 훈련을 거듭하고 있었던 것. 절체절명의 순간, 날 선 칼날 앞에 몸이 얼어붙는다면 모든 것이 물거품에 그치고 말 것이기에.

마음속에 그려 놓은 심환지의 저택 구조에 따라 걸음 보를 세며 그림자처럼 내딛는 사율의 걸음마다 분노의 외침이 밤새 소리 없이 아우성을 쳤다.

그렇게, 사흘 밤낮 어둠 속에서 우스꽝스러운 춤을 추듯, 머릿속으로 복수의 칼날을 벼리고 벼리는 사율.

담을 뛰어넘고, 석가산에 몸을 숨겨 주변 동향을 살핀 뒤, 소리 없이 대청마루를 지나고 누마루 위에 다다른 뒤, 조용히 문을 열고 들어가 잠자고 있는 놈의 가슴에 단도를 쑤셔 넣기를 얼마나 반복했을까. 나흘째 되는 야심한 밤, 들불처럼 휘몰아치는 복수의 열망이 극에 달했을 무렵, 마침내 칼을 품은 사율이 숙소를 나와 어둠 속으로 나섰다.

희끄무레한 그믐달 아래.

어디선가 스산하게 올빼미 우는 소리가 한차례 차가운 밤공기를 훑으며 지나간 뒤, 대저택 일각에 그림자가 어른거리는가 싶더니 이내 사위가 조용해졌다.

사랑채 돌계단에 올라 대청마루를 지나고 누마루 앞에 다다르는 사율. 재빨리 어둠에 잠긴 사방을 일별했다. 다행히 아무도 마주치지 않았다. 지금까진 성공적이었다. 객사 쪽 담장을 넘었을 때도, 석가산 바위틈 그림자에 잠시 몸을 숨겼을 때도, 마당을 지나 마루에 올랐을 때도 만사는 순조로웠다.

이윽고, 검은 복면을 쓴 사율이 어둠에 잠긴 문 너머를 노려보았다. 그토록 벼르고 별렀던 집안 원수에 대한 복수의 순간이 불과 몇 보 앞에 있었다. 두방망이질하는 가슴을 억누르며 천천히 날숨을 쉬는 사율.

'흥분하지 말자.'

어둠 속에 서서 문 너머를 노려보며 스스로 다짐하는 사율.

'평정심을 잃으면 안 돼. 무슨 일이 벌어져도.'

놈의 가슴에 칼날을 박아 넣을 때까지, 그 어떤 주저함이나 사사로움, 두려움에도 굴복해선 안 된다. 어떤 실수도 용납할 수 없다. 어둠 속 뒤뜰에서 수십여 차례나 반복했던 대로 침착하게 움직여 놈의 숨통을 끊어 놓으면 된다. 그 후, 어떤 대가도 기꺼이 치를 준비가 된 그였다.

사율이 소리 없이 문을 열고 안으로 들어섰다.

마치 시간이 멈춘 듯 공기의 흐름에 미동조차 없었다. 저만치 침구에 누워 잠든 원수의 모습이 어둠 속에 언뜻 보였다. 스르릉. 사율이 품속에서 단검을 꺼내 들었다.

'지금이야!'

목표물 일 보 앞 지점, 사율이 허공에 날 선 단검을 치켜들었다.

'빠르고, 단호하게!'

원수 심환지의 가슴을 노린 사율의 단검이, 허공에서 번득이는 찰나.

쉬익-!

마치 공간을 자르기라도 할 듯, 검이 허공을 가르며 날아들었다.

챙강-!

검과 검이 부딪치며 날카로운 파열음이 공기를 갈랐다. 동시에 충격 파에 밀린 듯 사율이 벽에 몸을 부딪히며 나뒹굴었다.

'대체 이게 무슨 일이야?!'

머릿속으로 날카로운 경고음이 울렸다.

다음 순간, 병풍 뒤에서 튀어나오는 검은 인형이 그의 동공에 맺히는 가 싶더니, 더욱 강력한 파형을 그리며 다음 공격이 내려 꽂혔다. 동시 에 사율이 몸을 날렸다. 와장창! 밤공기를 깨뜨리는 요란한 소리와 함 께 그의 몸뚱이가 박살 나 떨어져 나가는 문짝 파편과 함께 차가운 밤 공기 속으로 나뒹굴었다.

치이익-

군관이 화로에 발갛게 달군 비수를 받아 든 종사관 강도수가 말간 액 체를 그 위에 조심스럽게 부었다. 액체가 열기에 반응하면서 맹렬하게 김을 내뿜었다. 그렇게 두 차례 반복한 그가 창문을 통해 들어오는 햇 빛에 비수를 비추자, 비수에 무언가 붉은 흔적이 드러났다.

"혈흔이오. 숯불로 달군 칼을 신초로 씻으면 이렇게 숨어 있던 혈흔이 드러난다오."

사율이 신기한 듯 말똥말똥한 눈을 비수에서 떼지 못했다.

"설마 이걸 구경하러 온 건 아닐 테고, 여긴 어떻게 온 게요? 혹 자수라도 하러 온 게요?"

사율이 당치도 않다는 듯 정색하며 손사래를 쳤다.

"에끼! 농이라도 그런 농은 하지 마십시오."

"그렇다고 그렇게 정색할 필요까진 없지 않소. 요즘 사람들이 너무 정서가 메말라서 탈이오. 농을 하면 농으로 받아 주고, 뭐 그런 맛이 있어야지. 안 그렇소?"

강도수가 실실거리며 웃다가 사율의 얼굴을 빤히 쳐다보며 말을 이었다.

"그래, 편하게 말씀해 보시오. 이렇게 찾아온 연유가 무엇이오?"

자신을 빤히 쳐다보는 강도수의 눈빛을 보자, 목구멍까지 나와 있던 말들이 슬그머니 자취를 감추었다. 죽은 허만교가 전해 주었던 피 묻은 종잇조각을 줄 생각이었는데, 강도수의 도전적인 눈빛에 왠지 움츠러들고 말았던 것.

장난기 어린 듯한 눈빛 깊은 곳에 서린, 한번 상대의 약점을 물면 집요하게 파고들 것 같은 서늘한 눈빛이었다.

"특별한 일이 있어서라기보다 뭐 그냥 좌포청 구경을 해 보고 싶어서요. 나중에 그림 그릴 때도 도움이 될 테고…"

얼떨결에 대답은 했으나 자신이 들어도 영 석연찮은 대답이었다. 누구나 되도록 걸음을 하고 싶지 않은 곳이 포도청인데, 구경이라니 영

화원: 밀사화의 비밀

마뜩잖은 핑계가 아닌가. 다행히도 강도수가 별일 아니라는 듯 화두를 돌렸다.

"마침 잘 왔소. 내 그쪽한테 보여 줄 게 있소이다."

강도수가 서랍장 안에서 무언가를 꺼내 들더니, 다소 민망한 얼굴로 사율에게 슬쩍 내밀었다. 돌돌 만 종이였는데, 꽤나 두툼해 보인다.

"무엇입니까, 이게?"

"펼쳐 보면 아실 게요."

사율이 종이를 펼치는 순간, 풋! 절로 웃음이 나왔다.

"그렇게 형편없는 게요?"

강도수의 얼굴에 언뜻 실망한 빛이 스쳤다.

"그렇게 형편없소이까? 솔직하게 말을 해 주시오. 내가 그린 그림이 그렇게 못 봐 줄 정도냐 이 말이오?"

골목길에서 아이들이 강아지와 뛰어노는 모습, 들판에서 연을 날리는 모습, 강둑에서 쥐불놀이하며 즐거워하는 모습 들이 순박한 필치로 그려져 있었다. 엉성한 구도에 묘사가 서툴고 거칠어 절로 웃음이 나왔지만 즐거운 아이들의 표정만은 살아 있는 그림들이다.

사율의 돌발적 웃음에 강도수는 귓불이 발갛게 달아오를 정도로 민망한 기색을 보였다.

"그게 아니라, 이 아이 눈이…"

핑곗거리를 찾던 사율이 그림 속 한 아이를 가리켰다. 연을 날리는 아이들 그림이었는데, 키가 작은 아이의 눈이 약간 이상했다. 하늘에 뜬 연을 보는 한쪽 눈과 달리, 다른 쪽 눈이 약간 방향이 비켜나 있다.

"사시라서 그렇소. 친한 동무였는데 병을 앓고 나더니 저리되었지 뭐요. 그나저나 그것까지 봤단 말이오? 대단하오. 역시 화원이라 보는 눈이 매섭소이다."

"보고 있으면 기분이 좋아지는 그림입니다. 아이들의 즐거운 기분이 절로 느껴지네요."

그제야 기분이 좋아진 듯 강도수가 싱긋 웃더니, 서랍장 깊숙한 곳에 숨겨 두었던 떡을 꺼내 왔다.

"자, 좀 드시구려."

"웬 떡입니까?"

"억울한 누명을 풀어 줬다고 누가 고맙다며 갖다준 거요. 내가 그렇게 사절했는데도 안겨 주고 가길래 부득불 받아 두었소. 우리 둘이 나눠 먹으면 별문제는 안 될 거요."

강도수가 떡 한 조각을 떼어 내 사율에게 건네주고는 자신도 한 입 뚝 떼 우적우적 씹으며 빙긋 웃어 보였다. 그런 그를 마주 보며 사율도 싱긋 웃음을 지었다. 누군가를 향해 오랜만에 지어 보는 사심 없는 미소였다.

"어… 어…?!"

다음 순간, 종사관 강도수가 입을 딱 벌린 채 눈만 끔벅거렸다.

치이이익-!

벌겋게 달아오른 인두가 닿자, 사정없이 살이 타들어 가는 소리와 함께 역겨운 냄새가 났다. 인두를 집어 든 사율이 자신의 왼쪽 어깨를 지지고 있었던 것. 말릴 틈도 없이 순식간에 벌어진 일이었다.

화원: 밀사화의 비밀

병관 심환지의 호위무사 무귀가 수하를 이끌고 풍월관에 들어섰다. 시전의 지전 주변을 샅샅이 캐고 다녔지만 세필 붓의 주인으로 의심받을 만한 자는 딱히 눈에 들어오지 않았다. 등잔 밑이 어둡다고 했던가. 그날 현장에서 가장 가까운 풍월관을 살피지 않았다는 사실을 깨달은 무귀가 수하를 이끌고 곧장 이곳으로 쳐들어온 것이다.

화원 허만교를 처단하던 날 밤, 자신이 언뜻 목격했던 희끄무레한 물체는 사람이었을까? 도주하는 허만교를 뒤쫓아 처단하고 걸음을 돌리던 찰나, 숲속에서 달빛을 받은 듯 희끄무레하게 보이던 물체. 곧바로 은밀히 숲속을 수색했으나 아무도 없었다. 달빛을 받은 눈밭이라 착시 현상을 일으킬 수 있다고는 하나, 자신이 그런 착각을 할 리는 없다고 확신했다. 풍월관 기생과 일꾼들을 은밀히 어르고 달래면 어떤 단서라도 잡을 듯했다.

몇 번의 수소문 끝에 기생 월주에게서 기다리던 답을 들을 수 있었다.

"사율 그자가 예전에 밤늦게 후문 밖으로 나가 그림을 그리긴 했소. 내 눈으로 본 것만도 몇 번 되지, 아마?"

기생 월주가 색기 그득한 눈으로 무귀를 아래위로 훑어보며 돈주머니를 낚아챘다.

"장사율이라면… 도화서…?"

"맞소. 참, 사람 팔자 시간문제라더니… 노비로 일하던 천한 신분이 한순간 도화서 화원이 될 줄 하늘인들 알았겠수?"

두둥. 무귀의 가슴 한켠에 북소리가 울려 퍼졌다.

오랜 무예 생활로 갈고닦은 촉이 반응하는 순간이었다. 종이 화폭이 달빛을 받아 찰나의 순간 희끄무레하게 보이는 모습이 뇌리를 스쳤다. 이제 그것이 목격자의 얼굴이었든, 종이 화폭이었든 아니면 그저 착시였든 상관없을 터.

도화서 화원 장사율. 지금으로선 그자가 은밀히 뒤를 쫓아 물어뜯을 최선의 목표물이었다.

청명한 햇살이 가득한 도화서 후원.

예판을 비롯해 별제와 모든 도화서 화원들이 참여한 가운데, 뒤뜰에 마련된 보계 무대에서 곧 시범 연향이 벌어질 참이었다. 좀처럼 보기 힘든 볼거리를 앞둔 때문인지 대기엔 가벼운 흥분마저 보풀보풀 떠났다. 사율을 비롯한 경선 참여자들 앞에는 도련지와 삼록, 이청, 삼청, 당주홍, 청화와 같은 천연물감과 사기대접, 사발, 접시 등의 화방 도구가 놓여 있었다.

예판 민종현이 화두를 열었다.

"주어진 한 시진 안에 연향의 정재를 가장 세밀하게 잘 그리고 정확한 채색 작업까지 끝내는 화원이 이번 내부 경선의 승자가 됨과 동시에 의궤 반차도의 최종 소임을 맡게 될 것이다."

예판이 사율과 이참을 비롯해 경선에 참가한 화원들을 둘러보며 격려를 한 뒤 자리에 앉자, 악공들이 흥겨운 궁중음악을 연주했다. 큰북인 건고를 앞세우고 맨 앞줄에 편종과 편경, 방향, 삭고와 응고, 축, 어가 차례로 배치된 가운데, 악공들이 가야금과 거문고, 비파, 해금, 아쟁으로 연주했다.

화원: 밀사화의 비밀

이윽고 별제 김한구가 경선 시작을 알렸다.

"시작하라!"

경선자들이 보게 무대부터 도련지에 그리기 시작했다.

그중 가장 시선을 끄는 것은 대수파련이었다. 한 줄기로 된 길상나무가 전체를 떠받치는 가운데, 좌우 가지에 보상화가 달려 있고, 그 위에 부귀를 뜻하는 큰 연꽃이 펼쳐진 형태로 햇살을 받아 빛을 발하고 있다.

"여령이 연향악장 중 선창악장을 먼저 부를 것이다."

별제가 경선자들에게 설명을 이어 갔다.

"행사의 시작과 끝을 알리는 선창악장과 후창악장은 모두 한시로 돼 있다. 오늘은 선왕께서 왕대비마마를 맞으실 때 친히 만드신 악장이니, 각별히 신경을 기울이도록 하라."

그 시각, 무대 옆쪽에 마련된 천막 안에선 솜씨 좋은 수모가 여령 가희의 얼굴에 매조지 분칠을 하고 있었다. 혜민서 의녀이면서 미모는 물론 뛰어난 춤과 노래 실력으로 최근 각종 연향에서 주목받는 그녀였다.

자신의 차례가 되자, 가희는 동료 여령과 함께 무대로 나아갔다. 이윽고 가희의 애달프고 구성진 노랫가락이 햇살 가득한 후원을 휘감기 시작했다.

그 소리에 붓을 멈추고 무대를 바라보는 사율.

무대에 선 가희의 아름다운 자태와 영혼을 울리는 듯한 천상의 목소리가 단번에 그의 가슴을 휘저었다. 사율이 넋을 잃고 바라보고 있는 동안 다른 경선자들은 부지런히 그림을 그리기 시작했다. 가까스로 정신을 다잡은 사율은 시간이 훌쩍 흘렀음을 확인하고 붓을 들었다. 그리고 가희의 노랫소리를 들으며 화폭에 혼신의 힘을 쏟기 시작했다.

사율만이 가희의 노랫소리에 빠져든 것은 아니었다. 이참 또한 잠시 붓을 멈추더니, 눈을 감고 그녀가 부르는 선창악장에 심신을 맡겼다. 영혼이 정화되는 듯 정신이 맑아졌다. 경선의 팽팽한 긴장감 속에서 잠시 누리는 호사였다.

일각의 휴식이 끝나고, 사율은 이젠 제법 친해진 선배 화원 허방의 격려를 받으며 다시 붓을 잡았다. 이참이 했던 말이 자꾸만 머릿속을 맴돌았다.

"너무 열심히 하려고 버둥대지 말게. 세상 살다 보면 아무리 노력해도 깨뜨릴 수 없는 게 있는 법이거든."

무언가 알고 있는 듯한 약간의 우월감을 모호함에 담아 전하던 그의 말투가 자꾸 신경에 거슬렸다.

몽금척 정재가 시작되자, 그 모습을 정성껏 화폭에 담은 뒤 채색 작업에 몰입하는 사율. 그러나 어느 순간 사율의 얼굴이 일그러졌다. 화폭에 구현된 채색이 엉망이었던 것. 침착하게 천연물감과 물의 비율을 재조정해 보지만 마찬가지다. 무엇이 잘못됐는지, 상식을 뛰어넘는 터무니없는 색감이 구현됐던 것.

사율이 황급히 주변을 둘러보았다. 다른 경선자들의 채색 작업은 문제없이 진행되고 있는 듯 보였다. 잠깐 고민하던 사율이 손을 들었다. 별제가 조용히 다가왔다.

"무엇이 잘못됐는지 모르겠사오나, 보시다시피 채색이 엉망이 돼 버렸습니다. 물감 재료를 다시 얻을 수 있는지요?"

"그건 불가하네. 공평한 경선을 위함이니 이해하게."

"하오나 색깔이 이렇듯 엉망이니 난감합니다."

"화방 재료나 도구를 철저히 잘 관리하는 것도 화원의 책무 중 하나일세. 그림만 잘 그린다고 능사가 아니란 말이네."

오로지 본인의 책임하에 문제를 해결해야 한다는 경선 원칙에 공감하면서도 당혹감을 감추지 못하는 사율. 이대로 경선을 마감할 순 없었다. 어떻게든 대책을 세워야 했다.

그는 자리를 박차고 일어나 후원 밖의 야트막한 동산으로 향했다. 앉아서 포기하느니 직접 발로 뛰어 천연물감을 구해 채색을 완성하겠다는 일념이었다. 경선에서의 승리 못지않게, 화원으로서 마지막까지 최선의 노력을 다하는 자세 또한 중요하지 않겠는가 되새기면서.

후원 밖의 동산에서 찾던 채색 재료를 구할 수 없게 되자, 사율은 급히 시전으로 향했다. 거기라면 각종 천연물감을 구할 수 있을 것이다. 다행히 사율은 홍화와 석웅황, 이청, 삼청을 구할 수 있었다. 문제는 초록색을 내는 삼록이 다 떨어졌다는 사실. 몇 군데 발품을 팔았지만 삼록은 품절 상태였다. 초록을 구하지 못한다면 채색 작업을 완성할 수 없을 것이다.

"정 그렇게 급하면 인근 야산에 한번 가 보슈. 혹시 석록암이 눈에 띌지도……"

안쓰러웠던지 한 상인이 귀띔해 주었다.

사율은 한달음에 인근 야산으로 향했다. 미친 듯이 야산을 뒤졌으나 어디에도 녹색을 띠는 암석은 보이지 않았다. 한 번도 본 적이 없는 석록암을 어디에서 찾을 것인가? 야산을 오르내리느라 가쁜 숨을 몰아쉬는 사율. 이미 온몸은 땀으로 젖은 상태였다. 게다가 해마저 뉘엿뉘엿 넘어가고 있었다. 이미 경선은 끝났을 터. 그만 포기하고 내려가려고 몸을 일으키는데, 벼락처럼 뇌리를 때리는 목소리가 있었다.

'무언가를 이루는 게 중요한 게 아니라, 포기하지 않고 끝까지 하는 자세가 중요하느니라.'

부친의 가르침이었다.

억울하게 역모의 누명을 쓰고 비참한 죽음을 맞이했던 아버지였다. 비록 화원으로서 명성을 얻진 못했으나 방외화사로 최선을 다한 삶이었다. 사율은 눈을 감았다. 천연물감을 얻기 위해 어린 사율을 데리고 산과 들을 누비고 다니면서 엄격하면서도 자상했던 부친의 모습이 떠올랐다.

"석록암은 암석 표면이 청색을 띠고 있고 거북이 등처럼 음양각을 이루는 게 많다. 현무암이나 유문암 부근에서 주로 발견되는데, 사람들 눈에 잘 띄지 않으니 유념해서 찾아야 할 것이야."

사율은 심호흡을 하고 마음을 진정시켰다. 이는, 경선에서 이기기 위함이 아니라, 자신과의 싸움에서 이겨 맡은 소임을 끝까지 완수하기 위함이리라.

사율은 포기하지 않고 찬찬히 주변의 암석과 돌들을 훑어 나갔다. 그러다 마침내 수풀 사이로 비쭉 나온 석록암을 발견했다. 정성껏 석록암을 캐 보자기에 담고 걸음을 재촉하며 내려가는데, 사율의 앞을 왈짜 패거리가 막아섰다.

"어딜 그리 급하게 가슈?"

사율이 움찔하며 뒷걸음을 치자, 그를 에워싸는 왈짜 패거리.

"통행료를 내야 할 거 아닌감, 엉?"

"보다시피 가진 거라곤 채색 작업 할 석록암밖에 없소. 어서 비키시오."

사율이 보자기에 든 석록암과 홍화, 삼청 등을 보여 주었다.

"그딴 건 관심 없고 네놈 목숨 내놓으면 안 잡아먹지. 네놈 찾느라 애 좀 먹었단 말이여."

우두머리의 농에 왈짜 패거리가 와하하! 웃음을 터뜨렸다.

"이러지 말고 어서 비키시오."

사율이 물러서지 않겠다는 듯 목소리에 힘을 주었다.

"워메 무서워! 이럴 줄 알았남?"

우두머리가 과장되게 겁먹고 움츠러드는 몸짓을 하며 놀리자, 다시 웃음소리가 터졌다.

"뭣들 하냐!"

우두머리가 눈짓하자, 왈짜 패거리가 몽둥이와 낫을 들이대며 다가섰다. 주춤주춤 뒷걸음질을 치는데, 부근 나무 둥지에 자리 잡은 벌집이 사율의 눈에 들어왔다.

"도망칠 생각 말고 일루 와. 힘들게 하지 말고, 엉?"

왈짜 하나가 몽둥이를 휘두르려는 찰나, 사율이 벌집을 향해 냅다 돌멩이를 던졌다. 펙! 돌멩이가 정통으로 벌집을 맞히자, 벚꽃 필 때를 대비해 개체 수를 증가시키고 있던 벌들이 요란한 소리를 내며 일제히 왈짜 패거리를 향해 달려들었다.

으아아아! 비명을 지르며 풍비박산 흩어지는 왈짜 패거리.

그 틈을 타 사율이 수풀 사이로 내달렸다. 수풀을 헤치며 뒤도 돌아보지 않고 정신없이 내달리는데, 갑자기 전방의 시야가 확 트이는가 싶더니, 사율이 그대로 언덕 아래로 굴러떨어졌다.

얼마쯤 정신을 잃고 있었을까, 이윽고 사율이 눈을 떴다. 음습한 공기에 밴 비릿한 피 냄새가 후각을 자극하며 기도를 틀어막았다. 기울어진 시야로, 촛불 아래 누군가 스릉스릉, 톱질을 하는 게 보였다.

'어디지, 여긴…?'

천천히 상체를 일으키던 그가 선반에 놓인 사물의 실체를 보고 우웩! 토악질했다. 기골이 작고 팔다리가 짧은 꼽추가 피가 뚝뚝 떨어지는 우족을 든 채 스윽 뒤돌아보는 것이 아닌가?

"참말로 운 좋은 줄 아슈. 조금만 늦게 정신을 차렸어도 염라대왕 앞이었을 텐데…"

비틀거리며 일어난 사율이 도마에 박힌 식칼부터 집어 들었다.

"아서요, 다칠라… 칼은 그쪽 같은 샌님이 함부로 드는 게 아니오."

사율이 신경을 곤두세운 채 칼을 겨누었다.

"뉘, 뉘시오? 여긴 어디요?"

꼽추가 구부정하니 몸을 숙인 채 다가섰다. 사율이 주춤주춤 물러서자, 혈두가 아무렇지도 않게 사율이 쥔 칼을 냉큼 낚아챘다.

화원: 밀사화의 비밀

"굴러떨어진 거 기억 안 나유?"

그제야 왈짜 패거리와 벌떼를 피해 도망치다 언덕에서 굴러떨어지며 정신을 잃던 순간이 생각났다.

"다들 혈두라고 부르지요."

고기 손질하는 일손을 멈추지 않은 채 꼽추가 말했다. 한눈에 봐도 날쌔고 능숙한 솜씨로 고깃덩어리를 척척 자르고 분리한다. 계면쩍은 얼굴로 멀거니 그 모습을 바라보고 서 있는 사율.

"선공감 예장관 수하의 관노로 일하고 있습지요. 원래 반촌에서 밥 좀 먹었는데, 고기 다루는 천한 재주도 써먹을 데가 있다고 해서 검안소 검시의 일도 병행하고 있지요."

현방에서 소고기를 사 먹을 형편이 되지 않던 선공감 관원들에게 배분할 소를 밀도축하려고 야음을 틈타 폐가로 향하다, 언덕 아래에 쓰러져 있던 사율을 발견한 경위를 설명해 주는 혈두.

"고맙소. 뭐라 이 고마움을 표해야 할지…"

사율이 고마움과 미안함이 뒤섞인 얼굴로 말을 얼버무렸다.

"뭘 줄 수 있수? 보아하니 가진 것도 없는 그림쟁이 같던데…"

심드렁하게 대꾸하는 혈두.

그 말에 사율이 난감한 듯 목덜미를 긁적였다.

쾅! 퍽퍽! 건성으로 자르는 듯한데, 똑같은 크기로 손질된 고깃덩이를 종이에 둘둘 마는 혈두의 솜씨가 날래고 정확하다. 그 모습을 멀거니 보고 있던 사율이 보자기에서 붓을 꺼내더니, 고기를 말려고 잘라 놓은 종이를 집어 들고 혈두의 초상화를 그리기 시작했다.

동이 틀 무렵에야 도화서 후원에 모습을 드러낸 사율. 텅 빈 보계에 앉아 종이를 펼쳤다. 보자기를 풀어 채색 준비를 마치고 심호흡을 한 뒤 눈을 감았다.

'네가 그 장소에 와 있다고 진정 그렇게 믿거라. 그리하면 모든 것이 네 심안에 펼쳐질 것이야.'

가슴을 두드리는 부친의 말씀을 되새기며 정신을 집중하자, 이윽고 눈앞이 환히 열리면서 선창악장을 노래하던 가희의 모습이 또렷이 떠올랐다. 붓을 든 사율이 눈을 뜨고 한달음에 그녀가 악장을 부르던 모습과 몽금척 춤을 추던 모습을 화폭에 담기 시작했다. 거칠 것 없이 심안에 떠오른 가희의 모습을 그대로 화폭에 옮기는 사율. 채색 작업에도 혼신의 힘을 다한다. 그렇게 몰아지경의 경지에서 네 장의 그림을 완성한 뒤, 비로소 인기척을 느끼고 뒤돌아보는 사율.

"후원에 망울지는 이른 봄기운에 끌려 걸음을 한 객이오만, 무슨 사연이 있길래 이 시각 홀로 그림을 그리고 있소?"

챙이 넓은 흑초립을 쓴 사내가 시종을 대동한 채 멀찍이 떨어져 있었다. 복색이나 풍기는 느낌으로 보아 범상치 않은 기운이 느껴지는 사내. 챙이 꽤 넓고 고개를 숙이고 있어 얼굴은 볼 수가 없다.

"별일 아니니 가던 걸음 가시지요."

"우연히 봤소만 화폭에 빠질 듯 몰두해서 그림을 그리더이다. 복색을 보아 하니 도화서 화원 같은데, 후원에 사생이라도 나온 게요?"

"뭐 그리 궁금하십니까?"

"제일 재미난 게 사람 구경이라 하지 않소."

화원: 밀사화의 비밀

"뭐 사연이랄 것도 없지만 실은…"

긴장감이 풀어진 터라 사율이 그간 있었던 일을 간략하게 말하며 주섬주섬 화방 도구를 거두다 돌아보니, 사내는 어느새 사라지고 없었다.

그때, 저만치 인기척이 들리며 허방을 비롯한 화원들이 나타났다.

"이런! 경선 끝난 지가 언젠데… 자네, 여기서 무슨 청승인가?"

허방이 사율의 추레한 몰골을 살피더니, 혀를 차며 고개를 내저었다.

"쯧쯧, 대체 꼴이 이게 뭔가?"

"그러게 말입니다."

사율이 헛헛하게 웃으며 엉덩이를 툭툭 털고 일어섰다.

밤이 깊은 심환지의 처소.

예판 민종현이 지켜보는 가운데 이참이 심환지가 건네는 술잔을 정중하게 받으며 예를 표했다.

"이제 선화로 승차했으니 실력을 잘 발휘해 보게나."

"최선을 다하겠사옵니다, 대감."

"자넬 아끼는 마음, 나중에 그 은덕을 가벼이 여겨선 안 될 게야."

"여부가 있겠습니까. 유념하겠사옵니다, 대감."

"어서 잔 비우게."

이참이 공손하게 잔을 비우며 내심 쾌재를 불렀다.

사율이 뒤늦게 채색 작업을 끝낸 그림을 제출했으나 경선은 최고점을 얻은 이참의 승리로 끝이 났고, 예판의 공언대로 공석이던 선화직은 이참의 차지가 되었다. 더구나 당당히 실력으로 겨뤄 승차했음은 물론 이렇게 노론 영수 심환지가 직접 따라 주는 술잔까지 받게 되었으니, 이제 출세 가도는 활짝 열려 있는 거나 마찬가지.

"그래, 이제 주상전하의 화성행차를 의궤 반차도에 담는 소임을 맡을 텐데, 소감이 어떤가?"

"이 모두가 두 분 대감의 보살핌 덕분이라고 생각하고 열과 성을 다해 소임을 완수할 것이옵니다, 대감."

심환지가 고개를 끄덕이며 이참을 물끄러미 바라보더니, 말을 이었다.

"자네, 반차도 소임에서 가장 중요한 게 뭐라고 생각하나?"

뜻밖의 질문.

순간 이참은 내심 당황했다. 반차도를 맡은 화원이라면 그림 속 행렬과 인물을 최대한 세밀하고 정확하게 묘사하는 게 가장 중요하지 않겠는가. 그러나 이참은 심환지의 물음에 무언가 다른 행간의 뜻이 숨겨져 있음을 직감했다. 어떻게 대답하느냐에 따라 그의 인생행로가 좌우될지도 모를 일.

"맡겨 주신 소임, 그저 최선을 다할 것이옵니다, 대감."

이참이 고개 숙여 정중히 예를 표했다.

상대의 의도를 모를 땐 생각을 많이 하거나, 말을 많이 해서도 안 된다. 그저 지금 자신의 위치에서 가장 자세를 낮추는 게 최선일 터. 더구나 상대가 갖고 있는 권력의 무게를 감안하면 더욱 그럴 것이다.

"그래야 할 것이네. 모름지기 맡은 바 소임을 최선을 다해 열심히 하는 일꾼보다 더 훌륭한 인재는 없겠지, 아니 그런가, 예판?"

"지당하신 말씀이옵니다, 대감."

화원: 밀사화의 비밀

심환지가 흡족한 얼굴로 이참을 지그시 바라보았다. 그 눈길을 느끼며 이참은 그의 앞에 펼쳐질 탄탄한 대로를 보았다.

이윽고 이참이 물러가자, 심환지가 예판에게 시선을 돌렸다.

"예판이 그자의 화방 도구에 장난질을 치지 않았다면 이참의 승차를 장담할 수 없었을 테지. 하나 조심해야 할 게야."

"여부가 있겠습니까, 대감."

은밀한 눈빛을 주고받던 두 사람의 얼굴 위로 불빛이 위태롭게 흔들렸다. 심환지가 곧바로 호위무사 무귀를 불렀다.

"아직 놈을 못 찾았느냐?"

"송구하옵니다, 대감."

"누군지 감도 잡히지 않느냐?"

"어두웠던 터라… 놈이 문밖으로 떨어질 때 언뜻 옆모습을 보긴 했사오나 워낙 찰나의 순간이었던지라…"

대담하게도 심환지의 처소에 잠입했던 자객과 합을 겨루던 위급한 순간을 떠올리며 무귀가 말끝을 흐렸다.

심환지가 고개 숙인 무귀를 응시하다 못마땅한 듯 헛기침을 했다.

"혹 짚이는 거라도 있느냐?"

"그게…"

"말해 보거라."

"지금 생각해 보니 화원 장사율이란 자와 옆모습이 언뜻 닮았던 것 같기도 하옵니다."

"장사율…?"

"그렇습니다."

"흠…"

심환지가 비단 보료 장침을 손가락으로 톡톡 치며 수염을 만지작거렸다. 장사율이…? 칠흑 같은 어둠 속에서 찰나의 순간에 벌어진 일이라고는 하나, 눈썰미가 매섭고 정확한 무귀였다. 그러나 이내 고개를 내젓는 심환지. 아무리 그렇다고 해도, 이제 갓 도화서에 발을 들인 신참내기 그림쟁이에 불과한 장사율의 얼굴과 복면을 쓴 날랜 자객의 모습은 전혀 어울려 보이지 않았다.

잠깐의 정적이 흘렀고, 무귀가 화제를 돌렸다.

"하온데 대감, 배신자 허만교를 처단하던 밤 도화서 화원 장사율이 풍월관 후원 너머 숲속에서 그림을 그렸다는 목격자를 찾아냈습니다."

"장사율이…?"

"그렇사옵니다."

심환지의 미간이 좁혀지더니 코를 씰룩거렸다. 특유의 촉이 발동할 때마다 자신도 모르게 나오는 버릇이었다.

"흠, 장사율이라…"

장사율이란 이름 석 자가 왠지 자꾸 목구멍에 걸리적거리는 이물감처럼 성가시고 거슬리는지, 심환지가 헛기침을 하며 입술을 지그시 물었다.

이참이 선화직에 승차해 화성행차의 반차도를 맡게 되면서 반차도 제작은 순조롭게 진행되었다. 반차도가 완성되면 목판에 새겨 인쇄할 것이다. 어람용 의궤와 분상용 의궤 몇 부만 만들던 선례와 달리, 이번 의궤는 백 부 넘게 만들 예정이었다.

화성행차를 널리 알리고자 하는 왕의 뜻이었다.

사율은 이참을 비롯한 선배 화원이 반차도를 그리는 동안 도설 작업에 몰두했다. 선배 화원을 도와 혜경궁 홍씨가 탈 가마의 부분도를 그리게 된 것이다. 길이가 5척 4촌, 너비가 3척 5촌의 가마로, 양 끝을 말의 안장에 연결해 두 마리의 말이 앞뒤에서 끌도록 만든 가마였다. 제작에 2천 8백 냥가량이 소요되고, 약 120여 명의 장인이 참여할 정도로 왕의 관심이 컸기에 결코 도설 작업을 소홀히 해선 안 될 것이다.

또한, 국왕을 상징하는 용기를 비롯해 주작기, 벽봉기, 삼각기, 백택기, 각단기 등 행사 당일 장대한 행렬을 수놓을 형형색색의 깃발을 그리는 작업도 맡았다. 세밀한 묘사와 집중력이 절대적으로 필요한 일인 만큼 사율은 어수선했던 내부 경선은 깨끗이 머리에서 지우고 도화서 작업실에서 맡은 소임에만 매진했다.

반차도의 비밀

깊은 밤, 이참의 처소.

도화서에서 작업 중이던 반차도 원본을 펼쳐 놓은 채 그는 벽장 깊은 곳에 넣어 두었던 닥종이를 꺼내 펼쳤다. 닥종이에는 이참이 그리던 반차도와 똑같은 그림이 대강 그려져 있었다.

눈길을 끄는 것은, 장졸 행렬 중 특정인들의 머리에 그려진 'ㅇ' 표식. 그들의 위치를 차분하게 확인한 이참은 낮에 도화서에서 붓을 놓았던 지점부터 반차도 원본을 그려 나갔다. 특이한 점은, 닥종이에 'ㅇ' 표시가 된 인물들이 반차도 원본에서 고개를 돌려 뒤돌아보거나 옆을 보고 있도록 그린다는 것.

이참은 맡은 소임을 마음속으로 되새기며 신경을 곤두세워 붓 끝에 온 힘을 다했다. 그것이 예판으로부터 은밀히 지시받았던 특별한 임무였다.

선대에 제작된 다양한 의궤들 속 반차도는 왕과 왕비의 가마를 중심으로 좌측면도, 우측면도, 후면도의 기법으로 그리되, 행렬 속 인물들은 흐트러짐 없이 앞을 바라보며 행진한다. 근엄하고 장중한 왕실 행렬의 위상을 높이고, 반차도로 미리 행렬을 실행해 봄으로써 예상되는 실수를 최소화하기 위함이다.

'그런데 대체 무슨 연유로 이 장졸들을 다르게 그린단 말인가?'

의문이 머릿속을 맴돌았다.

'아무려면 어떤가… 그저 맡은 반차도만 잘 그리면 될 일.'

그는 의문을 털어 내고 이내 반차도의 행렬 속에 빠져들었다. 붓 끝 움직임에 따라 인물들이 생명을 얻으면서 조금씩 자신의 꿈에 가까이 다가서고 있음을 느꼈다.

'어떻게 잡은 기회인가, 절대 놓치지 않으리라…'

세필 붓을 잡은 그의 손에 힘이 충만했다.

선화직과 바꾼 소임치고는 어렵지 않은 일이었다. 아니, 너무 순조롭게 승차한 게 아닌가 싶을 정도로 일이 매끄럽게 진행되었다. 어려울 것도, 고민할 것도 없었다. 경직된 선대의 반차도 묘사와 달리 행렬 속 장졸들이 뒤나 옆을 돌아보도록 묘사하는 점이 파격적이긴 하나, 별로 이상할 것은 없었다. 백성을 아끼고 중시하는 금상의 어심을 감안하면 딱딱한 왕실 행렬에 활력을 불어넣기 위함이라 여겨졌기 때문에 더욱 그러했다.

그렇게, 그림에 열중하면서 깊어 가는 밤과 함께 이참의 꿈도 여물어 갔다.

화원: 밀사화의 비밀

사율을 비롯한 화원들이 임금의 부름을 받고 부용정에 모여들었다. 작은 연회를 열어 반차도 소임에 여념이 없는 화원들의 노고를 치하하려는 자리였다. 영의정 홍낙성을 비롯한 삼정승과 예판, 병판이 참석한 가운데 화원들에게 어사주가 하사되면서 한창 연회가 무르익고 있었다.

"반차도를 맡은 화원 하나가 종기에 걸려 눕고 말았다는 소식을 들었소. 결원을 메워야 할 텐데 경들의 의견은 어떻소?"

술잔을 비우며 정조가 입을 열었다.

"방외화사를 부르심이 어떠하신지요. 다시 내부 경선이나 취재를 통해 대체 화원을 선발할 시간적 여유가 없사옵니다, 전하."

"소신도 같은 생각이옵니다, 전하. 빼어난 실력을 갖춘 방외화사를 속히 발탁하심이 좋은 줄 아뢰옵니다."

영의정 홍낙성과 예판 민종현이 입을 맞춘 듯 대답했다. 사전에 내전으로부터 연락을 받았던 두 사람이었다.

왕은 가타부타 말없이 생각에 잠겨 있다 상선을 향해 고개를 끄덕였다. 곧 내관들이 여러 점의 그림을 가지고 들어오더니 눈앞에 차례로 펼쳤다.

"경들이 보기엔 어느 작품이 일등을 한 것 같소?"

얼마 전 도화서 후원에서 치렀던 내부 경선 때, 사율과 이참을 비롯한 화원들이 제출했던 시재 그림들이 눈앞에 펼쳐져 있었다. 왕의 의중을 미처 파악하지 못한 듯 신료들은 대답 대신 서로의 눈치를 보느라 머뭇거렸다.

"기탄없이 말해 보시오."

무심한 눈빛으로 눈앞에 펼쳐진 그림들을 응시하는 왕.

왕의 독촉을 받고서야 영의정 홍낙성이 먼저 입을 열었다.

"세 번째 작품일 것 같사옵니다, 전하."

이참의 얼굴이 살짝 굳어졌다.

"어찌 그렇다고 생각하시오?"

"춤추는 여령과 악공의 모습을 그린 필치가 눈앞에서 보듯 세밀하고 생동감이 있사옵니다."

"좌상 생각은 어떻소?"

"소신 또한 세 번째 작품이 일등을 한 것 같사옵니다, 전하."

"왜 그렇게 생각하시오?"

"영상 대감의 생각과 같사옵니다. 그림의 필치가 세밀하고 정확하며 마치 연향을 눈앞에서 보듯 생생하옵니다, 전하."

"설마 우상도 그리 생각하시오?"

"소신의 생각도 다르지 않사옵니다, 전하. 모든 시재 작품들이 뛰어나오나 세 번째 작품은 유독 출중하옵니다. 연향을 행하는 여령과 악공들의 얼굴과 움직임이 눈앞에 살아 있는 듯 생동감이 넘칠 뿐 아니라, 마치 여령의 노랫소리가 귓가에 들릴 듯 화폭을 수놓는 화원의 필치와 채색의 정교함이 세밀하고 담대해 타의 추종을 불허하옵니다."

이참의 낯빛이 어두워졌다. 시선은 앞에 놓인 어사주 술잔에 묶인 듯 아래로 향한 채 움직이지 않았다.

"예판, 실제로 내부 경선에서 일등을 한 작품이 세 번째 작품이 맞소?"

화원: 밀사화의 비밀

정조의 물음에 예판이 곤혹스러운 듯 대답을 하지 못하고 머뭇거렸다.

"어서 말해 보시오."

"전하, 일등을 한 작품은 첫 번째 작품이옵니다."

"첫 번째 작품이라면 최근 선화로 승차한 화원 이참의 것이오?"

"그… 그렇사옵니다, 전하."

"그럼, 삼정승이 한결같이 손에 꼽은 세 번째 작품은 누구의 것이란 말이오?"

"그, 그것이…"

예판이 말을 더듬었다.

"말해 보시오."

"화원 장사율의 것이옵니다. 하오나 그럴 만한 연유가 있었사옵니다."

예판은 장사율이 경선 규정을 어기고 경선장을 이탈했을 뿐만 아니라, 제출 시한을 훨씬 넘겨 시재지를 제출해 탈락한 사실을 목소리 높여 조목조목 지적했다.

사율과 이참은 고개를 숙인 채 묵묵히 그의 말을 듣고 있었다.

"경선 결과가 잘못됐다는 것을 지적하고자 함이 아니오. 다만, 마지막까지 최선을 다해 경선을 완주한 화원 장사율의 집요함과 뛰어난 그림 실력을 말하려는 것이오."

좌중을 한 번 둘러본 왕이 말을 이었다.

"해서, 화원 장사율이 결원 화원을 대신해 반차도를 맡았으면 하는데, 경들의 생각은 어떻소?"

삼정승은 합당한 결정이라며 입을 모았다. 병판 심환지는 관심이 없는 듯 무심한 얼굴로 부용지에 시선을 던지고 있었다.

찰나의 순간 일그러지는 이참의 얼굴과 달리, 사율이 담담한 얼굴로 임금을 흘끗 바라보았다. 그제야 얼마 전 동이 틀 무렵, 후원에서 자신에게 말을 걸었던 흑초립을 쓴 선비의 옆얼굴과 용안이 겹쳐졌다. 사율은 자신도 모르게 왕을 향해 머리를 조아렸다.

"화원 장사율은 앞으로 나와 술잔을 받도록 하라."

어명을 받잡고자 사율이 조심스럽게 임금 앞으로 나아갔다. 임금 앞에 꿇어앉은 사율이 고개를 숙인 채 두 손으로 왕이 따르는 술잔을 받들었다.

"그대는 종묘사직을 위해 아끼지 말고 그 재주를 힘껏 쏟도록 하라."

"성은이 망극하옵니다, 전하. 혼신의 힘을 다해 소임을 다하겠나이다."

어사주를 받들며 공손히 예를 다하는 사율. 그런 그를 바라보는 임금의 눈빛이 예사롭지 않게 깊다. 예판은 굳은 얼굴로 도움이라도 바라듯 심환지를 바라보았으나, 그의 시선은 부용지에 못 박힌 듯 움직이지 않았다.

꼼지락거리며 손가락을 움직여 봤으나 밧줄의 거친 촉감만 닿을 뿐 아무것도 할 수 없었다. 검은 안대로 눈을 가리고, 의자에 온몸이 결박된 상태.

전혀 예상치 못한 일이었다. 부용정에서 어사주까지 받고 기분 좋게 숙소로 돌아가던 길에 느닷없이 괴한의 습격을 받았고, 안대로 눈을 가린 채 어딘가로 끌려왔던 것. 사율이 몇 번이나 몸을 비틀며 필사적으

화원: 밀사화의 비밀

로 결박을 풀려고 했으나, 온몸을 짓누르는 압박감만 더할 뿐이었다.

"어서 살펴봐."

괴한의 목소리가 들리는가 싶더니, 이내 우악스러운 손길이 느껴졌다. 상의를 완전히 벗겨 몸을 살피는 듯했다. 순간 그날의 기억이 뇌리에 스쳤다.

심환지의 처소에 잠입해 복수의 완성을 꿈꾸던 날, 품속에서 단검을 꺼내 잠든 놈의 가슴에 칼을 박아 넣으려던 찰나, 병풍 뒤에서 튀어나오던 검은 사람의 그림자. 반사적으로 단검을 뻗어 한 차례 상대의 공격을 간신히 막아 냈으나, 곧바로 그의 목을 노리며 더욱 강력한 파형을 그리며 검이 날아들었고, 문밖으로 몸을 날리면서 아슬아슬하게 최악의 상황은 피할 수 있었던 그날 밤의 기억 말이다. 깊은 밤, 놈이 잠든 처소의 병풍 뒤에 호위무사가 숨어 있을 줄 누가 상상이나 했겠는가.

"여기 보십시오."

괴한들이 왼쪽 어깨를 신중히 살피는 듯하더니, 그중 하나가 날카롭게 추궁했다.

"어깨에 상처가 난 연유가 무엇이냐?"

짐작이 맞았다. 심환지가 사람을 보낸 이유가 있었다.

"그, 그게…"

"거짓으로 고하면 네놈 명줄을 여기서 거둘 것이야."

목에 칼날이 닿는 섬뜩한 느낌.

"진정하시오. 얼마 전 어깨에 콩알만 한 종기가 생겨 고심하다가 인두로 지졌소."

"사실이렷다?"

"어찌 이 상황에서 거짓을 고하겠소? 더 커지기 전에 인두로 지지면 낫는다는 말을 듣고…"

목에 휘감겨 있는 칼날의 차가운 냉기에서 주저함이 느껴졌다.

"뉘신진 모르겠으나 목숨이 그대들 손에 달렸는데, 태연히 거짓부렁을 뱉을 만큼 간 큰 놈은 아니오."

손등에 내려앉았던 한 마리 나비가 사뿐히 허공으로 떠오르듯, 어느 순간 목에 닿아 있던 살기가 스러졌고 잠깐의 정적이 흘렀다.

사율은 신경을 곤두세워 주변의 움직임을 살폈다. 괴한들이 소리 없이 사라진 게 분명했다. 사율은 그제야 부지런히 손을 움직여 결박한 밧줄을 풀려고 버둥대며 안간힘을 썼다.

그날 밤, 노론 영수 심환지의 처소에는 그의 책사와 민종현이 심각한 얼굴로 앉아 있었다. 장사율이 반차도를 맡게 된 사실을 나직이 읊조리는 심환지의 얼굴이 굳어졌다.

"그자를 보는 주상의 눈빛이 아무래도 마음에 걸려…"

그가 천천히 고개를 내저으며 이맛살을 살짝 찌푸렸다. 그 모습을 보고 있던 민종현이 머리를 주억거리며 물었다.

"대감, 주상이 그리 결정을 내리는데도 어찌 한마디 말씀도 하지 않으셨습니까?"

"괜히 긁어 부스럼 만들 건 없잖은가."

"긁어 부스럼이라시면…"

"주상은 그자를 중히 쓰려고 작정한 게야. 특별취재에서 높은 어평점을 준 것도 그렇고, 결원이 생긴 자리를 두고 급히 삼정승을 불러 그렇게 뚝딱 결정한 것도, 다 작심하고 벌인 거란 말이지. 그럴 땐 주상의 면을 살려 주며 한발 물러서는 것도 나쁘지 않아."

"그렇다고 보고만 계실 겁니까?"

"그럴 순 없지."

"그러시면 무슨 복안이라도…?"

기다렸다는 듯 책사가 끼어들었다.

"굴러 들어온 돌이 자리를 잡기 전에 단번에 뽑아내는 게 좋지 않겠습니까, 대감. 자리 잡은 돌을 빼내려면 여간 수고스러운 게 아닙니다."

잠시 생각에 잠기는 심환지. 장사율을 곁에 두고 중히 쓰려는 주상의 숨은 의중이 궁금한 그였다. 뛰어난 재주를 가진 자라고는 하나, 보잘것없는 천민 출신을 화원에 선발한 것도 모자라 의궤 반차도 소임까지 맡기기로 한 것은 아무리 봐도 예사로운 일이 아닌 듯했다. 혹여 눈앞에 다가선 거사에 티끌만큼이라도 방해가 된다면 아니 될 일이었다.

그때, 무귀가 그림자처럼 조용히 안으로 들었다.

"그래, 알아봤더냐?"

심환지가 눈빛을 반짝이며 무귀를 응시했다. 미처 무귀가 답하기 전에 독촉하듯 쏘아붙였다.

"놈이 맞더냐?"

"그것이…"

"어서 말해 보거라."

"왼쪽 어깨에 상처가 있긴 했으나, 인두로 지진 상처였습니다."

"인두…?"

"그렇습니다. 그자가 어깨에 난 작은 종기를 없애려고 인두로 지졌다고 했습니다."

"소상히 살펴보았느냐?"

"그렇습니다. 자상이 아니라 분명히 인두로 지진 화상이었사옵니다."

"이런… 그럼 그자가 아니었단 말이냐?"

심환지의 말투에 살짝 짜증이 묻어났다.

"송구하옵니다, 대감."

그 앞에 부복한 무귀가 깊이 고개를 숙였다.

"알았다. 물러가라."

무귀가 물러간 자리에 무거운 정적이 남았다.

"대감, 어찌하시겠습니까?"

책사가 조심스럽게 입을 열었다.

대답 대신 심중이 불편한 듯 심환지가 가래를 퉤 내뱉었다. 그의 울대에서 짐승처럼 그르렁거리듯 불편한 소리가 났다. 좌중을 응시하는 그의 눈빛이 등잔불 불빛을 받아 번득이자, 책사는 심환지의 심중을 읽어 내려는 듯 그의 몸동작을 하나도 놓치지 않았다.

이참은 밤늦도록 잠을 이루지 못했다. 꾹꾹 눌러도 자꾸만 목구멍 밖으로 스멀스멀 기어 나오려는 묵직한 덩어리. 무거운 돌멩이가 가슴을 짓누르는 듯한 당혹감 때문에 자꾸만 한숨은 깊어졌고, 갑갑함은 쉬 가

　　　　　　　　　　화원: 밀사화의 비밀

시지 않았다.

공석이던 선화직에 승차한 기쁨도 잠시, 왕과 삼정승이 참여한 연회에서 자신의 작품이 아니라 사율의 시재지가 가장 뛰어났다는 평가를 받은 사실을 믿을 수가 없었다. 도화서 내부 경선 결과가 다른 누구도 아닌 국왕 앞에서 손바닥 뒤집듯 뒤집혀 버렸으니, 그가 느끼는 당혹감과 좌절감은 생각보다 깊고 아팠다. 그림 그리는 실력만큼은 단원 못지않게 뛰어나다는 자부심이 무참히 깨져 버린 것이다.

'장사율, 언제나 자넨…'

눈에 보이지 않는 벽.

한동안 잊고 있었던, 그림 그리는 기쁨을 알기 시작한 어린 시절부터 늘 그림자처럼 그에게 드리워져 있었던 벽 같은 존재의 등장. 그 존재가, 그의 인생에서 가장 중요한 시점에 느닷없이 앞을 가로막으며 다시 나타난 것이다.

'걸림돌이었어, 내게.'

옛 친구와 재회했다는 기쁨 대신 아무리 노력해도 상대를 뛰어넘을 수 없다는 좌절감과 질시, 헝클어진 당혹감이 한데 뒤섞여 분노가 돼 그의 내면 깊숙한 곳에서 부풀어 오르고 있었다.

'그렇다면 답은…?'

어떻게 해야 할지 머릿속에 이미 해답이 떠오르고 있었다. 지금 그는 자신의 앞길을 가로막는 그 누구에게도 양보하고 싶은 생각이 티끌만큼도 없었다.

숙소로 돌아온 사율은 누군가 침입한 흔적을 발견하고 긴장했다. 의복이 살짝 흐트러진 걸 봐서 침입자가 흔적을 남기지 않으려고 조심한 기색이 엿보였지만, 그의 예리한 눈을 피하진 못했다. 서둘러 살펴보니 다행히 벽장 깊은 곳에 넣어 둔 피 묻은 종잇조각은 그대로다.

누가 왜 침입했을까? 혹시 그날 밤, 살해범이 자신을 목격하고 은밀히 뒤쫓고 있는 것은 아닐까? 사율이 머리를 내저었다. 찰나의 순간 먼 거리에서 언뜻 봤을 텐데, 어떻게 자신의 신분을 파악하고 뒤쫓는단 말인가? 아니면 그냥 좀도둑이 들었을까?

사율의 머릿속이 실타래처럼 엉키며 혼란스러웠다. 분명한 것은 누군가 자신의 배후를 캐고 있을지도 모른다는 사실이었다. 자신을 찾느라 애 좀 먹었다며 지난번 야산에서 마주쳤던 왈짜 패거리가 했던 예사롭지 않은 말 또한 마음에 걸렸다.

다음 날, 자는 둥 마는 둥 뒤척이며 밤을 보낸 사율은 도화서 일을 마치고 검안소를 찾아갔다. 자신의 목숨을 구해 주었던 혈두에게 진 마음의 빚을 어떻게든 갚을 요량으로, 얼마 전 간식으로 나온 떡과 과일을 싸 들고 찾아가 조금이나마 친해진 꼽추 혈두를 만나 보려는 것. 아무래도 피 묻은 종잇조각이 계속 마음에 걸렸다. 살해된 자가 화원 허만교라는 사실은 알고 있었지만, 조그만 단서라도 잡을 수 있을까 싶어 지푸라기라도 잡으려는 심정으로 찾은 것이다.

"괜한 호기심 때문에 화를 자초하지 마슈."

사율이 내민 피 묻은 종이 그림을 언뜻 보며 혈두가 퉁명스럽게 뱉은 말이었다.

"난 그 피 묻은 그림 조각 본 적도 없슈."

혈두가 독 안에 든 물을 손으로 떠서 눈을 씻으며 고개를 내저었다.

"예로부터 피 묻은 물건은 수중에 갖고 있는 게 아니라고 했슈."

"도축한 고기 손질하면서 맨날 보는 게 피 아니오?"

"그 피랑 그 피는 달라유. 전혀."

그러나 포기하지 않고 파고드는 사율.

"뭐라도 좋소. 나중에 혹시 듣거나 알게 되는 것이 있으면 조그만 거라도 좋으니 좀 알려 주시오. 참, 온 김에 뭐라도 좀 돕고 싶소."

"아서요."

혈두가 손사래를 쳤지만 사율은 두 손을 걷어붙이고 검시하는 혈두를 자청해 돕기 시작했다. 검시 일을 하는 혈두가 조그만 실마리라도 얻을 가능성이 큰 만큼 그의 마음을 사 두는 게 좋겠다는 생각에서였다. 그러나 오래가지 못했다. 며칠 전 청계천에서 익사체로 발견됐다는 시신에서 나는 역겨운 썩는 냄새에 토악질하며 사율이 두 손을 들고 만 것이다.

"그나저나 도화서에 무슨 일이라도 있슈? 벌써 화원 둘이 죽어 나갔으니 원…"

"그게 무슨 말이오? 둘이라니…?"

사율이 눈빛을 반짝이며 귀를 세웠다.

"모르고 있었슈?"

그제야 사율은 외유사생을 나갔던 선화 이익종이 변사체로 발견되면서 공석을 메우기 위해 특별취재가 벌어졌고, 우여곡절 끝에 자신이 선발됐다는 사실을 알게 됐다.

사실 집안 복수를 위해 좀 더 나은 방편으로 특별취재에 응하기는 했으나 화원이 되리라고는 꿈에도 생각하지 못한 사율이었다. 그러나 막상 화원이 되고 보니, 아직은 형체가 불분명한 희끄무레한 세속적인 성공을 향한 갈망, 욕망 같은 것이 마음속 저 깊은 곳에서 스멀스멀 자라고 있는 걸 느끼고 있던 그였다.

도화서 화원의 연쇄적인 의문의 죽음과 그의 손에 남겨진 피 묻은 그림 조각, 그리고 집안의 원수 심환지를 향한 복수의 칼날까지. 사실 두려움과 뒤섞인 세속적인 욕망은 이제 그를 더 깊은 어둠 속 미지의 심연을 향해 나아가게 하는 추동력이자, 동시에 그를 혼란스럽게 만들고 있었다.

자신이 원하는 건 무엇인가?

복수인가? 화원으로서의 성공인가? 아니면, 그 둘 다 원하는 것일까?

"이보슈, 잠든 게유?"

혈두가 장난스럽게 눈앞에 대고 손가락을 흔드는 바람에 사율이 생각을 멈추고 입을 열었다.

"이보시오, 혈두. 혹시 훈련도감에 아는 사람 없소?"

사율이 혈두를 보며 눈빛을 반짝였다. 피 묻은 그림 조각에 그려진 행렬 속 장졸에 주목한 그였다. 어쩌면 단서는 가장 가까운 곳에 있을지도 모르는 법이 아닌가? 혈두의 대답을 들으며 사율의 뇌리에 한 인물이 스쳐 갔다.

"왜 진작 털어놓지 않았소?"

종사관 강도수가 책망하듯 사율을 나무랐다.

"솔직히 겁났습니다. 그쪽이 괜히 나를 의심할까 두렵기도 하고."

"살인 사건은 특히 사건 발생 초기에 대응을 잘하는 게 중요하단 말이오. 시간이 지날수록 중요한 단서들을 놓칠 수가 있거든."

"그래서 이렇게 한달음에 달려오지 않았습니까?"

"일찍도 왔소이다."

강도수가 비꼬듯 사율을 쏘아붙이며 한 번 보더니, 이내 피 묻은 종잇조각으로 시선을 돌렸다. 몇 번이나 자세히 살펴본 그림 조각이었다. 의궤 반차도의 그림 중 일부를 찢은 종이인 듯했는데, 행렬 속 장졸들 몇몇이 뒤를 돌아보거나 옆으로 시선을 돌리고 있는 모습을 묘사한 그림.

"화원 허만교가 죽어 가면서도 필사적으로 건넨 그림 조각이라…"

강도수가 급히 찢은 듯한 종잇조각에 그려진 그림을 골똘히 바라보며 혼잣말처럼 말을 이었다.

"그자가 마지막 숨을 거두면서도 반드시 이 그림을 통해 전하고 싶었던 말이, 대체…"

사율의 시선이 강도수의 눈빛과 마주쳤다.

"뭘까요?"

"그걸 밝혀내야지요, 이제."

"복안이라도 있습니까?"

"글쎄… 화원께서 힘이 많이 돼 주서야겠소."

"제가 어떻게…?"

"이제부터 방도를 찾아봐야겠지요. 화원께선 살인 현장을 본 유일한 목격자일 뿐만 아니라 이렇게 사건 해결의 단초를 가진 사람이기도 하니까 말이오."

사율이 난감한 얼굴로 한숨을 내쉬었다. 괜히 나서서 일을 복잡하게 만든 건 아닐까 하는 걱정과 우려가 문득 들었던 것.

"너무 걱정 마시오. 하다 보면 죽이 되든 밥이 되든 뭐라도 될 거 아니겠소?"

사율의 불안한 기색을 읽었는지 강도수가 설핏 웃어 보였다.

"그나저나 어깨는 괜찮소?"

강도수가 사율의 왼쪽 어깨를 슬쩍 쳐다보았다.

"아… 괜찮습니다."

"거, 사람이 그렇게 과격할 줄 몰랐소. 아무리 작은 종기라고는 하나 종기를 없애는 방법치곤 너무 무식하지 않소?"

"놀랐다면 미안하오."

"놀라진 않았소. 상시로 시체를 만지는 종사관이 그깟 일에 놀라겠소? 사알짝, 아주 살짝 의외였지. 근데 종기는…?"

"덕분에 사라졌소."

"좀 봐도 되겠소? 혹 상처가 덧날 수도…"

"괜찮소, 정말."

강도수가 어깨에 손을 뻗으려고 하자, 사율이 슬쩍 물러나며 화제를 바꾸었다.

"내일 약속이나 잊지 마시오."

다음 날, 종사관 강도수와 사율이 훈련도감을 찾았다. 혈두에게 소개받은 종사관을 찾아가 피 묻은 종이 그림을 보여 주었던 것.

"이건 삼지창을 그린 것 같은데, 가지창은 위로 향해야 하거늘, 여기 그림이 좀 이상하지 않소? 가지창이 아래로 향하게 그려져 있으니."

사율이 보여 주는 그림을 보니, 행렬 속 장졸이 멘 창의 가지창 방향이 위로 향하게 그려진 것도 있고, 아래로 향하게 그려진 것도 있다.

사율의 물음에 유난히 얼굴이 붉은 훈련도감 종사관이 어이없다는 듯 실소했다.

"에끼, 이것도 모르오?"

그는 사율과 옆에 서 있는 강도수를 번갈아 흘끔 보며 말을 이었다.

"이건 마늘창이라고 하는 거요. 허리에 갈고리가 달려 있다고 해서 요구창이라고도 하고."

"아니, 화원이라는 자가 그것도 모르오?"

훈련도감 종사관의 비웃는 듯한 시선을 슬쩍 피하며 강도수가 옆에 서 있던 사율을 보며 나무라듯 물었다. 어이가 없다는 듯 말문이 막히는 사율. 뭐라고 입술을 달싹이며 쏘아붙이려는데, 강도수가 입막음을 하듯 재빨리 말을 이었다.

"뭐 그러려니 하시오. 맨날 그림에 묻혀 사는데, 요구창이니 뭐니 그런 걸 알겠소? 그나저나, 이 요구창 말이오. 어떻소, 그림 속에 뭐 이상한 건 없소?"

"뭐가 말이오?"

"그러니까, 방금 무기에 대해선 까막눈인 이 화원이 질문한 대로 가지 창 날이 어떤 건 위로, 어떤 건 아래로 제멋대로 그려진 부분 말이오."

"제멋대로가 아니라, 원래 그렇게 주창날과 같은 방향으로 만들기도 하고 역방향으로 만들기도 하는 거요. 실전보다 왕실 행렬의 위엄을 돋보이게 하려고 만든 거니까. 덧붙이자면 마늘창 자루는 길이가 7척 5분이고, 창날의 길이는…"

설명하다 말고 훈련도감 종사관이 고개를 내저으며 한숨을 내쉬었다.

"긴소리 할 거 없고 날 따라오슈. 우리 군영 무기고에 가면…"

"아, 괜찮소. 지금 바빠서…"

강도수가 손사래를 치며 한발 물러서자, 훈련도감 종사관이 고개를 내젓더니, 종이에 묻은 혈흔에 관심을 보였다.

"근데 종이에 웬 피가…?"

"아, 별거 아니오…"

사율이 황급히 피 묻은 종이 그림을 슬쩍 빼자, 훈련도감 종사관이 손을 휘이휘이 내저었다.

"자자, 그만들 가 보쇼. 국별장 영감이라도 보면 질색할 거요. 쓸데없 는 일에 간섭한다고 말이오."

그렇게 별 성과 없이 내쫓기듯 나오는데, 누군가 조용히 다가섰다. 상대의 시선은 강도수가 들고 있는 종잇조각에 향해 있었다.

"이 그림에 대해 아는 거라도 있소?"

강도수가 상대의 시선을 낚아채는 것과 동시에 종잇조각을 보여 주

화원: 밀사화의 비밀

고 반색하며 상대를 살폈다.

종9품 초관은 강도수가 들이대는 찢긴 종잇조각을 보고 굳은 얼굴로 주변을 경계하듯 두리번거리며 살폈다. 작고 날카로운 눈매에 뺨에 흉터가 나 있었다.

"뭐 아는 거라도 있소?"

강도수가 눈빛을 반짝이며 상대의 안색을 재빨리 살폈다. 상대가 무언가 할 말이 있음을 그의 촉이 포착하는 순간이다. 초관이 뭐라고 말하려는 듯 잠깐 머뭇거리는데, 저만치 누군가를 보더니 황급히 사라져 버렸다.

"이, 이보슈!"

강도수가 뒤쫓으며 큰 소리로 불렀지만 초관은 이미 시야에서 사라지고 없었다.

훈련도감에서 물러 나온 뒤에도 두 사람은 쉬 그곳을 떠나지 못했다. 목책 담장 너머로 훈련도감 병영이 내려다보이는 야트막한 언덕에 앉아 병영에 시선을 던진 채 말이 없었다. 수십여 명의 군사들이 훈련장으로 이동하고 있었다.

"이보슈, 장 화원. 무슨 말이라도 좀 해 보오."

강도수가 갑갑함을 참지 못하겠다는 듯 재촉했으나, 골똘히 생각에 잠긴 듯 말이 없는 사율.

피 묻은 종이 그림 속, 창의 가지창이 위아래 양방향으로 제멋대로 그려진 것에 무언가 단초가 있지 않을까 생각하고 한걸음에 훈련도감으로 달려왔는데, 보기 좋게 허탕을 친 셈이다.

"어허, 참 나, 답답한지고…"

자신 있게 훈련도감으로 나서는 사율의 모습에서 내심 사건 해결에 일말의 기대감을 갖고 동행한 강도수였으나, 생각보다 길고 험난한 가시덤불 속을 지나야 할지도 모른다는 생각에 가슴이 답답해졌다.

"왜, 벌써 가려고 그러시오?"

풀밭에서 일어서는 사율을 보며 강도수가 아쉬운 표정을 지었다.

"늦었습니다. 이만 가 봐야겠습니다."

어둠이 깊은 밤. 산만한 생각을 가다듬으며 사율이 큰 골목길을 벗어나 어두운 오솔길 깊숙이 접어들었을 때였다. 검은 복면을 한 자객 셋이 그의 앞을 가로막았다.

"뉘, 뉘시오…?"

사율이 주춤주춤 뒷걸음질을 치며 상대를 살폈다. 스르릉. 말없이 칼을 뽑아 드는 자객들. 달빛을 받아 검이 파리하게 빛을 발했다.

"왜들 이러시오? 이, 이보시오!"

쉬익. 그의 목을 노리고 검이 곧장 어둠을 가르며 날아들었다. 사율이 반사적으로 몸을 날려 간신히 검을 피했다. 바닥에 쓰러진 그가 상체를 일으키려는데, 허공에 치켜든 칼날이 희번덕인다. 사율의 목을 노리고 검이 곧장 내리꽂히는 찰나, 어디선가 어둠을 가르며 날아드는 화살! 자객 하나가 심장을 꿰뚫리며 고꾸라지자, 자객 둘이 당황한 기색을 보이며 사방을 두리번거렸다.

누군가 자객들 앞에 모습을 드러냈다.

화원: 밀사화의 비밀

복면으로 얼굴을 가리고 검은 삿갓을 쓴 무사. 범상치 않은 기운이 상대를 압도한다. 칼날이 허공에서 부딪치며 불꽃이 튀었다. 허공을 찢으며 힘으로 상대를 베려는 자객들의 억센 칼날과 달리, 무사의 움직임은 미끄러지듯 허공을 가르며 떨어지는 꽃잎처럼 부드럽다. 물 흐르듯 춤추는 무사의 검무. 자객들은 무사의 적수가 되지 못했다. 자객 하나가 발 빠르게 어둠 속으로 도주하는 사이, 남은 자객이 무사의 칼날에 피를 뿌리며 고꾸라졌다.

이윽고 무사가 천천히 다가왔다. 사율은 물러서지 않고 상대를 응시했다. 검은 삿갓 아래 드리워진 어둠 속에서 모든 것을 꿰뚫어 볼 듯한 눈빛이 그를 바라보았다.

성마른 청설모가 낙엽을 밟고 쪼르르 달려가는 걸까, 바스락거리는 소리가 어둠에 잠긴 침묵을 깨뜨리는가 싶더니, 무사가 어느 순간 어둠 너머로 표표히 사라졌다. 그제야 긴장감을 한순간에 놓아 버리듯 가쁜 숨을 몰아쉬는 사율.

'누가 왜, 날 집요하게 노리고 있는 걸까?'

그제야 사율은 자신이 퇴로도 없이 앞으로 나아가야만 그 끝을 알 수 있는, 막막한 미로에 갇혔음을 깨달았다. 저릿한 두려움이 전율처럼 온몸을 휘감았다.

침전은 깊은 어둠에 잠겨 있었다.

정조는 조금도 흐트러짐 없는 자세로 책을 읽고 있었다. 그것은 정유역변을 비롯해 즉위 이래, 여러 차례의 암살 시도를 겪으면서도 살아남은 그만의 생존법이었다. 선왕의 유지를 이어받아 탕평책을 실시하며 개혁 정치를 추구했으나, 거대 세력을 등에 업은 노론당파의 비수는 여전히 어둠 속에서 은밀히 그의 숨통을 노리고 있었다.

소리 없이 문이 열리고, 복면한 무사가 군왕 앞에 부복했다.

"그자는 무사한 게냐?"

"그렇사옵니다, 전하. 훈련도감에서 나와 거처로 돌아가던 중 자객의 습격이 있었사옵니다."

좀 전에 사율을 구했던 무사, 별운검 청풍이다.

"수고했다. 당분간 그자가 무탈하도록 계속 뒤를 잘 살피거라."

"유념하겠사옵니다, 전하."

"물러가라."

청풍이 물러가자, 왕은 백자 항아리에서 무언가를 꺼내 들었다. 두루마리를 펼치니 한 폭의 산수화가 모습을 드러낸다. 야산에 앉아 만월을 응시하는 듯한 시점으로 묘사된 산수화 『소림명월도』.

고즈넉한 숲속, 메마르고 성긴 나뭇가지들이 사방으로 뻗어 있고, 그 너머로 온 세상을 비출 듯 밤하늘에 휘영청 떠 있는 밝은 보름달. 천하를 희롱하듯 따스한 빛을 뿌리는 몽환적인 달빛. 보는 사람의 관점에 따라선 봄이 아니라, 추색이 완연한 가을 들판을 느끼게도 하는 묘한 매력을 지닌 산수화다.

"월색, 이 사람… 거기에도 명월이 있는가?"

그림을 바라보는 임금의 눈빛이 어느덧 촉촉해졌다. 과거를 회상하듯 형언키 어려운 그리움이 켜켜이 내려앉은 눈빛이다.

이윽고 왕이 시선을 들어 침전 벽면에 걸린 윤두서의 초상화 『자화상』을 응시했다.

보는 이의 내면마저 꿰뚫어 볼 듯, 기묘한 기운을 뿜고 있는 『자화상』. 마주치는 이의 시선마저 델 듯 형형한 눈빛이 화면을 뚫고 나올 듯 강력하다. 자그만 침범조차 허락하지 않겠다는, 세상과 단호한 선을 긋는 듯 올곧게 뻗은 시선은 무념으로 빛난다.

왕은 늘 초상화를 곁에 두고 아꼈다. 보는 자의 시선을 압도하는 초상화의 형형한 눈빛 너머, 보는 이의 영혼조차 얼려 버릴 듯한 기이한 마력.

왕은 자리에서 조용히 일어나 몇 걸음 뒤로 물러났다. 그리고 우뚝 그 자리에 멈춰 서서 초상화를 응시하다 왼쪽으로 반보, 뒤로 한 걸음, 다시 오른쪽으로 반보 비켜나 초상화를 응시했다. 걸음의 폭과 방향을 미세하게 조절하며 몇 번인가 그 같은 행동을 반복했을까, 어느 순간 왕의 입가에 뜻 모를 회심의 미소가 번졌다.

그 시각, 심환지의 처소.

심환지와 그의 책사 앞에 자객 하나가 부복해 있었다. 사율을 베려다 실패하고 도주한 자객이었다.

"그림자조차 벨 정도로 무예가 범상치 않은 자라…"

심환지가 수염을 쓰다듬으며 말을 흐렸다.

"아무래도 운검인 듯하옵니다, 대감."

책사가 조용히 입을 열었다. 그 말에 자객의 눈빛이 흔들렸다.

"몇 번 합을 겨뤘사온데, 칼에 구름이 새겨진 것과 어피를 감싼 손잡이를 언뜻 봤사옵니다."

낮은 신음을 입에 문 심환지의 미간이 바짝 좁혀졌다.

운검이라면 주상이 장사율의 배후란 말인가? 그렇다면 한낱 노비 출신에 불과한 화원의 뒤를 주상이 봐줄 연유가 무어란 말인가? 혹여 칼잡이가 잘못 본 건 아닐까?

"분명하렷다?"

"어찌 감히 대감께 거짓부렁을 고하겠나이까?"

심환지의 눈빛이 잠시 등잔불에 표류하듯 흔들렸다.

"그만 물러가거라."

"예, 대감마님."

책사가 던져 준 돈꾸러미를 받아 든 자객이 넙죽 절을 하고 물러 나오자, 대기하고 있던 호위무사 무귀가 사내를 뒷문 쪽으로 안내했다.

"살펴 가시오."

"오늘 일 처리가 깔끔하진 못했소만, 다음에 또 일을 맡…"

무귀의 배웅에 긴장이 풀렸는지 자객이 누런 이를 드러내며 뒤돌아보는 순간, 칼날이 어둠을 가르며 번득였다. 자객이 피를 토하며 쓰러지자, 무귀가 턱짓을 했다. 대기하고 있던 졸개들이 신속하게 시신을 천에 말아 어둠 속으로 사라졌다.

무귀의 보고를 받은 심환지가 수염을 쓸어내리며 책사를 응시했다.

"그자가 낮에 훈련도감에 찾아왔다 하였느냐?"

"그렇사옵니다. 그자가 무언가 낌새를 알아차린 듯하옵니다. 문제는

화원: 밀사화의 비밀

주상이 왜 그자의 뒤를 봐주는지, 그 연유를 알아내야 할 것이옵니다."

"주상과 천민 출신의 화원이라… 의외의 변수가 생겨 성가시긴 하지만 흥미롭군. 어쨌든 그자의 명줄이 생각보다 질기구나."

"대감, 소인에게 맡겨 주십시오."

무귀가 머리를 숙이며 청하였으나, 심환지가 고개를 가로저었다.

"아니다. 좀 더 지켜봐야겠다."

칼을 빌려 눈에 거슬리는 성가신 존재를 쥐도 새도 모르게 없애려고 했으나, 놈의 명줄이 조금 더 긴 듯하니 다음 기회를 노리는 것도 나쁘지 않겠다는 계산이었다. 흔들리는 불빛 그림자 속에서 노구의 눈빛이 기이하게 희번덕였다.

깊은 새벽, 모두가 잠든 훈련도감 훈련장 숙소는 짙은 어둠에 잠겨 있었다. 초관 하나가 조용히 일어나 개인 사물함에서 천 조각을 꺼내 품에 넣고는 소리 없이 숙소 밖으로 빠져나왔다. 달빛을 받은 초관의 얼굴이 잠시 하얗게 떠올랐다. 작고 날카로운 눈매에 뺨에 난 흉터. 어제 낮에 훈련도감을 방문했던 사율과 강도수에게 접근해 뭐라고 말하려다 사라졌던 그 초관이었다.

주변을 경계하며 어둠 속에서 뒷문 쪽으로 빠르게 접근한 초관은 가볍게 담을 타 넘었다. 저만치 보이는 산기슭으로 내달리는데, 일단의 검은 그림자가 앞을 가로막아 섰다.

"어딜 가는 게냐?"

훈련도감 종사관과 군졸들이었다. 일순 당황한 초관이 그 자리에 얼어붙었다.

"어딜 가느냐 물었다."

어둠 속에서 종사관의 눈빛이 번득였다. 재빨리 상황을 판단한 초관은 정공법을 택했다.

"종사관 나리, 저와 같이 궁으로 가시지요. 이건 아닙니다. 막아야겠습니다."

"네 이놈! 배신자가 되려는 것이냐?"

"당색이 뭐 그리 중요한 것입니까? 지금의 주상은 널리 인재를 두루 포용하며 경장을 실현하려고 하지 않습니까?"

"네 이놈! 듣기 싫다!"

"제발 눈멀게 하는 허상에서 깨어나십시오!"

"살려 달라 목숨을 구걸하면 살려 주겠다. 하나 헛소리 따윈 집어치워라. 용서치 않겠다!"

스르릉. 종사관이 칼을 뽑아 들었다. 달빛을 받아 칼날이 파리하게 빛을 발했다.

"이 방법밖에 없습니까, 종사관 나리?"

"배신자는 살려 둘 수 없다. 같은 땅에서 호흡하며 살 수 없단 뜻이다."

초관은 체념한 듯 검을 꺼내 들었다.

"뜨거운 피가 곧 이 차가운 땅을 적시겠지만, 이내 흔적도 없이 사라지겠지요."

초관은 종사관을 향해 검을 똑바로 겨누었다.

결국, 이렇게 끝나고 말 것을. 지난날의 기억이 빠르게 뇌리를 스쳤

화원: 밀사화의 비밀

다. 반차도 그림에 동그라미로 표시된 자신의 위치를 숙지하며 은밀히 혼자만의 훈련을 거듭해 왔던 그였다. 자신의 앞과 뒤, 옆에 서게 될 군사들이 누군지도 모른다. 행차 당일에야 그들의 얼굴을 보게 될 것이므로.

대가는 솔깃했다. 병치레가 잦은 어머니를 치료하느라 진 적잖은 빚과, 적어도 몇 년은 먹을 것 걱정을 하지 않아도 될 만큼의 보상을 주겠다는 약조에 선택한 길. 그러나, 아무리 생각해 봐도 이건 아니었다. 민초들의 삶은 늘 곤궁하고 궁핍했으나, 지금의 임금은 전대의 그 어떤 임금보다 백성을 위하는 개혁 군왕이었다. 각종 폐단과 격식을 과감히 내려놓고 진정 백성의 삶을 걱정하고 위하는 개혁 정책으로 칭송받는 왕이 아니던가. 사적 이익에 눈이 멀어 한순간 잘못된 판단을 한다면, 가난했으나 꼿꼿이 청렴결백하게 살아온 집안 가문에 똥물을 뿌리는 죄악을 저지르고 말 것이다.

"차라리 목숨을 구걸하거라."

"뜨거운 피를 흩뿌려도 억울할 건 없소. 언 땅이라도 적실 테니… 원통한 것은, 수백 년이 흘러 그 같은 사실조차 알아주는 이, 혹여 아무도 없을까 그게 원통하오."

"사설이 길구나."

칼날이 맞부딪치며 불꽃이 튀었다. 몇 합의 경합이 이뤄지는가 싶더니, 초관이 이내 피를 뿜으며 고꾸라졌다. 가쁜 숨을 몰아쉬는 그를 향해 종사관이 천천히 다가섰다. 그리고 선혈이 낭자한 검을 겨누었다.

"단칼에 끝내 주마."

검이 허공에서 번득이는 찰나, 초관은 사력을 다해 검을 피하듯 얼굴을 돌리며 품속에서 꺼낸 천 조각을 입안에 쑤셔 넣었다.

북쪽에서 불어온 차가운 삭풍이 규장각 전각을 한차례 휘몰아치듯 할퀴더니 허공으로 스러졌다. 좌의정과 우의정, 도화서 제조, 별제가 모인 가운데, 제작이 한창 진행 중인 『원행을묘정리의궤』의 「반차도」를 놓고 숙의가 한참이었다.

논란의 정점은 반차도의 시점이었다.

"행렬의 인물들 머리가 모두 군왕을 중심으로 향하게 그렸던 선대 반차도의 전례에 비추어 볼 때, 일률적으로 측면 시점을 사용한 이번 반차도는 파격을 넘어 문제가 있어 보입니다."

좌중을 둘러보며 좌의정 유언호가 불편한 기색을 드러냈다.

"좌상 대감의 지적도 일리가 있어 보이나, 평소 백성을 으뜸으로 하시는 주상전하의 성정으로 볼 때, 합당한 시도라 사료됩니다."

우의정 채제공이 담담한 목소리로 입을 열었다.

"그렇습니다, 대감. 보는 이로 하여금 현장의 생동감을 사실적으로 느끼게 해 줄 뿐만 아니라, 시점의 통일성이 있어 보기에도 편하다는 장점이 있지요."

예조판서 민종현이 목소리에 힘을 주어 채제공을 거들었다. 보기 드문 일이었다. 늘 날카롭게 각을 세우곤 했던 상대 진영의 의견에 공감하는 일은, 눈 덮인 동토에서 샛노란 개나리꽃을 발견하듯 거의 불가한 일이었으므로.

화원: 밀사화의 비밀

좌의정 유언호가 동의하기 어렵다는 듯 헛기침을 했다.

두 번째 논란은, 반차도에 그려진 행렬 속 장졸들의 움직임이 자유롭다 못해 경박하다는 의견이었다.

"그림 속 장졸들의 행동을 보시오. 뒤나 옆을 돌아보거나 고개를 쳐드는 등 경건해야 할 행렬의 의미를 폄훼하고 있지 않소? 경박하다 못해 아주 제멋대로란 말이오. 신성해야 할 의궤에 어떻게 저런 막된 그림을 담을 수 있단 말이오?"

시선에 불을 담은 듯 좌의정의 날 선 지적과 함께 몇 차례 공방이 오가며 논란이 수그러들지 않자, 채제공이 회의를 마무리했다.

"이 부분은 아무래도 주상전하의 윤허를 받아야 할 듯싶소."

민종현이 화답했다.

"알겠습니다. 제가 주상전하의 윤허를 받겠습니다."

좌상이 불만스러운 기색을 감추지 않았지만, 다들 채제공의 의견에 수긍하는 눈빛으로 고개를 끄덕였다.

규장각에서 일과를 마친 뒤, 사율은 다시 검안소의 혈두를 찾았다. 자신을 습격했던 자객들의 주검에 대해 알아보려고 했던 것. 그러나 자객으로 보이는 시신은 들어오지 않았다는 혈두의 대답에 실망한 사율이 돌아서려는데, 그가 무언가를 불쑥 내밀었다.

눅눅한 천 조각. 자세히 살펴보니 그림이 그려져 있다. 반차도를 그린 듯한데, 행렬 속 장졸들의 머리에 군데군데 'O' 표시가 돼 있다.

"죽은 초관의 입속에서 발견한 겁니다."

"초관이라면…?"

"자세한 건 말할 수 없지만… 혹시나 도움이 될지 모를 것 같아서."

"그 초관의 시신을 볼 수 있겠습니까?"

혈두가 말없이 한쪽으로 안내했다. 검시대 위에 시신 한 구가 안치돼 있었다.

"이 사람은…?"

초관의 시신을 살펴보던 사율이 흠칫했다.

작고 날카로운 눈매에 흉터가 난 뺨. 그제야 훈련도감을 찾았던 날 자신에게 접근해 뭐라고 말할 듯하다가 사라졌던 바로 그 초관이란 사실을 알아챘다.

"시신의 입속에서 무언가 발견되는 건 흔한 일이 아닙니다요. 더구나 이자처럼 단번에 숨통을 끊어 놓는 칼잡이에게 당할 정도라면 그럴 시간적 여유가 없을 테니까요. 그럼에도 불구하고…"

사율이 혈두의 말끝을 가로챘다.

"생사를 가르는 다급한 경각의 순간에 입속에 쑤셔 넣을 정도의 물건이라면…"

두 사람의 시선이 한순간 허공에서 맞닿았다.

그때, 인기척과 함께 등 뒤에서 걸걸한 목소리가 들렸다.

"숨통이 끊어지는 마지막 순간까지 누군가에게 반드시 알리고 싶은, 절박한 그 무언가가 담긴 게 아니겠소?"

종사관 강도수가 천천히 다가왔다.

"퇴청하려다 불이 켜져 있길래 들어와 봤소. 장 화원, 이참에 도화서 그만두고 나랑 종사관 일을 해 보는 게 어떻겠소? 이리도 걸음이 잽싸고 날샌 걸 보니, 화원보다 범인 잡는 데 소질이 있어 보여서 하는 소리요."

강도수가 사율과 눈인사를 나누며 설핏 미소를 지었다.

몇 번의 만남이 거듭되면서 처음 상대에게 품었던 날 선 경계심이 조금씩 무뎌지는 걸 느끼는 사율이다.

"내가 그린 그림 한 점이라도 보고 그런 소릴 하는 거라면 모르겠지만 사양하지요."

"기분 상하게 들렸다면 미안하오. 그저 종사관 못지않게 빠른 촉을 가진 그쪽이 부러워서 하는 소리이니."

초관의 시신을 건성으로 훑고 난 강도수가 사율에게 귀엣말을 했다.

"보다시피 전문가의 솜씨요."

"전문가라면…"

"자객일 수도 있을 테고, 합법적으로 칼을 쓰는 자일 수도 있을 테지요."

"합법적으로 칼을 쓰는 자…?"

"이를테면 나처럼 녹봉을 받고 칼을 쓰는 자들 말이오."

강도수가 옅은 미소를 지으며 말을 이었다.

"이를테면 그렇단 말이오. 농이니 너무 신경 쓰지 마시오. 어쨌든 자상 부위를 보니 급소를 정확히 찔러 단번에 숨통을 끊은 솜씨로 봐선 전문 칼잡이 솜씨가 분명하오."

사율이 장졸 그림이 그려진 눅눅한 천 조각을 가만히 내려다보며 중얼거렸다.

"누군가에게 반드시 알리고 싶은 그 무엇이라…"

강도수가 천 조각을 받아 들고 살폈다. 화원 허만교가 숨을 거두기 직전 사율에게 건넸다는 의궤 반차도의 그림과 흡사했다. 다른 점은 행렬 속에서 뒤를 돌아보거나 옆으로 시선을 돌리고 있는 일부 장졸들의 머리 위에 표시된 의문의 'ㅇ' 표식이었다.

"어쨌든 화원께서 해 주실 역할이 클 듯싶소이다."

강도수가 차분한 시선으로 사율을 흘끗 쳐다보았다.

그날 밤, 숙소로 돌아온 사율은 지금까지 수집한 사실들을 놓고 생각에 잠겼다.

선대의 전례와 달리, 반차도 행렬 속 장졸들의 자유로운 움직임을 묘사한 그림과, 그들의 머리 위에 표시된 의문의 'ㅇ' 표식.

'죽은 자들이 말하려고 했던 바는 과연 무엇이었을까?'

창밖에 드리운 어둠을 응시하며 사율이 깊은 한숨을 내쉬었다. 솔가지에 매달려 있던 잔설이 후두둑 삭풍에 휘날리며 달빛에 파리하게 번득였다.

'숨이 끊어지는 마지막 순간까지도 놓지 못했던 그 절박한 외침은 무엇이란 말인가?'

분명한 점은, 화원 허만교와 훈련도감 초관이 죽기 전 필사적으로 전하려고 했던 바의 단초가 반차도 그림에 담겨 있을 거라는 사실이었다.

대체 의궤 반차도는 무슨 비밀을 품고 있단 말인가?

천 조각에 그려진 'ㅇ' 표식을 응시하는 사율의 얼굴에 등불 그림자가 내려앉으며 짙은 음영을 만들어 냈다. 음영의 경계선에 위태롭게 서

화원: 밀사화의 비밀

있듯, 사율은 한동안 석상처럼 창가에 서 있었다. 혼란스럽기만 한 밤이었다.

창덕궁 편전.

예판과 별제를 비롯해 화원들이 참석한 가운데 도화서 업무에 관한 보고가 진행되고 있었다.

"『원행을묘정리의궤』의 「반차도」에 일률적으로 측면 시점을 적용해 그리겠다…?"

왕이 미간을 살짝 좁히며 예판 민종현을 응시했다.

"그러하옵니다, 전하."

예판이 머리를 숙이며 담담한 어조로 대답했다.

"측면 시점이라…"

말끝을 열어 둔 왕의 입술이 다음 할 말을 찾지 못한 듯 잠시 허공을 더듬었다.

"장사율, 그대는 어떻게 생각하는가?"

뜻밖에도, 왕의 시선이 사율에게 향했다.

허리를 숙이고 있어 용안은 볼 수 없는 상태. 최근 있었던 자객의 습격 사건 이후 머릿속이 정리되지 않고 헝클어진 상태로 일과를 이어 가고 있던 터라, 사율은 순간 머릿속이 아득해졌다.

"괘념치 말고 소신껏 말해 보라."

사율은 생각을 가다듬으며 조심스럽게 입을 열었다.

"선대의 전례를 지키고 따르는 것은 큰 뜻과 의미가 있사오나, 새로운 기법을 시도해 보는 것 또한 주저하거나 그 의미를 결코 폄훼해선 안 된다고 생각하옵니다. 반차도 속 인물들을 일률적인 측면 시점으로 그린다면, 보는 이로 하여금 마치 현장에 있듯 편안하게 보고 느낄 수 있는 장점이 있을 것이옵니다. 따라서 많은 백성이 이를 보고 편안하게 느낀다면 이는 곧 새로운 선례가 될 수도 있을 것이라 사료되옵니다."

대답을 마친 사율이 자신도 모르게 침을 꿀꺽 삼키며 후회했다. 진중해야 하거늘, 한낱 말단 화원 따위가 임금 앞에서 수백여 년간 지켜 온 왕실의 엄중한 법도를 깨자는 망발을 내뱉다니. 오싹한 한기가 옷깃을 파고드는 듯해 사율이 몸을 움츠리며 머리를 더욱 숙였다.

"많은 백성이 보고 편안하게 느낀다면 이는 곧 새로운 선례가 될 수도 있다…?"

왕이 사율이 한 말을 곱씹는 듯하더니 이내 고개를 끄덕였다.

"예판, 그렇게 하도록 하시오."

"성은이 망극하옵니다, 전하."

민종현이 머리를 굽혔고, 사율이 그 뒤를 따랐다.

잠시 후, 사율과 김홍도가 임금을 독대한 자리.

"수원팔경이라 하셨사옵니까, 전하?"

김홍도가 되물었다.

"그렇소. 두 사람이 사경씩 나누어 수원팔경을 화폭에 담아 와 주시오. 내 늘 가까이 두고 보며 속된 마음을 씻고 싶소."

오래전부터 화성이 완공되기 전에 수원팔경을 화폭에 담고 싶었던 왕이었다. 반차도 제작이 끝나는 대로 은밀히 착수할 것이며, 누구에게도 이 같은 사실을 발설하지 말라는 당부도 잊지 않았다.

"화성을 두고 말들이 많은 걸 알고 있소. 그대들이 그린 수원팔경을 늘 곁에 두고 만백성이 함께 풍요롭게 잘사는 본보기의 땅으로 삼고자 함이니, 최선을 다해 주시오."

"분부 받잡겠나이다, 전하."

김홍도와 사율이 고개 숙여 예를 표했다.

임금이 두 사람에게 어사주를 하사했다.

사율이 공손히 잔을 들어 마시려는데, 반쯤 열린 창틈으로 소소한 바람이 불어 들었다. 편전 안을 휘감고 돈 바람이 한쪽 벽에 걸린 산수화 『비봉폭』을 휘감고 사율의 코끝을 스치고 가자, 그가 느닷없이 맹렬하게 재채기를 했고, 그 바람에 들고 있던 어사주를 바닥에 엎지르고 말았다.

"화… 황공하옵니다, 전하…"

사율이 황급히 옷소매로 바닥에 엎질러진 어사주를 훔치다 말고 급작스럽게 현기증이 이는지 털썩 자리에 주저앉았다.

"개의치 말라. 짐도 갑작스러운 현기증 때문에 요즘 곤혹스러울 때가 자주 있느니라. 단원의 비봉폭포를 오래 감상하고 싶은데, 몸 상태가 영…"

그제야 소매로 황급히 어사주를 닦아 내던 사율의 시야에 산수화『비봉폭』이 들어왔다.

"소신의 졸작을 그리 아껴 주시니, 성은이 망극할 따름이옵니다, 전하."

김홍도의 말이 채 끝나기 전에 사율이 자리에서 일어나 산수화로 다가섰다. 사율의 돌발적 행동에 당황하는 김홍도. 그러나 아랑곳하지 않고 꼿꼿이 선 채 잠시 그림을 응시하던 사율이 화폭에 코끝을 바짝 들이댔다. 냄새를 맡기라도 하듯 콧구멍이 살짝 움찔거렸다.

"자네, 지금 무슨…?"

갈라진 김홍도의 말끝에 당혹함이 묻어났다.

"전하, 혹시 오심이나 구토, 설사나 구갈이 있지는 않으시옵니까?"

잠시 생각을 더듬던 임금이 입을 열었다.

"최근 들어 그런 증상이 심해졌느니라."

"아침에 기침하실 때 용안이나 목 등 상지근육을 움직이기 힘드시지는 않으셨는지요?"

"그러고 보니 일어나기가 힘들긴 했느니라. 근데 그것을 물어보는 연유가 무엇이냐?"

사율이 답을 하기도 전에 임금이 채근하듯 물었다.

"짐의 증상을 어떻게 알았는가?"

그 말에 사율의 낯빛이 어두워졌다.

집에 돌아온 사율은 『동의보감』부터 펼쳤다. 우선 낮에 편전에서 임금을 배알하던 자리에서 왕이 보였던 이상 증세가 꺼림칙했기 때문이었다. 독에 관한 제 증상과 치료법을 훑기 시작하는 그의 눈동자가 매섭게 빛났다. 편전 창틈으로 불어온 바람이 코끝을 스치는 찰나, 발작처럼 재채기가 일면서 아찔한 현기증이 일던 그 순간. 강렬했던 그 순간의 통찰은 그 끝과 맞닿은 어두운 심연의 정체와 정면으로 맞서게 해 주는 용기를 선사했다. 두렵지만 감히 어둠 속으로 한 걸음을 내딛게 해 주는 자유의 의지 같은 거 말이다.

의서를 한 대목씩 훑어 가는 사율의 뇌리에 부친과 함께했던 과거의 순간들이 아련히 스쳐 갔다. 석록이나 석웅황, 청금석 같은 광석이나 울금, 정향, 쪽 같은 천연물감을 찾아 미친 듯이 산과 들을 헤매고 다녔던 기억. 힘들게 채취해 온 그것들을 가공하는 과정에서 부친이 독성에 중독돼 종종 사경을 헤매는 바람에 눈앞이 캄캄하던 순간. 의원을 부를 수 없어 부친을 살리기 위해 『동의보감』을 비롯한 의서들을 닥치는 대로 필사적으로 뒤지던 순간의 막막함.

그런 위급한 순간들을 넘기며 사율은 조금씩 강해져 갔다. 간신히 기력을 회복한 부친에게서 독을 중화시키고 오히려 몸에 이로울 수 있도록 다루는 지혜를 전수받고 독에 대해 품고 있던 막연한 두려움이 자신감으로 승화되었던 것.

'분명해. 중독 증세야.'

몇 번이나 의서를 훑으며 사율은 심중을 굳혔다.

확신이 깊어질수록 전율이 일었다. 왕이 가장 많이 머무르는 편전. 그곳에서 왕이 고스란히 독에 노출돼 있을 뿐만 아니라 누구도 그러한 사실을 눈치채지 못하도록 은폐돼 있었다는 것을 생각하니 오소소 온몸에 소름이 돋았다.

날이 밝자 사율은 창덕궁 편전으로 나아갔다. 지금 자신이 하려는 행동이 어떤 엄청난 결과를 빚을지도 모른다는 두려움이 목을 조여 왔으나 멈출 순 없었다. 임금을 알현할 것을 청했으나 단번에 내침을 당했다. 포기하지 않고 재차 간곡히 알현을 청하는 사율. 내금위 군사 둘이 그의 허리춤을 잡고 우악스럽게 바깥으로 끌어내리는데, 안에서 왕의 목소리가 들렸다.

"들라 하라."

주위를 모두 물리친 편전.

봉황을 중심으로 꽃무늬가 그려진 우물반자 형태의 천장 아래, 일월오봉도 병풍을 등지고 왕이 앉은 어좌에서 몇 걸음 떨어진 바닥에 사율이 부복해 있었다.

이윽고 사율이 찬찬히 힘주어 고하는 말에 귀 기울이던 국왕의 용안이 어두워졌다.

"전하, 황공하오나 진맥을 허락해 주시옵소서."

말을 마친 사율의 느닷없는 돌발 행동.

"어허, 어디서 감히…?"

놀란 상선이 다가와 제지하려고 했으나, 임금이 가까이 오라며 사율에게 손짓했다. 허리를 숙인 채 어좌로 다가서는 사율. 손을 뻗어 조심스럽게 임금의 동공을 살핀 뒤 맥을 짚었다. 가늘게 뛰다가 때론 불규칙하게 한 박자 건너뛰는 간헐맥.

"분명하옵니다, 전하."

사율이 확신에 찬 얼굴로 말을 맺자, 짧은 정적이 편전에 내려앉았다.

"자네 목숨을 걸 수 있는가?"

왕의 시선이 사율을 정면으로 향했다.

"소신, 의원은 아니오나 돌아가신 아비의 영향으로 의서를 늘 가까이 했고, 아비로부터 전해 받은 의학 지식으로 판단했을 뿐이옵니다. 만약, 추호의 거짓이 있거나 불온한 의도라도 있다면 제 목을 내놓겠사옵니다."

"다시 묻겠다. 편전에 독이 있다 했는가? 그로 인한 중독 때문에 짐이 아프다 했느냐?"

"그렇사옵니다, 전하. 진맥 결과, 빈맥과 동공이 작아지는 축동 현상이 있사온데, 이는 독성으로 인한 대표적인 현상이옵니다. 오심이나 구토, 설사나 구갈 또한 마찬가지이옵니다."

다시 짧은 정적.

"대체 편전 어디에 독이 있단 말인가?"

왕의 목소리가 걸걸하게 갈라졌다.

사율이 일어나더니 한쪽 벽에 걸려 있던 그림 앞으로 천천히 걸어갔다. 그 모습을 지켜보던 지존이 가는 신음을 입에 물었다.

사율이 걸음을 멈춘 곳에, 유려한 산수와 폭포를 화폭에 담은『비봉폭』이 걸려 있었다.

잠시 후, 장소를 옮긴 침전.

"다시 묻겠다. 진정 자네 목을 걸 수 있는가?"

"소신, 진실만을 말씀드릴 뿐이옵니다, 전하."

상선마저 물리친 채 왕과 독대한 자리. 사율이 담담하게 대답했다.

"그림 표면에 묻어 있던 아주 미세한 독 가루가 바람이 불어올 때마다 공기 속에 조금씩 퍼져 나갔던 것으로 보입니다. 빈맥과 축동의 정도로 보아 달포 이상 그러했던 것 같사옵니다."

"단원이 그린 『비봉폭』에 독 가루가 묻어 있었다니…"

도무지 믿기지 않는다는 듯 왕은 가만히 낮게 읊조렸다. 사율은 그런 왕 앞에 머리를 조아린 채 꼼짝하지 않았다.

"독 가루라…"

시선을 둘 곳 몰라 잠시 흔들리던 왕의 동공에 허망한 기운이 스쳤다.

얼마쯤 시간이 흘렀을까, 왕이 사율을 물리쳤다.

"그만 물러가도록 하라."

사율은 머리 숙여 예를 표한 뒤 천천히 뒷걸음쳤다. 그렇게 물러나는 사율의 동공에, 침전의 한쪽 벽에 걸려 있던 그림 속 어느 강렬한 시선 하나가 날아와 꽂혔다. 마치 빛의 속도로 날아온 화살이 동공에 박히는 듯한 통렬함.

"윤두서의 시선을 비껴날 자는 없을 게야…"

왕이 알 수 없는 혼잣말을 하듯 중얼거렸다.

한쪽 벽면에 걸려 있는 그림 한 점.

반쯤 스며든 빛이 내던진 명암 속, 그림 속의 남자가 보는 이의 영혼을 집어삼킬 듯 형형한 눈빛을 번득이며 노려보고 있었다. 강렬한 눈빛에 사로잡힌 듯, 거미줄에 걸려 옴짝달싹 못 하듯 사율이 한 걸음도 움직이지 못한 채 그 자리에 얼어붙고 말았다.

윤두서의 『자화상』이었다.

화원: 밀사화의 비밀

좌포청 종사관 강도수가 지켜보는 가운데, 사율의 주도하에 밀폐된 방에서 극비리에 실험이 벌어졌다. 벽에『비봉폭』을 걸어 놓은 방에 닭 한 마리를 가둬 놓고 한 시진에 한 번씩 사율이 들어와『비봉폭』화폭에 부채 짓을 하는 식으로 이틀을 지켜봤던 것. 다음 날, 문을 열고 사율과 종사관 강도수가 들어섰을 때 닭은 죽어 있었고, 기도와 폐부를 자극하는 탁한 공기 탓에 두 사람은 소매로 입을 막으며 연신 기침을 해 댔다.

"독이 분명하옵니다. 확실한 증좌를 보여 드리겠습니다."

방에 들어선 임금과 상선, 내금위장이 사율이 산수화 표면에서 미세하게 긁어내는 정체불명의 검은 가루를 지켜봤다. 사율이 검은 가루를 은수저 위에 뿌리자, 표면이 서서히 거뭇하게 변해 갔다. 그 모습에 임금의 낯빛이 굳었다.

"화폭 표면에 독 가루를 미세하게 여러 겹 바른 것 같습니다. 편전은 통기가 잘돼 위해 증상이 시간을 두고 서서히 나타나지만, 의심의 눈길을 피할 수 있다는 장점 또한 있을 것입니다."

믿을 수 없다는 듯 굳은 얼굴로 산수화『비봉폭』을 응시하는 임금. 상선과 내금위장 또한 황망한 기색을 감추지 못한다.

궁궐이 발칵 뒤집혔다.

신료들의 강력한 주청을 받아들여 임금은 친국을 결정하고, 문제의 산수화『비봉폭』을 그린 당사자 자비대령화원 김홍도가 국문장에 불려 왔다.

"화폭에 독을 발랐는가?"

임금이 하문했다.

"아니옵니다, 전하. 소신은 단지 그림을 그렸을 뿐 그 이후의 일은 알지 못하옵니다, 전하."

김홍도가 머리를 숙인 채 담담하게 대답했다.

"다만, 보관하고 있던 『비봉폭』을 도둑맞았다는 사실을 관원으로부터 나중에 전해 들은 바는 있사옵니다."

"네 이놈! 어느 안전이라고 감히 거짓을 고하느냐! 네가 화폭 표면에 독 가루를 미세하게 여러 겹 덧칠해 감히 전하를 해하려 한 사실을 실토하지 못하겠느냐!"

병판 심환지가 목소리를 높이며 추궁했다.

"소신은 결코 그런 사실이 없사옵니다."

김홍도는 결박된 채 담담한 얼굴로 그 같은 혐의를 부인했다.

"뭣들 하느냐? 죄인이 실토할 때까지 주리를 틀어라."

그때 임금이 손을 들어 제지하고 나섰다.

"예판, 『비봉폭』이 어찌 진상됐는지 그 경위를 설명해 보시오."

왕이 몇 걸음 떨어져 입시하고 있던 예판 민종현에게 물었다.

"실은… 소신이 그림을 선물받았사온데, 작품이 너무 훌륭해 그냥 집에 걸어 두기에 아까웠습니다. 하여, 국정을 보살피는 틈틈이 전하께서 잠시나마 산수화를 보시며 어심을 편하게 하심이 좋을 듯하여 진상케 됐사옵니다, 전하."

"예판에게 그림을 선물한 자를 당장 잡아 오라."

한 시진쯤 지났을까, 선비 하나와 왈짜가 포박된 채 끌려와 자신의

　　　　　　　　화원: 밀사화의 비밀

죄를 실토하며 머리를 거듭 조아렸다.

"전하, 죽여 주시옵소서! 훔친 그림이란 사실을 알면서도 예판 대감께 바친 죄, 몇 번을 죽어도 마땅할 것이옵니다. 다만, 그자가 그림에 독 가루를 발랐다는 사실은 최근에야 알았사온데, 너무나 두렵고 떨려 감히 그 사실을 고하지 못했나이다. 죽여 주시옵소서!"

피를 토하듯 자신의 죄를 실토하는 선비. 그 옆에서 머리를 박고 있던 왈짜가 부들부들 몸을 떨며 입을 열었다.

"소, 소인이 그림을 훔쳐 도… 독을 발랐사옵니다. 원한이 있는 장사치가 있사온데 그자에게 선물해 독살하려 했으나, 평소 신세를 진 선비께서 워낙 그 그림을 마음에 들어 하셔서… 미처 말하지 못했사옵니다. 주… 죽여 주시옵소서!"

지켜보고 있던 예판이 임금 앞에 엎드렸다.

"전하, 신을 벌하시옵소서! 하잘것없는 왈짜 따위가 훔친 사실도 모른 채, 작품의 뛰어난 가치에만 눈이 멀어 그 같은 불충을 저질렀사옵니다. 어서 신을 벌하시옵소서!"

왕은 가만히 국문장의 죄인들을 일별하더니 하명했다.

"죄가 없음이 입증된 단원을 방면토록 하라."

선비와 왈짜를 하옥하라는 어명과 함께 그렇게 일단 국문이 종결됐다.

다음 날 아침, 전옥서에 팽팽한 긴장감이 감돌았다. 하옥돼 있던 선비와 왈짜가 옥에서 숨진 채 발견됐던 것. 오전 교대를 마친 옥리가 순시 도중 절명한 상태로 널브러져 있던 두 사람을 발견한 것이다.

"아무래도… 자결한 듯 보입니다요."

식전 댓바람에 불려 온 오작사령이 초검을 마친 뒤, 고개를 주억거리며 말했다.

"근거는?"

종사관 강도수가 물었다.

"보시다시피 시신 옆에 이렇게 환약 형태의 독약이 흩어져 있었습니다. 소맷단이 터져 있는 걸로 봐서, 소맷단에 숨겨 온 독약을 먹고 자결한 것 같습니다요."

"하옥 시 신검 절차가 허술했단 말이더냐?"

"그것까지 소인은 잘…"

오작사령이 다시 고개를 주억거렸다. 그 바람에 비뚤어진 사시가 희번덕였다.

종사관 강도수는 무언가 의심쩍은 구석이 있다는 생각을 떨칠 수 없었다. 옥리를 통해 하옥 시 신검 절차엔 문제가 없었다는 것을 다시 확인한 뒤였다. 옷을 벗겨 소맷단 안까지 샅샅이 훑었다고 했다. 검안서를 들고 전옥서를 나온 강도수는 곧바로 검안소 혈두를 찾았다.

"복검을요, 벌써?"

"사안이 시급하다. 서둘러라."

"그게…"

혈두가 난감한 얼굴로 시선을 피했다. 속마음을 잘 숨기지 못하는 자였다.

"시급하다 하지 않았느냐? 바로 시행치 않으면 네놈을 처벌하고 말

화원: 밀사화의 비밀

게야."

종사관 강도수가 눈을 부라리며 거듭 몰아붙이자, 혈두가 속내를 털
어놓는다.

"나리, 사실은… 부검을 하지 말라는 윗선의 지시가 있었습니다요."

"그게 무슨 소리냐?"

뜻밖의 실토에 강도수가 눈빛을 바로 고치며 상대를 응시했다.

"그게 누구냐 묻지 않느냐?"

두려운 얼굴로 주변을 경계하듯 살피는 혈두. 사실대로 말하면 모든
책임을 면하고 안위도 보장하겠다며 강도수가 다독였다.

"나리만 믿겠습니다요. 그게 누구냐 하면…"

그때였다. 혈두가 목을 움켜잡고 단말마 신음을 토하며 그대로 바닥
에 고꾸라졌다. 얼른 살펴보니 목에 박힌 독침이 시선을 찌른다. 강도
수가 황급히 밖으로 뛰쳐나갔다. 저만치 누군가 모퉁이를 도는 뒷모습
이 보였다.

전력을 다해 정체불명의 자객 뒤를 쫓는 강도수. 그러나 얼마 못 가
가쁜 숨을 몰아쉬며 주저앉고 말았다. 긴박하게 놈을 뒤쫓았건만 신출
귀몰한 놈의 도주 신공에 놓치고 말았던 것. 숨을 몰아쉬는 강도수의
머릿속이 복잡하게 얽혔다. 아무에게도 알리지 않고 은밀히 찾아온 검
안소였다.

'그렇다면…?'

누군가 자신의 뒤를 밟은 게 분명했다. 게다가 혈두는 죽은 선비와
왈짜의 시신을 부검하지 말라며 겁박당했다. 강도수는 하옥됐던 선비

와 왈짜가 간밤에 누군가에 의해 살해됐음을 확신했다.

그는 배후에 거대한 세력이 있음을 직감했다. 삼엄한 전옥서의 경비 망을 뚫고 침입해 두 사람의 죄인을, 그것도 임금을 해하려는 혐의로 하옥된 자들을 쥐도 새도 모르게 살해한다는 건 절대 간단치 않은 일이기 때문이다.

고개를 들어 하늘을 응시하는 강도수. 절로 나직한 한숨이 새어 나온다. 저 멀리 비를 잔뜩 머금은 눅눅한 먹구름이 몰려들고 있었다.

사위가 어둠에 잠긴 밤, 심환지의 처소.

심환지를 비롯한 노론 수뇌부 회의가 은밀히 소집됐다. 노환으로 거동이 불편한 노론의 거두 김종수도 참석할 만큼 분위기가 무겁게 내려 앉았다. 도화서 화원 사율로 인해 불거진 위기에 대한 자성 섞인 논의가 오간 뒤, 누군가 계획을 미뤄야 하는 게 아니냐고 문제를 제기했고, 기다렸다는 듯 갑론을박이 이어졌다.

이윽고 심환지가 입을 열었다.

"잠시 비가 쏟아진다고 너구리 사냥을 멈출 순 없소. 이미 불도 지펴 놨으니 땅굴 속에 연기를 불어 넣고 때려잡으면 될 일이오."

동의를 구하듯 김종수를 응시하는 심환지. 김종수가 고개를 끄덕이며 과묵하게 닫혀 있던 입을 열었다.

"너구리 사냥도 때가 중요한 법. 지금보다 더 좋을 때는 없소이다. 계획대로 실행할 일만 남았소. 나머지는 하늘에 맡기면 될 일… 다만, 이번 사건으로 주상의 신경이 날카로워졌을 테니 매사에 보다 신중을 기해야 할 것이오. 주상을 절대 만만히 봐선 아니 되오. 장사율이란 자에 대해서도 우리가 좀 더 알아봐야 할 것 같소."

좌중에 무거운 공기가 내려앉는다.

"주상이 며칠 전 단원과 장사율을 은밀히 불러 무언가 숙의를 했다 합니다."

예판이 입을 실룩거리며 말했다.

"흠… 주상이 뭔가 일을 꾸미고 있는 것 같군. 둘을 잘 감시하게나."

심환지의 미간이 좁혀지더니, 입가에 희미한 미소를 문 채 덧붙였다.

"너구리 사냥은 예정대로 진행할 것이니, 다들 긴장을 풀지 말아야 할 것이오."

회합이 끝난 뒤, 심환지가 예판 민종현과 독대를 했다. 말없이 술잔을 기울이던 심환지가 입을 열었다.

"그림으로 주상을 독살하려고 했다니… 발상은 기발했으나 무모했소. 거사를 앞두고 쓸데없는 과욕 때문에 자칫 모든 일을 망칠 뻔했고."

"송구하옵니다, 대감. 다시는 이런 일이 없도록 하겠습니다."

나직한 음성에 서릿발 같은 추궁을 담은 심환지의 질책에 민종현이 바짝 몸을 낮추었다. 그림을 진상한 자를 잡아 오라는 어명에 황급히 부랑자 둘을 선비와 왈짜로 위장해 대령시켰고, 야음을 틈타 수하를 보내 독살함으로써 사건을 일단락시켰으나, 자칫 과욕으로 화를 부를 뻔한 것 또한 사실이었다.

"하나, 발 빠른 대책으로 위기를 모면한 점은 높이 살 것이니, 더는 과오를 범하지 말게."

"명심하겠사옵니다, 대감."

다시 한번 민종현이 심환지를 향해 깊이 몸을 낮추었다. 어디선가 올빼미 우는 소리가 스산하게 들렸다.

찬 공기를 밀어내며 봄기운이 한 뼘 싹을 틔우고 있었다.

김홍도와 사율은 반차도를 그리는 소임을 잠시 내려놓고 어명 수행을 위해 말을 타고 은밀히 수원으로 향했다. 『비봉폭』독 가루 사건이 선비와 왈짜가 꾸민 소행으로 마무리된 직후였다. 종사관 강도수가 타살 의혹을 제기했으나, 윗선에서 묵살되면서 사건이 종결됐던 것.

도중에 두 사람은 주막에서 하룻밤을 묵게 됐다.

"송구합니다. 괜히 저 때문에 고초를 겪으시고…"

국밥으로 저녁 식사를 마치고 잠시 바람을 쐬러 나온 길.

사율이 이유야 어쨌든 자신 때문에 도화서 교수를 겸하고 있는 김홍도가 고초를 겪은 것에 대해 진심으로 사과했다.

"아닐세. 자네가 아니었으면 전하께서 어찌 되셨을지 생각하면 모골이 송연하다네."

김홍도가 손사래를 치며 말을 이었다.

"오히려 내가 고맙지. 자네가 이 나라 종묘사직을 구한 게야."

"아, 아닙니다. 소인은 그저…"

"그나저나 자네의 일병화가 유명하다 들었네. 내 초상화를 그려 줄 수 있겠나?"

뜻밖의 제안에 사율이 난감한 눈으로 김홍도를 바라보았다.

화원: 밀사화의 비밀

"제가 어찌 감히 교수님의 초상화를 그릴 수 있겠습니까?"

"어허, 이 사람. 내 청을 거절할 텐가?"

"그럴 리가 있겠습니까."

산책을 마치고 돌아온 뒤, 사율은 유유자적 술잔을 기울이는 단원의 초상화를 기꺼이 화폭에 담았다. 경직된 모습이 아니라 술잔을 기울이는 초상화를 그려 달라니, 그 진솔함에 담긴 파격성에 적잖게 놀란 것도 잠시 사율은 이내 그림에 빠져들었다.

"호오…"

자신을 그린 초상화를 응시하는 김홍도의 눈빛이 빛났다. 마치 진기한 물건을 바라보듯 신선함과 경이로움이 담긴 눈빛. 한 식경이 채 걸리지 않은 시간에 그렸다고는 믿기지 않을 만큼 완성도가 뛰어난 작품이다. 술잔을 든 채 옅은 미소를 지으며 정면을 바라보는 초상화라니. 장담컨대, 조선 천지에 이 같은 파격적인 초상화는 지금까지는 물론 앞으로도 없을 것이다.

"내 답례로 자네 초상화를 그려 줌세. 정좌해 보시게."

"아, 아니옵니다."

사율이 당황한 듯 사리에 맞지 않는다며 극구 사양했다.

"그럼, 벌주를 마셔야 할 게야."

"차라리 그러겠습니다."

"이런, 그러고 보니 나 혼자 술잔을 기울이고 있었군. 자, 한잔하게."

그렇게 사율과 김홍도는, 어두운 밤과 이름 모를 산새 울음소리, 그림을 안주 삼아 술잔을 기울이며 진솔한 대화를 이어갔다.

다음 날, 두 사람은 각기 화폭에 담을 절경을 찾아 따로 길을 나섰다.

사율은 서성 밖 들판과 서장대가 한눈에 내려다보이는 팔달산을 올랐다. 이윽고 시야가 환히 트이는 장소에 자리를 잡는 사율. 이름 모를 봄꽃들이 서성 밖 들판에 하나둘 바투 싹을 틔우고 있었다.

'임금께서 친히 지정하신 팔경이라…'

왕이 직접 내린 밀봉된 밀지엔 한 장의 지도가 동봉돼 있었고, 자신이 그려야 할 사경의 위치가 또렷하게 표시돼 있었다. 이상한 점은, 만물이 소생하는 초봄임에도 불구하고 화폭엔 가을이라 생각하고 그려 달라는 주문이었다.

'수원팔경을 담되, 초봄이 아닌 가을 풍경을 담아야 한다…?'

잠시 생각에 잠기는 사율. 그는 어명에 담긴 행간의 뜻을 읽으려고 애썼다. 눈앞에 펼쳐진 절경이 자꾸만 생각을 어지럽히자, 눈을 감았으나 이내 뜨고 말았다.

'그냥 어명에 따르면 돼.'

사율은 생각을 멈추기로 했다. 애초 어명에 담긴 행간의 뜻을 읽으려는 게 주제넘은 짓이라는 생각이 들었던 것. 자신의 소임은 어명대로 지정된 수원사경을 최대한 수려하게 화폭에 담으면 될 일.

정좌한 자세로 눈을 감고 머릿속을 맑게 한 뒤 눈을 떴다. 눈앞에 펼쳐진 전경이 선명하게 그의 마음속에 들어섰다. 천천히 세필 붓을 들어 화폭에 담기 시작하는 사율.

추색이 짙어 가는 어느 호젓한 가을날, 서성 밖 들판에서 사냥하는 전경을 머릿속에 그리며 그림의 구도를 첫 필치로 풀어냈다. 감이 좋

화원: 밀사화의 비밀

았다. 화폭에 닿아 세필 붓대를 타고 전해 오는 그 고유의 감촉이 참 좋다. 이 기세를 몰아 본격적으로 눈앞의 풍광을 화폭에 풀어 펼치려던 찰나, 무언가 그의 시선을 끌었다.

깃대봉.

서장대 앞에 설치된 특이한 두 개의 깃대봉이 그의 시선을 잡아챘다.

"두 사람이 동시에 사라졌다는 겐가?"

"그렇습니다, 대감."

깊은 궁궐 일각이 잠시 어수선해졌다.

사율과 김홍도의 부재를 눈치챈 예조판서가 즉시 심환지에게 이를 보고했고, 수소문 끝에 주상의 밀명을 받고 수원팔경을 화폭에 담기 위해 수원으로 떠났다는 사실을 알아냈던 것.

"반차도 때문에 한창 일손이 바쁜데, 주상이 두 사람에게 은밀히 어명을 내려 한가롭게 산수화나 그리게 한 연유가 뭐겠습니까?"

예판 민종현이 눈꼬리를 치켜세우며 입을 열었다.

"수원팔경이라…"

"자세한 장소는 내관도 알지 못한다고 합니다. 친히 쓴 밀지를 내려 워낙 은밀하게 진행한 터라…"

심환지는 미간을 좁힌 채 생각에 잠겼다. 주상의 속내가 무얼까? 의외라는 듯 고심하는 흔적이 역력하다. 이윽고 그가 나직하게 토하듯 말을 뱉는다.

"차라리 이참에 아예 싹을 잘라 버리는 게 좋을 듯하네."

"그랬다가 문제가 생기지 않겠습니까?"

"이제 곧 너구리 사냥이 거하게 벌어질 텐데, 그까짓 토끼 한두 마리 미리 잡는다고 뭐가 그리 대수겠나?"

무슨 뜻인지 알겠다는 듯 예판이 회심의 미소를 짓는다.

"즉시 숨통을 끊어 버려야 할 게야."

심환지의 명을 받은 날쌘 자객들이 수원 각지로 흩어져 은밀히 잠입했다. 목표물은 김홍도와 장사율. 보는 즉시 둘을 없애고 그림을 회수하되, 추락사 같은 사고로 위장시켜 없애야 한다는 밀명이 내려졌던 것.

다음 날, 자객들이 산 정상에서 화폭에 몰두하고 있던 사율을 찾아냈다. 자객들의 은밀한 발걸음이 지척에 다가와서야 사율이 그 사실을 깨달았다. 앞은 절벽이요, 뒤는 검을 든 복면 자객 셋이 버티고 서 있는 절체절명의 순간. 사율이 평정심을 잃지 않고 침착하게 물었다.

"뉘신지 모르겠지만 이 보잘것없는 그림쟁이 목숨 하나 거두려고 이 높은 산까지 올라오셨소?"

무리의 우두머리로 보이는 자가 시퍼렇게 날 선 검을 뽑아 들고 다가섰다.

"너무 원망하지 마라. 무리를 잘못 선택한 네 안목을 탓하거라."

사율이 자객에게 등을 돌린 채 그 자리에 가만히 앉았더니, 세필 붓을 든 채 담담하게 덧붙였다.

"한 식경만 시간을 내어 줄 순 없겠소? 아직 풍경 묘사 마무리를 끝내지 못했소. 소임을 다하고 나면 기꺼이 칼을 받겠소."

화원: 밀사화의 비밀

"조용히 칼을 받거라."

사율의 목을 노린 우두머리 자객의 검이 허공에 번득였다.

다음 순간, 챙-! 칼날과 칼날이 부딪치는 날카로운 소리가 쨍하게 맑은 공기를 갈랐다. 복면을 쓴 무사가 소나무 위에서 낙하하며 번개처럼 검을 막아 냈던 것. 칼날이 살벌하게 연신 공기를 갈랐고, 무공이 실린 기합 소리를 내지르며 무사와 자객 셋이 격렬하게 합을 겨뤘다.

전혀 예상치 못한 상황 전개.

사율은 눈앞에서 펼쳐지는 뜻밖의 광경에서 눈을 뗄 수 없었다. 한눈에 봐도 범상찮은 복면 무사의 무공. 자객들이 사력을 다했지만, 상대가 되지 못했다. 이내 자객들이 하나둘 쓰러졌고, 우두머리 자객마저 무사의 칼날 앞에 속절없이 고꾸라졌다.

이윽고 붉은 핏물이 뚝뚝 흐르는 검을 든 채 천천히 사율에게 다가서는 복면 무사.

"기다릴 테니, 그림을 마저 완성하시오."

무사가 배경처럼 한 치의 흐트러짐도 없이 석상처럼 서 있자, 사율이 심호흡을 하며 정신을 가다듬고 다시 화폭에 혼신의 힘을 쏟기 시작했다.

"고생이 많았네."

자객에게 목숨을 잃을 뻔했던 와중에도 소임을 마친 사율이 궁으로 돌아와 임금을 알현했다. 사율이 화폭에 담아 온 수원 절경을 찬찬히 눈에 담으며 치하하는 임금.

"풍경을 담은 선묘의 필치가 날래면서도 가볍지 않구나. 집요하되 답답하지 않고, 버선발마냥 사뿐하면서도 경박하지 않아."

화폭 풍경에 취한 듯 임금의 얼굴이 해사하게 빛났다.

얼마 만에 느껴 보는 편안한 기분인가. 그림을 보고 있자니, 몇 번인가 찾았던 추색 짙은 서장대 밖의 풍경 한가운데 서 있는 듯 안온했다. 참으로 만족스러운 듯 왕의 입가에 환한 미소가 번졌다.

"소신, 과분한 칭찬에 몸 둘 바를 모르겠사옵니다, 전하."

허리를 굽혀 예를 다해 성은에 감읍하는 사율.

"자, 받게나."

사율이 임금이 친히 내리는 어사주를 공손히 받아 마셨다.

"고생이 많았네. 얼굴이 많이 상했어."

"아니옵니다, 전하. 소신, 그저 그림을 그리는 동안 행복했습…"

미처 말을 끝내지 못한 사율의 어깨가 가만히 들썩였다. 허리를 숙인 채 바닥을 응시하고 있던 그의 눈에서 눈물이 흘러내렸다. 뜻밖의 상황에 누구보다 당황한 듯 석상처럼 굳어 버리는 사율. 바닥에 떨어진 눈물을 닦아야 할지 말아야 할지 난감한 듯 눈앞을 흐리는 야속한 눈물만 바라보았다. 자신의 안위를 위해 무사까지 보내 준 깊은 어심에 감복한 나머지 자신도 모르게 눈물이 흘렀던 것.

"보잘것없는 소신, 하늘 같은 은혜를 입었사오니, 성은이 망극하옵니다, 전하."

"무사히 돌아왔으니 그걸로 된 게야."

무슨 뜻인지 다 안다는 듯 임금이 고개를 끄덕이며 미소 지었다.

화원: 밀사화의 비밀

임금이 백자 항아리에서 두루마리를 꺼내 들었다.

『소림명월도』.

"화폭에 춘색이 느껴지는가, 추색이 느껴지는가?"

임금이 물었다. 얼른 감정을 추스르고 가만히 그림을 바라보던 사율이 답했다.

"언뜻 봐서는 추색인 듯하오나, 다시 보니 춘색인 듯도 하옵니다."

임금이 사율을 나긋한 눈빛으로 바라봤다.

"보는 이의 관점에 따라, 봄인 듯 또는 가을인 듯 느껴지는 풍경이 일품이지. 바로 이 그림을 그린 월색의 심정이 그러했겠지…"

"월색이라 하심은…?"

사율의 말끝에 정적이 잠시 머물렀다.

"황공하오나 『소림명월도』는 단원 김홍도 선생께서 그리신 작품이 아니옵니까?"

"제 자식을 제 자식이라 부를 수 없는 그 심경을 어찌 말로 다 할 수 있으리…"

임금과 사율의 눈빛이 마주쳤다.

"그렇네. 이 그림은 자네 부친 월색이 그린 작품이네. 과인이 만드는 봄 향기 가득한 세상을 그리고 싶었지만, 호시탐탐 물어뜯을 기회만 노리는 이리 떼의 눈을 피해 가을 들판으로 위장해 그릴 수밖에 없었지."

믿을 수 없게도, 임금의 입에서 부친의 억울한 죽음에 얽힌 숨겨진 비화가 흘러나왔다.

정조의 세자 시절, 당시 도화서 화원이었던 사율의 부친이 어린 세자의 청을 받고 초상화를 그려 주었는데, 노론 측에서 이를 문제 삼아 역모로 몰아갔다는 것. 어진은 임금만이 그릴 수 있음에도 불구하고 세자가 역심을 품고 몰래 미래의 어진을 그렸다는 것이다. 영조가 나서서 세자의 치기 어린 행동으로 무마했으나 누군가 책임을 져야 한다는 노론 측의 주장에 사율의 부친이 방외화사로 쫓겨났고, 이후 역모죄로 결국 죽임을 당하고 말았다는 것.

왕은, 당시 자신이 나서서 사율의 부친을 지켜 주지 못한 것이 평생 마음의 짐으로 남아 있었는데, 화원 취재 현장에서 사율의 그림을 보고 한눈에 그가 월색의 아들임을 알아봤던 것이다. 이후, 운검으로 하여금 수시로 사율의 안위를 지키게 했던 것.

"『소림명월도』는 월색이 죽임을 당하기 직전, 과인에게 전해 준 마지막 선물이었네. 장래에 과인이 새롭게 바꿀 새 세상을 꿈꾸며 그린…"

그 대목에서 임금의 목소리가 물기를 머금는다.

"이 그림만은 절대로 잃고 싶지 않았네. 그래서 피눈물을 머금고 단원의 작품으로 위장해 지금껏 과인의 곁에 두고 백성을 위하고자 하는 초심을 되새기고 있음이야."

사율의 가슴이 먹먹해졌다.

부친이 그림에 담은 담대한 뜻. 천하를 비출 듯 밤하늘에 휘영청 떠 있는 밝은 보름달처럼 만백성을 위한 새 세상을 만들어 성은을 베풀겠다는, 임금의 포부를 담은 그 크나큰 뜻 말이다.

"반차도를 마치면 자네가 따로 해 주어야 할 일이 있네."

불빛을 받아 빛나는 성상의 따스한 눈빛을 바라보며 사율은 전율했

화원: 밀사화의 비밀

다. 오래전 그의 부친을 대했을 때 품었던 그 눈빛이 저러했을까. 사율이 허리 굽혀 머리를 낮게 숙이며 임금의 다음 말에 온 신경을 곤두세웠다.

궐내각사 빈청.

"서양 화법을 그대로 본뜬 원근법이라니, 안 될 말이오."

화성행차를 그린 반차도가 완성되고 임금의 원행을 며칠 앞둔 시점. 행차를 담을 8폭 병풍을 미리 그린 가본을 놓고 논란이 벌어졌다.

행차 종료 후, 행차의 주요 대목을 병풍에 담게 되는데, 심환지가 이끄는 노론 측이 서양의 원근법을 적용하자고 주장하고 나섰던 것. 원래 별다른 토론 없이 조용하게 진행될 사안이었으나 좌의정 유언호가 불편한 기색을 드러내며 촉발된 것이었다.

"어찌 주상전하의 좌마보다 하찮은 백성 무리가 더 크게 그려질 수 있단 말이오?"

좌의정 유언호가 언성을 높였다.

"이 나라가 열린 이래 많은 궁중 행사를 화폭에 담아 왔으나 이는 전례가 없던 일이오. 하찮은 백성 무리를 전하의 좌마보다 크게 그리자니, 말이 되는 소리를 하시오!"

예판 민종현이 반박했다.

"그렇지 않습니다, 대감. 전례가 없는 일이라고는 하나 서양의 원근법은 만백성을 우선시하시는 주상전하의 평소 신념과도 일맥상통하지 않겠습니까?"

"그게 무슨 망발이오!"

좌의정이 지지 않고 핏대를 올렸다.

"그렇지 않습니까? 사람 눈높이에 맞게, 그 어떤 가감이나 차별 없이 시야에 보이는 대로 사물을 화폭에 담는 화풍이야말로, 높은 곳에서 백성을 내려다보지 않고 가까운 곳에서 늘 백성의 안위를 챙기시겠다는 전하의 평소 국정 철학과 부합하는 것 아니겠습니까?"

예판이 좌중을 둘러보며 재차 동의를 구했다.

"아니 그렇습니까?"

가타부타 선뜻 대답하는 이가 없었다.

"그래, 장사율, 자네 생각은 어떤가?"

그때, 심환지의 묵직한 목소리가 무겁게 가라앉은 공기를 갈랐다. 모두의 시선이 좌중을 가르며 이참을 비롯한 도화서 화원들과 함께 뒤편에 서 있던 사율에게 쏠렸다.

"범상찮은 실력으로 도화서 화학생도 과정도 건너뛰고 전례 없이 파격적으로 화원 자리를 꿰찬 장본인이니만큼 답변이 궁금하네."

목소리에 묘한 비아냥이 섞여 있다는 것쯤 누구나 눈치챌 수 있을 만큼 도드라진 말투.

사율은 무슨 말을 해야 할지 몰라 잠시 그대로 서 있었다. 좌중의 시선을 한 몸에 받는 것도 부담스러운 데다, 오랜 궁중의 관례를 깨뜨리는 첨예한 사안이 걸린 문제이었기에 더욱 그러했다.

"괜찮네. 편하게 자네 생각을 말해 보게나."

솔방울 끝에 매달린 빗물 한 방울이, 살랑살랑 불어온 매화 향 머금

화원: 밀사화의 비밀

은 바람을 타고 거뭇한 잔설 위에 사뿐 떨어져 내릴 만큼의 시간이 흘렀을까, 사율이 입을 열었다.

"원근법이라는 서양 화풍을 잘 알지는 못하오나, 사물을 보이는 그대로 자연스럽게 그리는 것도 자연의 이치에 어긋나지 않는다고 생각되옵니다."

"그래서 찬성이라는 말인가?"

"소인, 맞다 그르다, 감히 입장을 표할 만한 주제가 되지 못합니다. 다만 반차도에 측면 시점을 도입할 것을 전하께서 윤허하신 마당에 새로운 기법 또한 마냥 배척하시진 않을 듯하옵니다. 소인, 그 무엇이 됐든 결정을 따를 것이옵니다."

사율이 말을 마치자, 좌중이 수긍하듯 고개를 끄덕이거나, 낮은 소리로 의견을 나누는 모습이었다. 심환지와 빠르게 눈빛을 주고받은 예판 민종현이 논란을 잠재우듯 쐐기를 박았다.

"아무래도 이 사안 또한 제가 주상전하를 알현해 윤허를 받는 것이 좋겠습니다."

"오랜만일세, 이참."

"잘 지냈는가, 사율?"

회합이 벌어진 빈청에서 물러 나온 두 사람이 회랑 중간에서 딱 마주치는 바람에 피할 공간이 없었다.

"그렇잖아도 자네 얼굴 한번 보고 싶었네."

"요즘 소원했지? 자네도 알지 않는가? 반차도 준비 때문에 워낙 눈코

뜰 새 없이 바쁜 거. 도무지 짬을 낼 수가 있어야 말이지."

"그렇겠지. 선화직을 맡고 있느라 몸이 둘이라도 모자랄 거야."

내부 경선에서 이참이 최고점을 받아 선화직에 정식으로 승차한 이후, 줄곧 마주치지 못한 두 사람이었다.

"자넨 참 운도 좋은 사람 같네."

으레 하는 인사가 오간 뒤 이참이 화제를 돌리자, 무슨 뜻이냐는 듯 사율이 이참을 쳐다봤다.

"그렇지 않나? 화학생도 과정을 생략하고 도화서 화원이 된 것도, 적어도 수년의 수련을 거친 뒤라야 맡을 수 있는 반차도 소임도, 자넨 단번에 꿰찼으니 말일세."

옅은 미소를 띤 얼굴로 사율의 속마음을 들여다볼 듯 응시하는 이참의 시선. 입꼬리는 살짝 올라가 있으되, 시선은 차가워 묘한 느낌을 주는 눈빛이었다.

"허허, 그런가?"

사율이 멋쩍은 듯 헛웃음을 지었다.

"아, 참. 평점 운도 타고났지, 아마?"

사율의 반응엔 아랑곳하지 않고 이참이 말을 이었다.

"정식 경선 절차를 거쳐 최고점을 받아 선정된 내 작품을, 전하께서 어평점으로 단번에 뒤집어엎어 버리셨으니 말일세. 이거야말로 타고난 운수 대통이 아닌가?"

비아냥 섞인 웃음을 흘리며 사율을 응시하는 이참.

짧은 찰나의 순간, 미묘하고 복잡한 의미가 담긴 눈빛이 오갔다.

화원: 밀사화의 비밀

"농일세, 이 사람아! 농이라고. 웃자고 해 본 소린데, 뭘 그리 정색을 하는가? 하하."

이참이 사율의 어깨를 툭 치며 소리 내어 웃었다.

"뭐가 그리 재미난가? 나도 좀 끼워 주게나."

그때, 등 뒤에서 들리는 목소리.

도화서 별제가 다가왔다. 사율과 이참이 별제에게 공손하게 목례를 하자, 그가 사율에게 말했다.

"자네, 나 좀 봄세."

별제와 함께 한쪽 구석으로 걸음을 옮기는 사율의 뒷모습을 응시하는 이참의 눈빛이 이내 냉랭하게 변했다.

"매사마골이라 했소. 귀중한 것을 손에 넣기 위해선 죽은 말의 뼈를 살 정도로 정성을 다해야 한다는 뜻이오."

며칠 후, 깊은 밤. 심환지의 처소.

심환지가 노론 수뇌부를 다시 소집했다. 좌중을 일별하며 하루 앞으로 다가선 거사의 결의를 다지는 자리였다.

"우리가 매사마골의 심정으로 여기에 모인 이유가 있소. 이 땅이 백성의 것이라 오도하는 무리가 있기 때문이오."

그의 입꼬리가 이죽거리듯 꿈틀거렸다.

"여기 모인 우리는 얼토당토않은 그 같은 거짓부렁을 단호히 거부하오. 조선은 무지한 백성의 것도, 대를 이은 주상의 것도 아닌, 지금까지 이 땅의 기둥이자 뿌리로서 조선의 하늘을 굳건히 떠받쳐 온 우리 사대부의 것이오. 명심하시오. 우리와 주상은 한배를 탈 수 없는 몸이오. 내일은 성스러운 우리의 대업을 완수하는 날, 한 치의 빈틈도 없도록 맡은 바 자리에서 최선을 다해 주길 바라오."

그가 매서운 눈빛으로 좌중의 면면을 훑었다.

"자, 모두 잔을 들어 결의를 다질 것이오."

좌중의 참석자들이 잔을 들었다.

"명심하시오. 명일은 우리가 승리하는 날이 될 것이오. 그러기 위해선 단일대오를 갖춰 오직 하나의 목표만을 위해 우직하게 나아가야 할 것이외다."

일제히 잔을 비우는 좌중.

엄숙히 결의를 다지는 그 모습을 지켜보며 심환지가 천천히 마지막으로 잔을 비웠다. 모든 준비는 끝났다. 이제 날이 밝으면, 그들이 새 세상의 진정한 주인으로 거듭날 것을, 그는 추호도 믿어 의심치 않았다.

화원: 밀사화의 비밀

척살단의 암호도

座馬

1795년(정조 19년), 윤2월 9일. 아침 묘시에 마침내 임금이 화성행차에 나섰다.

경기감사 서유방을 필두로 우의정 채제공이 서리와 장교, 녹사의 호위를 받으며 선두에서 당당히 행렬을 이끌었고, 그 뒤를 1,779명의 인원과 779필의 말이 동원된 장대한 행렬이 따랐다. 행렬의 길이만 4킬로에 이를 정도의 장관. 숭례문을 나온 어가행렬이 청파교를 지나 율원현 앞길에 도달하자, 장대한 왕의 행차를 직접 눈에 담으려는 구경꾼들이 구름처럼 거리로 몰려나왔다. 화성행차에 나선 어가행렬이 본격적인 여정에 오른 것이다.

그 시각, 사율은 완성된 반차도를 한 장씩 면밀하게 살피며 반차도상의 어가행렬을 훑어 나갔다. 화원 허만교가 전해 주었던 피 묻은 종이 그림에 그려진, 옆이나 뒤를 돌아보는 장졸들 모습이 자꾸만 마음에 걸렸기 때문. 어명을 받아 수원팔경을 화폭에 담아 오느라 잠시 그의 손을 떠나 있었던 반차도. 그 때문인지 자신이 상당 부분 참여했음에도, 객관적인 관점에서 반차도상의 어가행렬이 눈에 들어왔다.

'분명 무언가가 있어…'

손에 잡힐 듯 잡히지 않는, 불편한 그 무언가. 마치 드리워진 그늘 아래, 어딘가에 은밀히 숨겨져 있는 듯한 그림자처럼 어른거리는 존재.

'가슴 한구석이 답답한 이 기분은 대체 뭘까?'

아무리 집중해서 반차도를 들여다봐도, 그 어딘가에 숨어 있을 법한 은밀한 그림자에 관한 그 어떤 작은 단초조차 짚이질 않는다.

사율은 지금까지 자신에게 일어났던 일들을 차례로 반추해 보았다.

선화 이익종의 죽음과 기방에서의 일병화, 화원 허만교의 죽음과 그가 손에 넣은 의문의 피 묻은 그림 조각, 뜻하지 않은 화원 취재와 내부 경선, 훈련도감 초관의 죽음과 자신의 목숨을 노린 자객들의 습격 사건, 그리고 임금 알현과 독 가루 묻은 『비봉폭』 위해 사건에 이어 수원 팔경을 화폭에 담는 소임까지…

짧은 시간이었지만 정신없이 달려온 날들이었다.

순간, 그의 뇌리에 번득이며 스쳐 지나가는 생각.

'모든 것은, 죽은 화원 허만교가 전해 준 피 묻은 그림 조각에서부터 시작됐어!'

다음 순간, 박차듯 그의 걸음은 이미 그곳으로 향하고 있었다.

죽은 화원 허만교의 집은 짙은 어둠에 잠겨 있었다.

화원: 밀사화의 비밀

평생 독신으로 살아선지 견고한 어둠만이 그가 떠난 공간을 차지하고 있었다. 재빨리 담을 넘어 집 안으로 잠입하는 사율. 적막감만이 흐르는 집 안 곳곳을 빠르게 훑어보았지만 별다른 특이점은 찾아볼 수 없었다.

'잘못 짚은 건가…?'

되돌아 나갈까 고민하던 사율이 광주리에서 아래로 뛰어내리는 쥐를 보고 기겁했다. 그 바람에 그가 균형을 잃고 한쪽 벽에 부딪혔다. 머리에 아찔한 충격이 느껴졌다. 후우, 한숨을 내쉬며 돌아보는 순간 그의 눈이 커졌다. 벽에 부딪혔던 충격 때문일까, 벽이 안쪽으로 빼꼼 열려 있었던 것.

숨겨 있었던 내부의 비밀 공간이 모습을 드러냈다.

사율은 아래로 난 계단을 따라 지하 밀실로 조심스럽게 내려섰다. 계단에서 내려와 안으로 들어서자, 지하 한쪽 벽면에 걸려 있는 무언가가 그의 시선을 단숨에 사로잡는다.

벽면을 전부 차지하고 있는 대형 두루마리 종이.

사율이 천천히 다가가 종이가 뚫어질 듯 그림을 살핀다. 눈이 휘둥그레지는 동시에 입 밖으로 가는 신음이 절로 새어 나온다.

'이건…?'

사율이 꿀꺽 침을 삼켰다.

'…임금을 주살하려는 반역자들의 작전 암호도…?!'

그랬다. 그것은 어가행렬에 숨은 척살단의 병력 배치를 그린 '암호도'였다!

자세히 살펴보니, 척살단의 세밀한 병력 배치 현황과 공격로가 표시돼 있다. 거사 시, 개별 군사의 이동 경로와 공격 대상까지 붉은 화살표를 사용해 세밀하게 적시돼 있었던 것. 척살단 병력은 혜경궁 홍씨가 탄 자궁가교와 그 뒤를 따르는 임금의 좌마 행렬 전후좌우에 집중적으로 배치돼 있다. 엄수해야 할 자세한 행동 요령 따위도 하단에 적혀 있다.

　'1, 2, 3, 4, 5…'

　마늘창이나 화승총을 멘 협련군과 무예청 총수, 그리고 좌마를 둘러싼 협마무예청과 협마순노 중 일부가 바로 척살단의 일원이었다. 개별 군사의 머리 위에 순번대로 산수자가 적혀 있었는데, 어릴 적 접했던 『산학계몽』을 통해 몇 번인가 본 적이 있어서 산수자를 알아봤던 것.

　모두 35인!

　자궁가교 주변에 17인, 좌마 인근에 18인이 집중 배치돼 있었다. 자궁가교와 좌마 부근 외의 행렬 속에서 뒤돌아보는 장졸들은 척살단이 아니었다. 반차도 전반에 걸쳐 그런 인물들을 그려 넣음으로써 암호의 노출 위험성을 최소화하려는 의도로 보였다. 눈을 부릅뜨고 살폈으나, 암살 예정지와 시각 따위는 따로 적혀 있지 않은 상태다.

　'…말도 안 돼…'

　사율은 얼어붙어 버린 듯, 그 자리에 선 채 뚫어질 듯이 그림을 노려봤다. 그림 속 병력 배치와 공격로가 머릿속에 선명하고 뚜렷하게 각인됐다.

　"마… 막아야 해…"

　폭풍 같은 전율이 그의 전신을 휘감으며 몰려들었다.

　　　　　　　　　　　화원: 밀사화의 비밀

마침내 화원 허만교가 전해 준 피 묻은 그림 조각에 봉인됐던 비밀이 밝혀지는 순간이었다. 용수철처럼 계단을 뛰어올라 집 밖으로 뛰쳐나가는 사율.

이 땅의 종묘사직이 그의 손에 달려 있었다.

"역모라니…?! 어가행렬이 위험하다니, 대체 무슨 말을 하는 거요?"

가쁜 숨을 몰아쉬며 속사포처럼 쏟아 놓는 사율의 말이 채 끝나기도 전에, 좌포청 종사관 강도수가 눈을 동그랗게 치켜뜨고 그를 바라봤다.

"어가행렬에 척살단 군사 35인이 매복돼 있단 말이오! 어서 이 사실을 알려야 하오!"

사율이 화원 허만교의 집 지하 밀실에서 가져온 두루마리를 들이대며 외쳤다. 미친 듯 달려온 탓인지 목소리가 쾡하니 갈라졌다.

허만교의 집을 나와 한걸음에 좌포청 종사관 강도수에게 달려온 사율이었다. 춘향이 살포시 어린 공기라곤 하나 숨을 들이마실 때마다 차가운 한기가 폐부를 찔렀다. 머릿속에선 불이 난 듯 혼란스러웠으나, 숨이 막힐 듯 거친 호흡을 다잡으며 간신히 강도수에게 달려왔던 것.

애초 혼자 어가행렬을 뒤쫓는 것은 무리였다. 허만교의 집을 나와 저잣거리를 향해 내달리면서 맨 먼저 머릿속에 떠오른 인물이 강도수였다. 아무리 생각해 봐도 이 사실을 알려야 할 적격의 인물이었던 것. 화원들의 죽음과 관련해 몇 차례 의구심 섞인 추궁을 당하며 한때 불편한 관계이긴 했으나, 그나마 현재로서 기댈 데는 강도수가 유일했다.

"…마… 말도 안 돼…"

사율이 건넨 두루마리 반차도를 보며 재차 설명을 듣고 나서도 강도수는 믿기지 않는 듯 말을 더듬었다.

"어서요! 어서 역모를 막아야 합니다!"

사율이 새된 목소리로 재촉했다.

"자… 잠깐만…"

종사관 강도수가 단전에 숨을 불어넣듯 심호흡을 두어 차례 하더니, 다시 사율에게 물었다.

"죽은 화원 허만교의 집 지하 밀실에서 이 반차도를 발견했다는 거요?"

"그렇습니다."

"그러니까, 머리 위에 산수자가 표시된 이 군사들이 전하를 시해하려는 척살단의 병력 배치도이고, 화살표는 공격로를 표시한 거다…?"

"어서 서둘러야 합니다!"

산수자와 공격로 표시, 행동 수칙을 몇 번이나 확인하고서야 정신이 번쩍 드는 듯, 강도수가 이를 즉각 포도대장에게 알렸다.

"뭣 하는가? 어서 날쌘 군사를 추려 어가행렬을 뒤쫓게!"

반차도를 확인한 포도대장의 낯빛이 흙빛으로 변했다.

"알겠습니다, 나리."

사율과 함께 황급히 뛰어나가는 강도수를 보며 포도대장이 낮은 신음을 입에 물더니, 곧바로 수하를 찾았다.

"어서 이 같은 사실을 의금부에 알리게."

그 시각, 위용도 당당한 인기와 신기를 앞세운 장대한 어가행렬이 석

화원: 밀사화의 비밀

우와 만천주교를 지나 노량배다리 인근에 이르렀다. 배다리를 건너기 전 어가행렬을 보려는 구경꾼이 한꺼번에 몰려들면서 어가행렬이 지체되자, 행렬의 전방을 선도하던 경기감사 서유방이 까칠하게 목소리를 높였다.

"뭣들 하는가? 구경꾼을 물리지 않고!"

전령이 달려와 이 같은 사실을 고하자, 임금은 백성들에게 불편함을 주지 말라고 하명했다.

"개의치 말라. 백성들이 충분히 행렬을 구경할 수 있도록 하라."

"알겠사옵니다, 전하."

행렬 속도가 느려지며 자궁가교와 좌마를 호위하는 군사들이 경계의 빛을 누그러뜨리자, 좌마 왼쪽 후방에 바짝 붙어 있던 당상내승이 눈빛을 번득이며 주변 동향을 살폈다.

의금부도사가 이끄는 의금부 군사가 긴박하게 어가행렬을 뒤쫓는 가운데 종사관 강도수의 추격대도 맹렬하게 속도를 높였다.

"화급을 다투는 역모 사건이오. 아무래도 노량배다리를 건너기 전에 일을 벌일 것 같소. 그 전에 막아야 합니다."

사율이 전서구를 사용할 것을 건의하자, 강도수가 말을 멈추었다. 사율이 자궁가교와 좌마를 중심으로 한 척살단의 대략적인 병력 배치도를 급히 종이에 그렸다. 그사이 강도수가 위급한 상황을 알리는 서찰을 써서 그림과 함께 전서구 다리에 매 허공에 날렸다.

그 시각, 노량배다리에 다다른 어가행렬.

선두에 선 경기감사가 행렬을 이끌며 나아가는데, 전서구 한 마리가 바람을 가르며 날아와 어가행렬 위를 한 바퀴 선회하더니, 좌마 뒤편에서 뒤따르고 있던 난후초관의 어깨에 내려앉았다. 전서구 다리에 매인 서찰을 확인하던 초관의 손이 가늘게 떨렸다.

그런 난후초관의 행동을 아까부터 매서운 눈매로 지켜보는 이가 있었으니, 바로 척살단의 수장, 당상내승이었다. 근장군사와 별감, 협마무예청과 협마순노, 위내사령이 겹겹이 좌마를 에워싼 바로 뒤편에서 말을 타고 뒤따르고 있던 당상내승. 평소 왕이 타는 말과 수레를 관리하며 궁궐 안팎을 드나드는 많은 인물의 행동거지를 주의 깊게 관찰함으로써 기른 그의 육감이 빛나는 순간이었다. 그는 난후초관의 행동과 전서구의 등장으로 위험이 닥쳤음을 직감했다.

'침착하자. 곧 주상의 좌마가 배다리로 들어설 터. 그때까지 조금만 더…'

주상의 좌마가 배다리 안으로 완전히 들어서는 순간, 그의 피리 소리를 신호로 35인의 군사가 일제히 행동을 개시하게 돼 있었다. 좌마 주변의 호위군을 제압하는 즉시, 정예 무사들이 추호의 망설임도 없이 주상의 목을 노리고 곧장 날 선 검을 휘두를 것이다. 피를 흩뿌리며 왕의 목이 떨어지고 군사들이 갈팡질팡하는 사이, 배다리 주변에 매복하고 있던 백여 명의 군사들이 어가행렬을 완전히 접수할 것이고, 마침내 그들의 혁명은 성공적으로 완수되는 것이다.

"역모다! 역모…!!"

난후초관의 행동이 조금 빨랐다. 번개처럼 화살을 뽑아 행렬 앞쪽의 당상내승을 향해 활을 날리는 초관. 당상내승이 몸을 굽히며 피하자, 막 뒤돌아보던 척살단 군사 하나가 가슴에 화살을 맞고 고꾸라진다.

"저놈을 잡아라!"

난후초관의 다급한 외침이 메마른 공기를 갈랐다.

"당상내승! 저놈이 반군 수장이다!!"

외침과 동시에, 행렬 속 호위 군사로 위장해 있던 척살단 군사들이 일제히 검을 뽑아 들고 공격을 개시했다. 느닷없는 급습을 받아 호위 장졸 몇몇이 속절없이 쓰러졌지만, 군사들은 이내 진법을 운용하며 방어에 나섰다.

"뭣들 하느냐! 막아라!"

"전하를 안전하게 뫼셔라!"

쌍방 간에 벌어지는 치열한 전투.

십여 명의 척살단 정예 무사들이 왕의 좌마를 향해 일제히 달려들면서 왕이 일순 위기에 처하는 듯했으나, 협마무예청을 비롯한 호위 군사들이 필사적으로 공격을 막아 낸다.

칼과 칼이 맹렬하게 부딪치고 불꽃을 튀기며 바람을 가른다. 흩뿌려지는 피비린내와 함께 비명이 사방에 가득하다. 고함과 비명, 절규와 외침이 귓전을 때린다. 정예 호위 군사들이 왕을 안전한 곳으로 모시기 위해 사력을 다하면서 전투는 절정을 향해 치닫는다. 이윽고 수적 열세를 이겨 내지 못한 척살단 군사들이 하나둘 쓰러지고, 반군 수장인 당상내승이 생포되면서 전세는 급격히 기울고 만다.

"저자의 입에 재갈을 물려라!"

자결 방지를 위해 입에 재갈을 물린 당상내승을 격려한 뒤 호위 군사들이 처참하게 쓰러진 척살단의 시신을 모으고 있는데, 의금부 군사와 강도수가 이끄는 포도청 군사, 그리고 사율이 현장에 도착했다.

곳곳에 피비린내 가득한 핏물이 홍건한 현장.

사방에 널린 참혹한 시신과 지옥과 다름없는 끔찍한 참상을 직접 눈으로 확인하면서, 사율은 치미는 욕지기를 간신히 삼키며 마음을 다잡으려고 애썼다.

"그대가 역모를 알린 장본인인가?"

현장 수습에 몰두하고 있던 금부도사 신익현이 사율에게 다가와 물었다.

"그렇습니다만…"

"어떻게 된 연유인지 자초지종을 들을 수 있겠나?"

자신의 내면을 들여다볼 것처럼 서늘한 상대의 눈빛을 보면서, 사율은 기방 뒤편의 숲속에서 눈부신 설경을 화폭에 담던 그 순간으로 기억을 더듬었다.

"또 그대인가? 과인의 목숨을 구한 이 말이다."

배다리를 건너 용양봉저정에 안전하게 도착한 왕은 정리사가 가져온 미음 다반을 어머니께 직접 올렸으며, 어머니가 놀란 가슴을 진정시킬 수 있도록 한동안 그 곁에 머문 뒤 곧바로 사율을 찾았다.

"자초지종은 금부도사에게서 들었다. 이번 원행이 끝나고 환궁할 때

화원: 밀사화의 비밀

까지 과인이 부르면 언제든 달려올 수 있는 거리에 머물도록 하라."

"알겠사옵니다, 전하."

왕이 떠난 뒤에도 사율은 굽힌 허리를 펴지 않았다. 미력이나마 종묘 사직을 보존하는 데 일조를 했다는 안도감과, 내내 전신을 팽팽하게 조여 왔던 긴장감이 한꺼번에 풀어지면서 일어설 힘조차 없었던 것.

"그만 일어나게. 가셨네."

전각 모퉁이 너머로 왕의 그림자가 사라진 것을 확인한 뒤에야 함께 자리했던 강도수가 사율의 옆구리를 쿡 찔렀다.

그제야 간신히 머리를 들고 일어서는 사율. 저만치 거뭇거뭇한 잿빛 구름 사이로 지는 강렬한 핏빛 저녁놀을 동공에 담는 순간, 우욱! 치미는 욕지기에 요란스럽게 구역질을 하고 말았다. 천천히 일어서며 소매로 입술을 훔치는데, 비릿한 피비린내가 훅 폐부를 찔러 왔다.

안개 같은 농밀한 죽음의 입자가 여전히 유령처럼 떠돌며 숨통을 틀어막듯, 무언가가 물속에서 허우적대는 그의 발을 움켜쥐고 당기듯 자꾸만 아래로 가라앉는 기분이었다.

윤2월 11일, 화성에서의 첫째 날이 시작됐다.

화성향교에서 참배를 마친 왕은 낙남헌에서 문무과 별시를 주관했다. 도화서 선화 이참을 비롯한 화원들이 행사를 화폭에 담는 가운데 왕이 병판 심환지를 불러 친히 쓴 시험문제를 건넸다.

謹上千千歲壽賦

근상천천세수부. 어머니 혜경궁 홍씨께서 장수하시기를 기원하는 내용의 문장을 지으라는 것.

"전하의 효심이 하늘에 닿아 걸출한 문장가를 배출할 듯하옵니다, 전하."

시험문제를 받아 들며 근엄한 얼굴로 예를 표하는 심환지.

"효란 것이 무릇 부모를 섬기는 자식의 도리일 뿐이겠소? 군왕과 신하 사이도 그와 다르지 않거늘."

담담한 임금의 눈길이 신하에게로 향했다.

두 사람의 시선이 허공에서 교차되는 순간, 팽팽한 긴장감이 임금과 신하 사이를 가른다. 심환지가 시선을 피하며 말꼬리를 슬쩍 틀었다.

"전하, 그제 있었던 역모 따윈 과히 신경 쓰지 마시옵소서. 시정잡배들이 불평 삼아 늘 하던 못된 버릇 아니옵니까?"

허리 굽혀 신하로서의 예를 표하는 심환지.

"병판이 이번엔 뒤처리를 제대로 해야 할 거요. 이참에 그 나쁜 버릇을 단단히 뽑아 버리게 말이오."

그런 신하를 무심하게 바라보는 임금.

임금과 신하 사이에 다시 기묘한 긴장감이, 날 선 고슴도치의 가시처럼 까끌하게 날을 세웠다.

문무과 별시가 끝나고, 회갑 잔치의 예행연습이 벌어졌다.

여령 가희의 아름다운 춤동작을 지켜보면서 사율은 얼어붙었던 가슴 한켠에 꽃송이가 망울지더니, 화사하게 만발하는 것을 느꼈다. 그에게 그녀는, 차가운 눈발을 뚫고 꽃을 피우는 매화처럼 소중한 존재였다.

화원: 밀사화의 비밀

우아한 춤사위에 이어 왕실의 무궁한 번영을 찬양하는 악장을 노래하는 가희. 천상의 세계를 노래하는 듯한 그녀의 아름다운 악장 소리를 들으며 사율은, 그날 비극의 현장을 가득 채우던 칼날의 비명과 절규, 고함과 부연 안개처럼 가슴 속 폐부 가득히 차 있던 피비린내를 조금씩 지워 냈다.

화성에서의 둘째 날, 여명이 밝았다.

새벽 일찍 현륭원 참배를 마치고 화성행궁으로 돌아온 왕은 서장대에 올라 5천여 명의 장용영 군사를 동원해 두 차례에 걸친 낮 훈련과 밤 훈련을 친히 지휘했다.

왕의 하명을 받고 군사훈련을 화폭에 담는 사율.

화성행차가 끝나면 의궤를 제작하고 따로 『화성능행도병』이란 8폭의 병풍을 제작하게 돼 있는데, 그중 사율이 서장대 훈련 장면을 맡은 것이다.

"전하, 소신이 특별히 주의해야 할 것이 있사온지요?"

한 차례 낮 훈련을 끝낸 군사들이 곧 이어질 밤 훈련에 쓸 조총과 신포, 삼안총과 낭기를 옮기는 모습을 서장대에서 지켜보던 왕에게 사율이 조심스럽게 다가서며 물었다.

"매의 시선으로 관조하되 패기를 담았으면 하네."

시선을 떼지 않고 군사들의 움직임을 매의 눈으로 지켜보던 왕의 얼굴에 저녁노을이 물들었다.

"느껴지지 않는가? 우리 군사들 움직임 하나하나에서 배어나는 지극

정성과 열정, 패기 말이네."

군사들을 바라보는 왕의 눈빛에, 새끼 새들을 지켜보는 어미 새의 애틋함과 결연한 응원과 지지의 기세가 담겨 있었다.

"야조 전체를 매의 시선으로 세심히 담되, 각 군사의 움직임에서 뿜어 나오는 저 패기와 용기 또한 놓치지 말고 담아 달라는 뜻이네."

훈련장을 내려다보며 화폭에 담아야 할 그림의 대략적인 구도를 머릿속에 그리고 있는데, 왕과 시선이 마주쳤다.

'할 수 있겠는가?' 그렇게 진중하게 묻고 있는 듯한 왕의 시선.

"분부 명심하겠사옵니다, 전하."

사율이 얼른 시선을 내리며 허리를 굽혔다.

"시작하라."

잠시 후, 어명과 동시에 야간 군사훈련이 시작됐다.

북과 나팔, 명금이 요란하게 울리는 것을 신호로 날카로운 포성과 군사들의 함성이 고즈넉한 저녁 공기를 깨뜨렸다. 조총과 낭기, 신포와 삼안총에서 뿜어져 나오는 요란한 포성과 화약 냄새가 천지를 진동하면서 실전을 방불케 하는 맹렬한 공격과 방어전이 전개되기 시작했다.

그날, 깊은 밤.

변복한 왕이 운검만을 대동한 채 야음을 틈타 화성의 서성 밖 들판으로 향했다. 흐릿한 달빛이 구름 너머를 드나들었고, 찬 바람에 잡초가 조용히 흔들렸다. 수풀을 가로지르던 두 사람의 발걸음이 어느 순간 멈췄다.

화원: 밀사화의 비밀

"여기가 맞사옵니까, 전하?"

"오냐. 여기다."

이내 운검이 흙을 파는 소리가 들렸고, 구름 사이를 오가는 흐릿한 달빛에 두 사람의 모습이 언뜻 보였다 사라졌다 반복했다.

그 시각, 화성행궁의 후원. 어느 전각의 지하 밀실.

애끓는 듯한 신음과 비명이 좁은 밀실에 가득했다.

"네 이놈! 또 누가 역모를 작당했단 말이냐? 어서 실토하지 못할까!"

벌겋게 달군 쇠붙이가 치직 소리를 내며 살 타는 냄새가 진동했다.

으아아악! 남자의 끔찍한 비명이 터져 나왔다. 금부도사 신익현과 종사관 강도수가 반군의 수장 당상내승 심문에 한창이었다.

"…주… 죽여라, 어서… 난… 모… 모른다…"

앙다문 입, 핏발 선 동공. 당상내승은 피와 땀 범벅이 된 채 산발한 머리를 내저으며 필사코 실토를 거부했다.

매서운 심문에도 불구하고 당상내승이 입을 열지 않자, 전서구 다리에 매어져 있던 서찰을 맨 처음 읽었던 난후초관을 불러 대질 심문을 벌였다.

"서찰에 표시됐던 척살병들의 위치와 실제 어가행렬 속에서 거병하였던 군사들의 위치가 거의 일치했던 것으로 기억합니다."

난후초관이 미간을 찌푸리며 당시를 떠올렸다.

"전하의 좌마를 노리고 척살병 위치와 공격로까지 반차도에 은밀히 표기했다면 이는 필시 화원과 작당했다는 증거가 아닌가?"

금부도사 신익현이 사율이 급하게 그린 그림을 응시하며 미간을 좁혔다.

　"네 이놈, 어서 불어라. 역모에 가담한 화원이 누구더냐?"

　"크으으으…"

　당상내승이 퉤, 핏물을 뱉으며 눈을 희번덕이며 웃었다.

　"으흐흐흐… 어서 날 죽여라… 어서…"

　피투성이가 된 채 혼절한 당상내승에게 찬물이 끼얹어졌다. 심문이 계속됐고, 그는 혼절을 반복했지만 끝내 입을 열지 않았다.

　"이 전쟁은… 주상이 죽어야만 끝날 것이야… 으흐흐흐…"

　입가에 피비린내 가득한 비웃음만을 문 채 빈정거리는 당상내승. 그런 그를 무표정하게 바라보던 금부도사가 마구 풀어 헤쳐진 그의 상투를 움켜쥐고 노려보았다.

　"이각의 시간을 주마. 그때 다시 네놈이 개소리를 반복한다면 내 장담컨대 지옥보다 끔찍한 고신 맛을 보여 주지. 아예 네놈의 숨통을 끊어 놓을 수도 있단 것을 잊지 말거라."

　"크크크크흐흑…"

　대답 대신 당상내승이 핏발 선 눈으로 금부도사를 노려보며 히죽히죽 웃었다. 그의 목구멍에서 각혈이 울컥울컥 올라오며 짐승의 헐떡임 같은 기괴한 소리가 났다.

　잠시 후.

　"금부도사 나리! 큰일 났습니다요!"

　지하 밀실 공기가 한바탕 어지럽게 흔들렸다. 감시가 소홀한 틈을 타

당상내승이 혀를 깨물어 자결하고 말았던 것.

　이제 수사의 칼날은 도화서 화원들을 정조준했다.

　당상내승의 거처에서 은밀히 보관 중이던, 화원 허만교의 거처 지하 밀실에서 발견됐던 그림과 동일한 수십여 장의 반차도 번각본이 발견되자, 반차도 소임을 맡았던 화원들을 상대로 강도 높은 심문이 이어졌다. 사율과 선화 이참도 심문을 피할 수 없었다.

　당상내승을 상대로 피비린내 나는 심문이 벌어졌던 지하 밀실.

　금부도사의 추상같은 명령을 받고 이참과 사율을 비롯해 어가행렬에 동참했던 화원들이 한자리에 모였다.

　팽팽한 긴장감이 감도는 지하 밀실.

　계단 위 통풍창의 성긴 격살 무늬 사이로 후원에서 스며드는 찬 공기가 경직된 화원들의 몸을 더욱 움츠러들게 했다. 종사관 강도수로부터 왜 불려 왔는지 그 연유를 듣고 난 직후였다.

　“알다시피 주상전하를 시해하려던 역적들을 모조리 궤멸시켰다. 하나, 놀랍게도 화원 중 일부가 척살단과 공모했다는 단초가 발견된 이상 문초를 거둘 순 없다.”

　금부도사가 꿰뚫어 볼 듯한 눈빛으로 화원들을 일별했다.

　“지금부터 한 사람씩 불러 가담 여부를 심문할 것이니, 거짓 없이 사실대로 고해야 할 것이야. 그것만이 죄 없는 자가 살아남을 수 있는 유일한 방도가 될 것이란 것을 명심거라.”

　곧바로 한 사람씩 밀실 구석에 마련된 취조실에 불려 갔다. 마치 싱

싱한 횟감을 능숙하게 손질하고 포를 뜨듯 금부도사의 심문은 의혹의 핵심을 사정없이 찔렀고, 사실관계의 가부를 도마에 올려놓고 거침없이 해체해 나갔다.

이윽고 이참이 취조실 안으로 불려 갔다.

"단도직입적으로 묻겠다. 역모에 가담한 사실이 있느냐?"

대답 대신 이참이 금부도사를 응시했다. 자신도 모르게 눈꺼풀이 깜박거렸다. 화살보다 빠르고 당당하게 자신의 무죄를 주장해야 하거늘, 마음과 달리 몸이 말을 듣지 않았던 것.

이참은 자신도 모르게 마른침을 삼켰다.

가슴 한켠을 서늘하게 옥죄는 기억 하나가 폐부를 압박하듯 찔러 왔던 것. 예판이 내려 준 동아줄을 부여잡고 선화로 승차하는 대가로, 한밤중 은밀히 수행해 왔던 그만의 작업엔 이상한 점이 있었다. 예판이 건네준 반차도 속 장졸 행렬 중 특정인들의 머리에 'O' 표시가 돼 있었고, 그는 그 인물들을 자신이 그리던 반차도 원본에 묘사했다. 특이한 점은, 'O' 표시가 된 인물들이 고개를 돌려 뒤돌아보거나 옆을 보도록 그린다는 점이었다.

그뿐이었다. 선대의 반차도와 달리 자유분방한 인물 묘사를 추가함으로써 그가 얻은 것은, 몰락한 가문을 다시 살릴 수도 있는 선화직 승차였다.

자신의 심저를 꿰뚫을 듯한 금부도사의 눈빛과 마주한 그 짧은 찰나, 이참은 커다란 주둥이를 딱 벌리고 있는 끔찍한 괴물의 아가리 속으로 빨려드는 자신의 운명을 언뜻 본 것 같았다.

화원: 밀사화의 비밀

"가당치도 않사옵니다."

이참은 반사적으로 머리를 흔들었다. 옴짝달싹 못 하고 쳐 놓은 덫의 먹잇감 신세에서 애써 빠져나오려고 하나, 결국 허사에 그치는 헛된 몸부림이 될 것을 직감하면서.

"맹세컨대 소인은 전혀 모르는 일이옵니다."

또다시 자신의 삶에 어깃장을 놓으려는 운명을 향해 절규하는 심정으로, 절망 속으로 침잠하려는 마지막 기운을 끌어모아 발버둥 치듯 이참이 대답했다.

"다시 묻겠다. 역모에 가담한 사실이 있느냐?"

금부도사의 서릿발 같은 목소리가 카랑카랑하게 이참을 다시 압박했다.

"어불성설이라는 거 잘 아시지 않습니까?"

나직한 한숨을 내쉬며 금부도사의 심문에 단호히 고개를 내젓는 이참.

"소인, 어찌 감히 역모에 가담할 수 있겠사옵니까? 입에 담기에도 겁이 납니다."

"추호도 거짓이 없느냐?"

"그렇습니다."

금부도사의 날카로운 시선을 피하지 않고 정면으로 응시하는 이참. 잠시 그 눈빛을 바라보던 금부도사가 일단 물러가 대기할 것을 명했다. 이참이 날뛰는 가슴을 애써 억누르며 물러 나오는데, 막 들어서려던 사율과 시선이 마주쳤다.

스치듯 마주치는 두 사람의 눈빛은, 건조하고 무심했다.

"장사율, 자네는 역모에 가담한 적이 있는가?"

사율이 자리에 앉자마자, 금부도사가 본론부터 물었다.

"소인, 하늘에 맹세코 그런 사실이 없다는 것, 잘 아시잖습니까?"

불을 보듯 뻔한 일이었지만, 금부도사는 차가운 말투로 사실 여부를 물었다. 그렇게 몇 번의 질문과 대답이 오간 뒤, 금부도사가 핵심을 찔러 왔다.

"장사율, 자네가 편전에서 전하의 하문에, 선대의 관례와 달리 반차도에 측면 시점을 도입하는 것을 찬성했을 뿐만 아니라, 도화서 업무를 논하는 자리에선 서양의 원근법 도입을 옹호했다고 들었네. 그렇다면 반차도에 장졸들을 자유롭게 묘사하고 측면 시점을 사용하는 새로운 화법의 도입에 큰 힘을 보태 준 것이 명백해 보이는데, 자네 생각은 어떤가?"

금부도사가 한 호흡을 쉬더니, 사율을 뚫어질 듯 응시하며 말을 이었다.

"게다가 화성행차 첫날, 기가 막히게 절묘한 시점에, 척살단의 암호도를 발견한 것도 자네가 아닌가? 이는 곧 자네가 어떤 식으로든 역모와 관련되지 않았을까 하는 강한 의구심을 떨칠 수가 없는데, 동의하는가?"

추궁하듯 날카로운 금부도사의 눈빛이 파고들었다.

"그건…"

어이가 없는 듯, 사율이 채 말을 맺지 못했다.

"왜 말을 못 하느냐?"

화원: 밀사화의 비밀

금부도사 신익현이 사율을 뚫어질 듯 응시하며 추궁했다.

"주상전하의 윤허를 받은 건 날세."

그때, 등 뒤에서 들려오는 차가운 목소리.

금부도사가 고개를 돌렸다. 예판 민종현이었다.

"그러니, 죄 없는 화원들 그만 족치게나. 이 사람들은 백성을 섬기는 주상전하의 평소 철학을 실천하고자 했을 뿐이라네."

"무슨 뜻입니까, 대감?"

금부도사의 눈초리가 매섭게 빛난다.

"생각해 보게나. 선대의 전례와 달리, 반차도에 측면 시점을 적용해 현장감을 생생하게 살리자고 한 도화서의 건의를 윤허하신 분이 누구 신가?"

예판이 능글거리듯 앞으로 나섰다.

"바로 주상전하이시지 않은가? 어가행렬 속 장졸들의 움직임을 자유 롭게 그린 건, 바로 백성을 먼저 위하는 주상전하의 평소 신념을 실현 하고자 한 도화서 화원들의 충정에서 나온 거란 말일세. 따라서 행렬 속 장졸들이 옆이나 뒤를 돌아보도록 반차도를 그린 화원들은,"

예판이 금부도사를 향해 한 걸음 더 다가섰다. 코가 닿을 듯 숨결이 닿을 듯한 지척의 거리.

"감히 전하를 시해하려던 저 찢어 죽일 역적 무리 놈들과는 아무 관 련이 없단 말일세. 알겠나?"

한 뼘이나 큰 키에서 자신을 내려다보는 예판의 눈길을 받으며, 일순 금부도사의 눈빛이 누그러졌다.

그것은 사실이었다. 반차도가 역모에 사용되었다고는 하나, 현재로선 도화서 화원이 역모와 관련됐다는 명백한 증좌는 어디에도 없었다.

"자, 이제 어쩔 텐가? 설마 주상전하를 심문하겠다는 건 아니겠지?"

예판 민종헌이 입가에 비릿한 미소를 문 채 금부도사와 강도수를 번갈아 노려보았다.

사율은 서장대에서 벌어진 야간 훈련 장면을 담은 병풍 그림, 『서장대야조도』의 초본을 완성하고 숙소로 돌아왔다. 아직 백주 대낮에 벌어진 역모 사건으로 흩뿌려졌던 피비린내 나던 참상이 머릿속에서 어지럽게 난무했다.

칼과 창이 부딪치고, 고함과 비명과 함께 허공에 흩뿌려지던 선혈. 좌마를 향해 우악스럽게 달려들던 척살병의 몸을 꿰뚫고 나와 햇살에 반짝이던 창끝. 그 끝에서 번들거리던 살점과 피. 사악- 칼날이 허공을 빠르게 긋는 순간, 데굴데굴 흙바닥을 구르던 누군가의 목. 참혹한 모습과 난무하던 비명과 절규가 시도 때도 없이 자꾸만 머릿속을 헤집고 파고들었다. 그럴 때마다 숨이 잘 쉬어지질 않았다. 질식할 것 같아 몇 번이나 깊은 호흡을 했는지 모른다.

눈앞에 지옥도가 펼쳐진 듯, 끔찍한 핏빛 참상.

"이보시오, 괜찮소?"

그때 사율의 마음속을 들여다보듯 빤히 쳐다보는 시선이 눈에 들어왔다.

"그, 넋이 나간 사람처럼, 쯧쯧…"

화원: 밀사화의 비밀

종사관 강도수가 허를 찼다.

"아… 어, 언제 왔소?"

속마음을 들키지 않으려는 듯 계면쩍게 시선을 회피하는 사율.

"아까부터 뭘 그렇게 골똘히 생각하길래 인기척도 모르오, 응?"

"그림 생각 좀 하느라…"

강도수가 사율의 시선이 닿은 곳에 놓여 있던 그림을 재빨리 훑었다.

"『서장대야조도』라…"

강도수가 화폭 상단에 임시로 부착된 종이에 쓰인 글자를 소리 내 읽었다.

"서장대 야간 훈련을 담은 그림이잖소? 역시 도화서 화원이 그린 그림이라 그런지 뭔가 다르긴 다르오…"

말없이 자신을 응시하는 사율의 눈빛을 일별한 그가 덧붙였다.

"뭐랄까… 화폭을 뚫고 나올 듯한 기백이랄까…? 그 어떤 적들의 도발도 추호도 용납하지 않겠다는 군사들의 매서운 결기랄까? 뭐 하여간 쏘아보는 호랑이 눈깔처럼 대단한 뭔가가 담겨 있구려."

그림에 대한 상찬을 노골적으로 드러내며 강도수가 사율을 슬쩍 쳐다보았다.

"그래서 말인데, 화원들 심문이 어떻게 됐는지 궁금하지 않소?"

강도수가 낮에 있었던 심문 결과에 대해 입을 열었다.

"본론부터 말하자면, 아직까진 혐의점이 발견된 화원은 없으니, 너무 심려치 않아도 될 것 같소."

처음 사율을 대할 때 낮춰 보며 은근히 얕잡아 보던 종전과 달리, 역

모를 막는 데 혁혁한 공을 세운 사율을 의식해서인지 그를 대하는 강도
수의 태도가 달라져 있었다. 물론 여전히 약간의 거들먹거림이 은근슬
쩍 묻어 나오긴 했지만.

"그래서 하는 말이오만…"

강도수가 주변을 살피며 목소리를 낮췄다.

"혹여 또 어떤 사건이라도 꼬리를 잡으면 이번처럼 나한테 제일 먼저
꼭 좀 연통을 주시오. 무슨 말인지 아시겠소?"

강도수가 눈빛을 반짝거리며 사율의 손을 부여잡았고, 사율은 가타
부타 말없이 그를 응시했다.

"아이구, 내 정신 좀 봐. 궁중화 그리시느라 피곤하셨을 텐데… 이만
가 보겠소. 쉬시오."

볼일 다 보았다는 듯 휙 돌아서던 그가 고개를 돌리더니, 조심스럽게
말을 이었다.

"아, 참… 혹시 말이오, 이건 진짜 혹시나 해서 하는 말인데… 나중에
주상전하를 알현하시거든 말씀 한 번만 좀 올려 주시겠소?"

무슨 뜻이냐는 듯 사율이 상대를 바라보았다.

"장 화공! 나 강도수, 출세에 목맨 그런 옹졸한 놈은 아니오. 하나, 나
도 우리 가문을 조금, 아주 조금이나마 일으켜 세우고 싶소이다. 내 말
무슨 뜻인지 아시겠소?"

강도수가 사율의 손을 다시 한번 힘껏 부여잡으며 능글거리듯 이를
드러내며 웃었다.

강도수가 물러간 뒤 사율은 생각에 잠겼다.

지금의 성상은 개혁을 통해 만민이 더 살기 좋은 새 세상을 만들 수 있다는 굳은 믿음을 실천하는 성군이었다. 굳이 죽은 부친과의 특별한 인연을 들먹이지 않더라도 그에겐 소중한 임금이었다. 사실 돌아보면 지금의 자신을 있게 해 준 사람이, 도화서 별제와 더불어 바로 왕이라고 해도 좋을 만큼 금상의 역할은 지대했다.

사율은 화원으로서 자신의 맡은 소임을 다하면서 금상을 위하는 길을 찾아볼 각오를 새롭게 다졌다. 그것 또한 억울하게 멸문지화를 당하게 한 집안의 원수, 심환지에 대한 복수와 다름없는 것이므로.

'심환지, 네 이놈.'

창 너머로 어둑어둑 지는 핏빛 노을을 바라보며 사율이 복수의 의지를 다졌다.

'널 반드시 내 손으로 처단할 것이야.'

최근 도화서 소임 때문에 복수에 소홀했다는 생각에 미치자, 사율은 당장이라도 달려가 원수의 가슴에 칼을 쑤셔 박고 싶다는 충동을 느꼈지만 심호흡으로 애써 억눌렀다.

'기회는 반드시 다시 찾아올 것이야.'

그렇게 사율은 핏빛 노을을 바라보며 마음을 다잡았다.

핏빛 한강주교환어도

座馬

화성행궁 낙남헌 아래에 자리한 우화관.

　　화성유수부의 객사인 이곳은 외부에서 공무로 온 관리들의 숙소로, 정면 9칸, 측면 3칸의 규모에 일자 형태로 지어진 건물이다. 중앙 본채의 좌우에 자리한 익사가 도화서 화원들이 묵을 숙소.

　　이참의 숙소는 비어 있었다. 낙남헌에서 문무과 별시 거행 장면을 그린『낙남헌방방도』의 초본을 다듬은 뒤, 이참이 곧 숙소로 돌아올 것이다. 사율이 천천히 숙소 안을 둘러보았다. 여분의 옷가지가 벽에 걸려 있는 작고 소박한 실내가 눈에 들어왔다. 그동안 소원했던 그와 차라도 한잔 나눌 요량으로 찾아왔던 것. 이렇게라도 오지 않으면 바쁜 그와 만나 흉금을 터놓을 시간은 꿈도 꾸지 못할 것이다. 가만히 둘러보고 있자니 평소 그의 성정을 닮은 듯 소박한 방 풍경에 슬며시 미소가 새어 나온다.

그때 방구석에 놓인 보따리 하나가 사율의 시선을 낚아챘다. 평범하기 이를 데 없는 하얀 보따리. 한쪽 귀퉁이에 무언가 삐죽 고개를 밀고 밖으로 나와 있다.

옻칠이 된 듯 검고 두툼한 한지 말이.

검은 실로 돌돌 묶여 말려 있다. 무언가에 끌리듯 손을 뻗는 사율. 매듭을 풀어 살펴보니, 목판으로 찍어 낸 듯 보이는 똑같은 그림 여러 장이 들어 있다. 자세히 보니, 선을 따라 칼자국이 예리하게 나 있는 것과 두어 군데 실수한 흔적이 있는 것으로 봐, 책이나 그림을 목판에 뒤집어 붙이고 그대로 새겨 인출한 번각본인 듯하다. 언뜻 급하게 그린 흔적도 보이지만 세밀하게 묘사된 그림 상단에 찍힌 화제가 시선을 찔렀다.

漢江舟橋還御圖

『한강주교환어도』…?』

한 번도 들어 본 적 없는 그림이다. 화성행차를 앞두고 『화성능행도병』이란 이름의 병풍 그림의 개념을 잡기 위해 열린 사전 회합에서도 전혀 언급된 바가 없는 그림이다.

'이 친구가 번각본을 왜…?'

필사본과 달리 번각본은 빠르게 찍어 여러 사람에게 나눠 주기가 용이하다. 머릿속이 복잡하게 얽혀 드는 그때, 저만치 익사 모퉁이에서 인기척이 들려왔다. 사율이 번각본 그림 한 장을 재빨리 품속에 넣고, 옻칠 한지 말이의 매듭을 묶어 보따리에 쑤셔 넣었다. 숨을 고르며 사

화원: 밀사화의 비밀

율이 고개를 돌리자, 선화 이참이 이쪽을 빤히 보고 있었다.

"뭘 그리 놀라나? 손장난하다 들킨 사람처럼."

짐짓 아무렇지 않은 듯한 표정으로 벌떡 일어서는 사율.

"이 사람, 손장난이라니… 방이 헷갈려 잘못 든 걸세."

"이 친구, 농 한번 던졌는데, 그리 정색할 건 또 무언가?"

이참이 입꼬리를 올리며 사율의 어깨를 툭 쳤다.

"내가 그랬나?"

사율이 애써 미소를 지었다.

"서로 일이 바빠 얼굴 볼 틈도 없구먼그래. 언제 차나 한잔 나눔세."

"그러지."

어색한 웃음을 주고받는 두 사람.

사율이 이참 앞을 스쳐 문지방 쪽으로 걸어 나갔다. 쿵쾅, 심장 뛰는 소리가 몸 밖으로 뛰쳐나갈 듯 크게 들렸고, 얼굴이 화끈거렸다. 디딤돌에 내려설 때도, 땅바닥을 걸을 때도 뒤통수가 근질거렸지만 사율은 호흡을 가다듬으며 침착하려고 애썼다. 그런 사율의 뒷모습을 응시하는 이참. 입꼬리를 내리며 차가운 얼굴로 변하는가 싶더니, 그를 노려보는 눈매가 매섭게 공간을 갈랐다.

윤2월 13일, 이번 화성행차에 방점을 찍을 자궁 혜경궁 홍씨를 위한 회갑 잔치가 봉수당에서 벌어졌다. 행궁 내전 북벽에 남쪽을 향해 혜경궁 홍씨의 자리가 마련됐고, 오른쪽에 정조가, 앞뜰엔 의빈과 척신들이, 중양문 밖엔 문무백관이 자리했다.

천청색 적의와 별의, 내의로 만든 예복을 입은 혜경궁이 자리에 앉자, 임금이 융복을 입고 절을 했고, 여집사가 왕이 손수 지은 노래의 악장을 부르기 시작했다. 멀찍이 떨어진 한쪽 구석에서 눈앞의 전경을 화폭에 담기 시작하는 사율과 이참.

왕이 혜경궁 홍씨에게 술잔을 올리고 치사를 드리자, 혜경궁은 선지를 내리고 술을 한 모금 마셨다. 왕이 세 번 고두한 뒤 "천세! 천세! 천천세!"를 외치자, 참석자들이 따라 했고, 음식과 꽃이 놓인 상을 받았다. 이어 여령의 춤과 노래가 시작됐다. 가희와 화성부 소속 여령이 함께 뽑아내는 아름다운 선창악장이 끝나자, 곧바로 무고와 선유락, 처용무와 몽금척이 이어졌다.

마지막으로 네 명의 여령이 추는 검기무가 이어지며 연향이 절정을 향해 치달았다. 전립과 전복, 전대의 복식을 갖춘 여령들의 현란한 춤사위. 가슴을 진동시키는 음악. 허공을 가르며 번득이는 칼날.

이참과 함께 연향 모습을 화폭에 담고 있던 사율의 시선이, 어느 순간 흔들린다. 콧등에 점이 박힌 여령의 춤사위가 예사롭지 않았던 것. 여령의 춤사위와 화폭을 오가던 사율의 시선과 손끝이 자꾸 흔들린다. 햇볕을 받아 번득이며 사뭇 위협적으로 느껴지던 칼날이 허공에 뚝 멈춰 서는 순간, 임금이 앉은 자리를 힐끗 보며 뭔가를 계산하는 듯한 날카로운 여령의 눈빛이 사율의 동공에 꽂힌다. 점점 진폭을 더하며 강렬해지는 북소리에 맞춰 검기무를 추는 여령의 매서운 눈빛과 칼날이 순간순간 상석의 임금을 향해 다가간다. 허공을 가르는 칼날이 사율의 동공에 섬뜩하게 맺히는 찰나, 사율의 머릿속에서 날카로운 종소리가 울린다.

'막아야 해!'

순간 자리에서 벌떡 일어서는 사율.

'2차 암살 시도가 분명해!'

다음 순간, 무대로 뛰쳐나가는 사율. 검무를 추며 혜경궁 홍씨와 임금이 앉은 자리로 나아가는 여령을 향해 달려간다.

여령이 허공에 검을 치켜드는 순간, 햇볕을 받아 번득이는 칼날! 동시에 사율이 고함을 지르며 몸을 날려 여령을 낚아채 쓰러뜨린다.

순식간에 벌어진 돌발 상황.

겸사복과 내금위 군사들이 달려오고, 여기저기서 비명과 고함이 터져 나오면서 무대는 일순간 아수라장으로 변하고 만다. 겸사복이 여령에게서 칼을 빼앗아 든 사율을 제압하려고 달려든다. 격렬하게 몸과 몸이 부딪치면서 사율의 손에서 튕겨 나온 칼이, 허공을 가르며 임금이 앉은 자리에서 불과 세 보 앞 바닥에 요란한 소리를 내며 떨어진다.

"전하를 해하려 했소!"

겸사복에게 제압당하면서도 몸부림치며 소리치는 사율.

"두 눈으로 똑똑히 봤소! 검무를 추는 척하다 전하를 해하려 했단 말이오!"

여령이 주저앉은 채 몸을 바들바들 떨고 있고, 금군에 에워싸인 채 사율이 밖으로 끌려 나가며 고함친다.

"이거 놓으시오! 저자가 전하를 해하려 했단 말이오!"

금군에게 끌려 나가는 사율의 뒷모습을 침착하게 응시하는 왕.

아버지 사도세자의 환갑잔치이자, 어머니 혜경궁 홍씨의 환갑잔치였던 진찬례가 뜻하지 않은 돌발 사태로 엉망이 돼 버린 순간에도, 임금은 어머니의 안위를 먼저 확인한 뒤 평정심을 잃지 않고 상황이 수습되기를 기다렸다. 그동안 여러 차례의 암살 기도를 넘겼고, 그럴 때마다 만백성이 잘사는 세상을 열망하며 더욱 개혁의 고삐를 놓지 않았던 그였다.

왕은 금군별장과 금부도사를 불러 사건의 경위를 조사토록 하명했다. 어질러졌던 연향 무대가 빠르게 수습되면서 잠시 중단됐던 진찬례가 계속됐다.

다시 무대에 흥겨운 연주가 울려 퍼지며 이어지는 여령의 노래와 춤. 금군에 이끌려 무대 뒤로 사율이 사라진 방향에서 시선을 떼지 않고 줄곧 지켜보고 있던 이참이, 이윽고 입가에 의미심장한 옅은 미소를 지으며 다시 세필 붓을 들고 무대를 바라보았다.

"전하, 죄인의 죄를 엄히 물어야 할 것이옵니다."

화성행궁 유여택. 왕의 행차 시 신하들을 접견하는 장소엔 팽팽한 긴장감이 흘렀다.

눈엣가시처럼 여겼던 사율을 제거할 수 있는 절호의 기회라 여긴 노론 당파는 심환지가 앞장서서 사율의 처벌을 주장하며 총공세를 폈다. 금부도사의 심문 결과, 검기무를 추던 여령이 임금에게 바짝 다가서는 걸 보고 임금을 해할 것이라 오판해 물의를 일으켰으나 이는 임금을 향한 충심의 발로였다는 주장과, 사율의 경거망동으로 혜경궁 홍씨의 진찬례를 망친 죄는 엄중히 물어야 한다는 노론 측의 주장이 팽팽하게 맞섰다.

"진찬례에 난입해 감히 주상전하와 대비마마, 왕실을 능멸한 죄는 극형에 처해야 마땅할 줄로 사료되옵니다, 전하!"

심환지가 목소리를 높여 강력한 처벌을 주장했다.

"비록, 화원 장사율의 행동이 과했던 측면은 있사오나, 이는 혹여 있을지 모르는 전하에 대한 시해 시도를 막으려는 충심에서 비롯된 것입니다. 오우천월이라, 자라 보고 놀란 가슴 솥뚜껑 보고 놀란다고, 불과 며칠 전에 역도들이 대낮에 날뛰지 않았습니까? 부디 화원 장사율의 충심을 넓은 혜량으로 보듬어 주시옵소서, 전하."

채제공이 앞으로 나서서 담담한 어조로 허리를 숙였다.

"전하, 그자는 일개 화원에 불과한 자이옵니다. 연회장에는 금군을 비롯해 충분한 호위 군사들이 있었사옵니다. 그자가 난입해 경거망동을 벌일 자리가 아니었사옵니다."

심환지가 재차 반박했다.

칼날 위에 올라탄 듯 팽팽한 긴장감이 계속되자, 잠자코 듣고 있던 정조가 입을 열었다.

"경들의 주청은 둘 다 일리가 있소."

입시한 신하들이 촉각을 곤두세운 채 왕의 다음 말을 기다렸다.

"화원 장사율이 과인을 위해 충심으로 벌인 일이라고는 하나, 자식 된 도리로 엄숙하고 기꺼운 마음으로 치러야 할 진찬례를 망친 죄 또한 결코 가벼이 여길 수 없소. 하여…"

왕은 사율을 화원직에서 박탈하고 도화서에서 내쫓을 것을 하명하는 선에서 일을 마무리했다. 왕의 결정이 썩 성에 차진 않았지만, 허리를 숙여 받아들이는 심환지. 어찌 됐건 성가신 자를 궁중에서 내쫓았으니 나쁜 결과는 아니었다.

한순간 화원직에서 쫓겨나 짐을 꾸리는 사율.

되돌아보니, 지난 달포가 마치 몇 년이 흐른 것처럼 아득하게 느껴졌다. 기억들이 실타래처럼 마구 뒤엉켜 머릿속이 혼란스러웠다.

'애초 화원직이 나한테 어울리기나 했단 말인가…'

그는 아버지와 달랐다.

예술에 대한 혼과 조예가 깊었던 아버지와 달리, 그림에 관한 깊은 애착도 없이 그냥 얼떨결에 들어간, 애초에 그와는 맞지 않았던 자리였다. 그게 본질이었다. 게다가 명확한 증좌도 없이 어릴 적 친구였던 이참을 잠시나마 의심한 것 역시 얼토당토않은 일이었다. 더구나 금부도사가 화원들을 일일이 심문했으나 역모에 연루된 가담자를 색출하지 못하지 않았던가.

'혹 내가 이참을 질시했던 게 아니었을까…'

선화로 승진한 이참을 질시해 자신도 모르게 그런 경거망동을 벌였을지도 모른다는 생각에, 깊은 자괴감과 무력감에 젖는 사율. 우화관 임시 숙소에 돌아와 짐을 꾸리다 말고 착잡한 심경으로 멀거니 창밖을 바라보고 있는데, 가희가 사율을 찾아와 위로의 말을 건넸다.

"너무 심려치 마세요. 언젠가 세상이 오라버니의 진심을 알아줄 때가

　　　　　　　화원: 밀사화의 비밀

올 거예요."

가희의 진심 어린 위로를 받으며 사율은 그녀를 향한 연심을 키워 갔다.

세상을 굽어볼 만큼 크고 환한 보름달이 뜬 밤.

사율과 가희가 행궁이 내려다보이는 야트막한 야산에 올랐다. 가희는 달빛 아래에서 천상의 연심가를 부르며 그만을 위한 연심을 담아 아름다운 춤사위를 추기 시작했고, 사율은 그녀의 춤사위를 화폭에 담았다. 그렇게 서로에게 향하는 연심을 키워 가는 두 사람.

'모든 것을 잊고 다시 기방으로 돌아갈까?'

가희를 배웅하고 막막한 심경으로 보따리를 정리하는데, 무언가 툭 바닥에 떨어지며 그의 시선을 낚아챘다.

'이건…?'

그동안 잊고 있었던 이참의 번각본 그림이었다.

순간 번개가 치듯 깨달음 같은 생각이 뇌리를 스쳤다. 자리를 박차고 일어나는 사율. 풀지 못한 수수께끼의 실타래 매듭을 손에 쥔 느낌이 이럴까? 알 수 없는 저릿한 전율이 그의 몸을 휘감았다.

"내가 반서각으로 찍어 낸 번각본 그림이 맞소."

사율이 내민 그림을 본 각수가 물에 담가 두었던 대추나무 판목을 삶던 일손을 잠깐 멈추더니, 고개를 끄덕이며 그림 하단을 가리켰다. 그제야 주의 깊게 보지 않으면 알아볼 수 없을 만큼, 하단에 아주 작게 찍힌 표식 하나가 눈에 들어왔다.

3

"내가 각자한 걸 뜻하는 수결이오. 특히 그림 아래쪽 이 부분을 굵게 깎아 달라고 해 기억하고 있소."

평생을 목판에 글자 새기는 일을 한 장인이 그림 한쪽 부분을 뭉툭한 손가락으로 가리켰다.

『한강주교환어도』라고 임시로 명명된 그림.

정조가 화성행차에 나서면서 한강에 띄운 부교를 건너는 행렬을 화폭에 담은 그림이었다. 그림을 보니, 그림 하단 오른쪽 부분, 즉 부교가 끝난 지점의 오른쪽 아래쪽에, 네 명의 선비로 보이는 자들이 시비가 붙은 듯 대치하고 있는 모습이 다른 부분과 달리 굵게 찍혀 있다.

자세히 바라보던 사율의 미간이 바짝 좁혀진다. 규장각에서 열렸던 회합에서 예판을 비롯한 노론 측 인사들이 극구 옹호했던 서양 화법인 원근법이 적용돼 있지 않은가!

번개를 맞은 듯 사율의 눈앞이 번쩍였다. 화성행차를 그린 반차도와 눈앞의 그림에는 전례와 달리 새로운 화법이 적용됐다는 공통점이 있었다. 선대와 달리, 측면 시점과 장졸의 움직임을 자유롭게 묘사한 반차도는, 어가행렬 속에 매복한 척살단의 정교한 군사 배치를 숨긴 암호도였다.

'그렇다면, 이 그림에 적용된 원근법에 숨은 건…?!'

사율이 자신도 모르게 침을 꿀꺽 삼켰다.

"게다가 파록이나 반책기도 없이 달랑 그림 한 장 던져 주고 재촉하

화원: 밀사화의 비밀

며 서둘러 좀 이상하다 했소."

각수가 그때를 떠올리는 듯 까칠하게 자란 턱수염을 매만지며 말을 이었다.

"생각해 보시오. 책을 만든 이들의 명단을 기록한 파록이나 책의 배포 목록인 반책기도 없이 서두르는 게 이상하잖소? 아무리 급하다지만 꽤 큰 웃돈까지 쳐주면서 말이오."

깊고 어두운 동굴 속에서 반짝이는 불빛을 본 듯 사율의 눈빛이 순간 빛났다. 『한강주교환어도』의 번각본을 만든 장인을 찾으면 엉켰던 실타래가 풀릴지도 모른다고 생각했는데, 그런 추측이 맞아떨어진 셈. 기방에서 일하면서 단골손님으로 알게 된 별감을 찾아갔고, 그의 소개로 각수 한 사람을 만났는데, 그자가 단번에 그림의 각자를 맡은 주인을 알아봤던 것. 솜씨가 출중하고 날째 찾는 사람이 많은 자라고 했는데, 만나고 보니 역시 판목을 다루는 솜씨부터 남다른 게 분명해 보였다.

"이 그림의 번각본을 의뢰한 사람을 찾고 있소."

사율이 침을 꿀꺽 삼키며 입을 열었다.

"의뢰인에 관한 사항은 일절 유출하지 않는…"

사율이 각수의 품에 꽤 묵직한 엽전 다발을 찔러 주자, 각수의 말꼬리가 급격하게 흔들렸다.

"…다는 게 아니라…"

주변을 한 번 슬쩍 살핀 뒤 나직하게 말을 잇는 각수.

"내가 말했단 소린 절대 입 밖에 꺼내지도 마쇼."

"물론이오."

사율이 고개를 끄덕이며 각수의 다음 말에 촉각을 곤두세웠다.

"거긴 뭐 하러 가슈? 얼마 전에 망할 놈의 역병이 돌았던 지역이라 대낮에도 쥐새끼 한 마리 얼씬하지 않을 게요."

사율이 길을 물었을 때, 행인 한 사람이 손을 휘휘 저으며 해 준 말이었다.

노량배다리에서 멀지 않은 만천주교 인근의 한적한 민가. 드문드문 집들이 있으나 빈 폐가들뿐이다. 비를 머금은 구름이 낮게 내려앉아 금방이라도 비가 쏟아질 듯 스산한 날씨.

"아무도 없소?"

사율이 그중 한 집으로 다가서며 인기척을 냈다. 소리쳐 물었지만, 안쪽에선 대답이 없다. 주변을 기웃거리며 살피다 안으로 들어서는 사율. 어디선가 황 냄새가 나는 듯한데, 인기척은 느껴지지 않는다. 조금 더 안쪽으로 들어서자, 허름한 작업장 같은 것이 나타난다. 긴 작업대에 항아리들이 여럿 놓여 있고, 작업 중인 듯 각종 계량 도구 같은 것들이 널브러져 있다.

조심스럽게 다가서는 사율.

두 개의 항아리에 유황 가루와 목탄 가루가 들어 있고, 다른 항아리엔 사수와 예초 과정을 거쳐 추출한 초석인 듯 살짝 시큼한 냄새가 나는 정초가 있어 후각을 자극한다. 또 한쪽의 작업대엔 정련한 초석과 유황, 목탄을 섞어 화약을 만드는 도침 과정이 한창인 듯 재료들이 가지런히 놓여 있다.

화원: 밀사화의 비밀

막 고개를 들던 사율의 동공에 자신을 향해 빠르게 움직이는 그림자가 꽂힌다. 반사적으로 몸을 날려 피하는 사율. 쉬익! 거의 동시에 시퍼렇게 날 선 낫이 허공을 가른다. 손에 잡히는 대로 쇠스랑을 집어 들고 겨누는 사율. 몇 걸음 채 떨어지지 않은 거리에서 키 작은 사내가 낫을 겨눈 채 그를 노려보고 있다.

"자, 잠깐만…! 지, 진정하시오! 난 그쪽, 아니, 공을 해치려고 온 사람이 아니오."

낫을 내려놓을 것을 호소하지만, 꿈쩍하지 않고 노려보는 사내.

"보… 보여 줄 게 있소!"

사율이 품속에서 다급하게 『한강주교환어도』 번각본을 꺼내 사내에게 보였다.

"윤 각수에게 이 그림의 번각본을 의뢰한 이가 그쪽 맞소?"

순간, 사내의 눈가 주름이 꿈틀거리더니 입을 앙다문다. 좋지 않은 징표다. 뭐라고 손동작을 되풀이하며 문밖을 가리키는 사내. 당혹감과 분노가 뒤섞인 듯한 표정이다. 가만히 보니 듣기는 하되, 말을 못 하는 벙어리다.

"하나만 더 묻겠소. 그림 심부름을 시킨 이가 누구요? 보다시피 공은 그림과는 거리가 먼 화약장인 듯하오만."

그 소리에 사내의 몸동작이 더욱 격렬해진다. 금방이라도 낫을 휘두르며 쳐들어올 기세다. 격렬한 부정은 곧 긍정에 다름 아닌 법.

"이걸 아셔야 하오. 공이 누구한테 심부름을 받았는지 모르지만, 그것 때문에 자칫 공의 집안이 멸문지화를 당할 수도 있단 말이오."

그 말에 사내의 눈동자가 살짝 흔들린다.

"무슨 말이냐 하면, 공이 한 행동 때문에 임금님이 돌아가실 수도 있는 엄청난 변고를 초래할 수도 있다, 그 말이오. 내 말 무슨 말인지 아시겠소?"

그 소리가 정곡을 찌른 듯, 사내의 동공이 급격하게 흔들리는 것을 놓치지 않는 사율.

"지금이라도 모두 털어놓으시오. 가족을 생각해 보시오. 내 시시비비를 잘 가려 공이 처벌받지 않도록 힘쓰겠소. 약조하리다."

심경의 변화를 일으킨 듯 사내가 낫을 내려놓았다.

"자… 잘 생각했소."

사율이 숨을 고르며 조심스럽게 사내에게 한 걸음 다가갔다. 사내가 종이와 붓을 가져와 탁자에 펼쳤다. 사율이 닥종이에 뭐라고 막 쓰려던 찰나였다. 쉐엑! 바람을 가르며 날아온 화살이 사내의 가슴을 단숨에 꿰뚫어 버렸다. 피를 뿜으며 쓰러지는 사내. 놀란 사율이 고개를 돌렸다. 바람을 가르는 섬뜩한 소리가 귀청을 때렸고, 그는 반사적으로 몸을 날렸다. 그의 얼굴을 스치듯 아슬아슬하게 허공을 가르며 반대편 기둥에 꽂히는 화살!

사율이 황급히 몸을 일으켰다. 저만치 정체불명의 복면 괴한이 달아나는 뒷모습이 동공에 맺혔다. 다급히 뛰쳐나가 괴한의 뒤를 쫓는 사율. 그러나 괴한은 이내 시야에서 사라지고 없었다. 어느새 짙은 물안개가 스멀스멀 사위를 에워싸고 있었다. 황급히 되돌아와 화약장을 살피는 사율. 그러나 이미 절명한 상태다.

'벙어리 화약장과 번각본 그림… 대체 무슨 상관관계가 있단 말인가?'

사율이 이미 숨을 거둔 화약장을 내려다보고 한숨을 내쉬며 두 손으로 머리를 감싸 쥐었다.

'내 뒤를 밟은 자객의 정체는…?'

산 넘어 산이라고 했던가, 불길한 기운을 머금은 또 다른 먹구름이 지척에서 몰려드는 것을 직감한 그였다.

윤2월 14일, 왕이 낙남헌에서 3백여 명의 노인들에게 맛있는 음식과 술을 대접하며 양로연을 베푼 뒤, 낙남헌 뒤쪽의 득중정에서는 야간 활쏘기 준비가 한창이었다. 낮에 이어 왕과 신하의 활쏘기 행사가 벌어질 터.

"물건을 전함에 있어 추호도 실수가 없어야 한다. 마지막 기회라는 각오로 임해야 할 것이야."

득중정에서 표적을 설치하고 횃불을 준비하느라 여념이 없는 그 시각, 행궁 서쪽의 화서문 일각에선 병판 심환지가 야음을 틈타 무언가를 수하에게 은밀히 건네고 있었다.

"명심하겠습니다, 대감."

수하가 건네받는 물건이 달빛에 희끄무레하게 비쳤다.

이참의 행낭 속에 보관돼 있던 『한강주교환어도』의 번각본 그림 뭉치다. 물건을 품에 챙긴 수하가 어둠 속으로 사라지는 모습을 지켜보는 심환지의 굳은 얼굴이 달빛에 드러났다.

"대감, 득중정에 납시지요. 활쏘기 행사가 곧 진행될 것 같습니다."

수하가 다가와 머리를 숙이자, 심환지가 이미 어둠이 내려앉은 허공으로 시선을 돌렸다.

퍼퍼펑!

득중정에서 폭죽놀이가 한창인 듯 땅에 화약을 묻어 하늘로 쏘는 매화포 불꽃이 어둠을 밀어내며 하늘 가운데를 환히 밝히고 있었다.

쿠쿠쿵!

굳은 표정으로 하늘을 응시하는 노구의 얼굴이 일순 환한 불꽃으로 물들었다.

이로써 또 한 번의 승부수를 던진 셈이다. 반드시 이겨야 하는 수. 주상이 원행을 마치고 환궁하면, 대대적인 반대파 숙청에 나설 공산이 컸다. 주상의 뒤엔 막강한 장용영 군사들이 버티고 있다. 며칠 간격으로 연이어 역모 사건이 발생하리라 예측하는 이는 극히 드물 것이다. 따라서 주상이 쾌도를 휘두르기 전에 그 숨통을 끊어 놓아야 승산이 있을 것. 조금 전 어둠 속으로 사라진 수하의 품속에 그 단초가 들어 있었고, 이번에는 추호의 흐트러짐도 없이 모든 일의 아귀가 맞아떨어지길 바랄 뿐이었다.

윤2월 16일, 8일간의 화성 원행의 대미를 장식하는 날.

시흥 행궁에서 하룻밤을 묵은 어가행렬이 한강을 향해 길을 재촉하던 그 시각, 사율은 인근에서 종사관 강도수와 머리를 맞대고 있었다. 어명으로 화원직에서 물러난 뒤에도 한양으로 돌아가지 않고 어가행렬 주변을 맴돌며 헛헛한 마음을 달래다, 아무래도 이참의 숙소에서 발

화원: 밀사화의 비밀

견했던 번각본 그림이 마음에 걸려 종사관 강도수를 찾아왔던 것. 잠시라도 시간을 지체해선 안 된다는 머릿속 경고음에 두방망이질하는 가슴을 억누르며 뛰다시피 걸음을 재촉했던 그였다.

『한강주교환어도』의 번각본을 이용한 것은, 그림 속에 숨겨 둔 비밀이 발각되는 최악의 경우라도 장차 『화성능행도병』이 될 그림을 원하는 사람들이 많아 미리 번각본을 만들었을 뿐이라고 잡아뗄 수 있다는 거요."

상대의 굳은 얼굴을 보며 사율이 말을 이었다.

"비밀리에 번각본을 의뢰한 건 그 그림을 사전에 여러 공모자들과 나눠 보며 그림 속 비밀을 은밀히 공유하려는 속셈일 거요."

종사관 강도수가 미간을 좁히며 말을 받았다.

"게다가 누군가 화약장의 입을 틀어막으려고 살해했으니, 발각될 가능성도 사전에 없앤 셈이고."

"그렇습니다."

종사관 강도수가 사율의 말을 들으며 눈빛을 반짝였다.

사율이 화원직을 박탈당했다고는 하나, 임금을 암살하려는 역모 사건을 적발해 저지하는 게 결정적인 공을 세운 자가 아닌가. 그런 이가 제 발로 물어 온 이번 건 역시 뭔가 냄새가 나는 듯했다. 어떻게든 공을 세우고 싶은 그였다. 자신보다 뛰어난 사건 해결 능력과 무예 실력을 갖춘 박 종사관을 이번 기회에 따돌려야 다가오는 승차에서 그나마 승산이 있을 것이다. 그러기 위해선 반드시 큰 공을 세워야 했다.

그런 조바심을 애써 억누르며 강도수가 조심스럽게 말을 꺼냈다.

"혹시 말일세… 이건 그냥 생각나는 대로 해 보는 말인데, 혹시 반역자들이 배다리에서 또 일을 벌이려는 거 아니겠는가?"

무슨 뜻이냐는 듯 상대를 흘끗 쳐다보는 사율.

"아니, 그게 말이 되는 소리요? 지난번에 이미 노량배다리 부근에서 일을 벌였는데, 또…?"

"바로 그걸세. 이미 역모를 시도하다 소탕됐는데 설마 또 하겠냐, 누구나 그렇게 생각할 걸세. 그걸 역으로 이용하는 거지. 어떤가, 내 생각이?"

말도 안 되는 소리라고 내뱉으려던 찰나, 사율의 뇌리를 꿰뚫는 의문. 왜 말이 안 되는가? 방심하고 있을 상대를 역발상을 활용해 단번에 메쳐야 이기는 법. 충분히 가능할 듯싶은 발상이 아닌가.

"그렇지… 벙어리 화약장을 이용한 건 비밀이 발설되지 않을 거란 점과, 화약 제조와 번각본 제작을 동시에 처리할 수 있다는 이점을 노린 것이었으니까."

사율의 말을 강도수가 곧바로 받았다.

"역병이 돌아 아무도 살지 않는 곳, 게다가 배다리에서 가까워 화약을 은밀히 옮기기에도 안성맞춤이었을 터."

"그렇다면…?"

사율이 말을 내뱉는 순간, 두 사람의 시선이 동시에 마주치며 불꽃이 튀었다.

"배다리 폭파…?!"

두 사람이 동시에 입을 열었다.

화원: 밀사화의 비밀

"혹시 짚이는 데라도 있소?"

강도수의 다급한 물음에 사율이 주저 없이『한강주교환어도』의 하단 한 부분을 손가락으로 가리켰다.

"바로 이곳이오."

후발대가 바로 뒤따르기로 하고, 종사관 강도수가 날쌘 군사들을 데리고 사율과 함께 말을 달려 노량배다리 쪽으로 달렸다. 서찰을 맨 통신 화살인 신전을 사용하면 이 사실을 신속히 어가행렬에 알릴 수 있으나, 도중에 정보가 유출될 수도 있어 직접 말을 달리기로 한 것. 어가행렬이 노량배다리에 도착하기 전에 배다리를 건너 혹시 있을지도 모르는 암살 모의를 알려야 한다.

숲속으로 접어든 일행이 얼마쯤 달렸을까, 바람을 가르며 날아온 화살을 맞고 앞장선 군사 둘이 고꾸라졌고, 숲속에서 복면 자객들이 나타나 앞을 가로막았다. 심환지의 수하들이었다. 사율이 화원직에서 쫓겨났으나, 무슨 계략을 꾸밀지 모른다고 우려한 심환지가 사율과 강도수의 일거수일투족을 감시하게 했던 것.

"웬 놈들이냐! 좌포청 종사관 강도수다. 당장 물렀거라!"

종사관 강도수가 말에서 내려 앞으로 나서며 고함쳤지만, 아랑곳하지 않고 자객들이 천천히 다가섰다.

"네 이놈들! 뒈지고 싶어 환장했구나!"

스르릉. 강도수가 날이 선 검을 뽑아 들었다. 곧바로 강도수와 군사를 향해 공격을 시작하는 자객들. 쌍방 간에 치열한 칼싸움이 벌어진

다. 칼날이 부딪치는 날카로운 소리가 메마른 공기를 가른다. 몇 번의
격렬한 합을 겨룬 뒤 강도수가 사율에게 소리쳤다.

"뭐 하시오? 어서 내달리지 않고!"

그제야 정신을 차린 사율이 엉거주춤 자객을 피해 나아가는데, 자객
하나가 달려들었다. 몸을 날려 아슬아슬하게 자객의 검을 막아 내는
강도수.

"어서 가시오!"

간신히 말에 올라탄 사율이 채찍을 휘둘렀다. 검을 뽑아 들고 사율을
뒤쫓아 빠르게 추격하는 자객. 나무 둥지를 박차고 허공으로 뛰어오른
자객이 사율의 목을 노리고 검을 내리치려던 순간, 강도수가 던진 단도
가 날아와 자객을 쓰러뜨렸다. 사율이 뒤돌아보니 군사들이 모두 쓰러
진 가운데 강도수가 홀로 힘겹게 자객들의 공격을 막아 내는 모습이 언
뜻 시선에 박혔다.

사율이 시야에서 사라진 것을 확인한 강도수가 더욱 힘을 내 자객들
의 공격을 막아 보지만 역부족이었다. 이윽고 막다른 계곡으로 몰리고
마는 강도수. 군사들은 모두 쓰러졌고, 그 또한 자상을 입은 상태. 앞은
자객들이요, 뒤는 절벽이다.

"오냐, 이왕 죽을 거… 네놈들 정체나 알고 죽자꾸나."

칼을 겨누며 천천히 다가서는 자객들. 그중 하나가 복면을 벗는다.
순간 까무러칠 듯 놀라는 강도수.

"바… 박 종사관…! 자, 자네가 왜…?!"

믿기지 않는 듯 화들짝 놀라는 강도수.

"이런 날이 올 줄 알았네. 그러기에 당파 줄을 잘 타야 한다고, 내 언젠가 말하지 않았던가?"

박 종사관이 검을 겨눈 채 한 걸음 다가섰다.

최후를 직감한 듯 강도수가 담담한 목소리로 말을 이었다.

"우린 당파 줄을 잘 타야 하는 게 아니라, 나라님을 잘 모셔야 하는 사람들일세. 백성들이 낸 피 같은 돈으로 녹봉 받는 사람들이라고, 알겠나?"

"그래서 자네가 여태 그 모양 그 꼴이라고."

박 종사관이 이죽거리듯 이를 드러내며 웃었다.

"임금이 너무 설치면 신하들이 고달프게 마련이야. 이 땅의 주인은 임금이 아니라, 우리 같은 신하들이니까."

"착각하지 말게. 자넨 그들과 달라. 사냥이 끝나면 사냥개를 잡는다는 걸 왜 모르는가?"

박 종사관이 조용히 칼끝을 치켜들었다.

"잘 가게나."

눈을 부릅뜬 채 상대를 응시하는 강도수. 박 종사관이 상대를 베려는 찰나, 쉬익! 화살촉 하나가 바람을 가르며 날아와 박 종사관의 어깨에 박혔다. 흠칫 놀란 그와 자객들이 뒤돌아보니, 말을 탄 좌포청 후발대 군관들과 포졸들이 득달같이 달려오고 있었다.

용양봉저정을 지나며 어가행렬의 환궁은 순조롭게 진행되고 있었다. 사율은 쉴 새 없이 말을 달렸다. 어가행렬의 여정을 따라 대기하고 있던 척후 복병들이 사율의 앞을 막았으나, 종사관 강도수의 수결이 적힌 서찰을 보이자 길을 열어 주었다.

"멈추시오!"

어가행렬이 노량배다리를 목전에 둔 시각, 말을 탄 사율이 고함을 지르며 행렬의 앞으로 달려왔다.

"위험하오! 어가행렬을 멈춰야 하오!"

화원직에서 쫓겨난 자의 느닷없는 소동. 어가행렬을 이끌던 서리와 장교가 칼을 겨누며 소리쳤다.

"뭣들 하느냐? 저자를 당장 추포하라!"

군사들이 달려들었으나, 강도수의 수결이 찍힌 서찰과 『한강주교환어도』 번각본을 흔들어 대며 소리치는 사율.

"배다리가 끝나는 지점에 폭약을 매설해 놓은 게 분명합니다! 이대로 가시면 주상전하께서 큰 화를 당하실 겁니다!"

포박돼 끌려가면서도 사력을 다해 고함을 치는 사율.

그런 그를 지켜보던 채제공이 녹사를 시켜 그를 데려오라 명했다.

"대감! 배다리를 건너시면 아니 되옵니다! 주상전하께서 큰 화를 당하실 것입니다! 막아야 합니다!"

"무슨 일이냐? 어서 고하거라."

사율은 숨을 고른 뒤 차분하게 지금까지 있었던 일을 채제공에게 털어놓았다. 사율의 설명을 듣던 채제공의 얼굴이 굳어졌다.

"이 지점에 폭약이 묻혀 있음이 분명합니다, 대감."

채제공이 사율이 가리키는 그림의 하단 부분을 유심히 살폈다. 기존

화원: 밀사화의 비밀

의 관례와 달리, 서양 화법인 원근법이 적용된 부분이었다.

"자네의 목숨을 걸 수 있겠는가?"

채제공이 물었다.

"물론이옵니다, 대감."

담담하되 힘 있게 대답하는 사율.

그런 사율의 눈빛을 가만히 들여다보던 채제공이 급히 말 머리를 후미로 돌리며 명했다.

"지시가 있을 때까지 어가행렬을 멈추도록 하라."

채제공이 좌마 쪽으로 말을 달렸다. 화급을 다투는 일이었다. 비록 진찬례 행사장에서의 불미스러운 일로 화원직에서 쫓겨난 자라고는 하나, 이미 역모를 막는 데 한 차례 공을 세웠던 인물이 아니던가. 말을 달리면서 그는 사태가 심상치 않음을 직감했다.

"대감, 차질이 생겼습니다."

심환지는 사율이 암살 기도를 눈치채고 어가행렬에 알린 것 같다는 긴급 연통을 받고 잠시 고심했다. 화성 밖의 민생을 직접 살펴보고 환궁하겠다는 핑계를 대고 임시 거처에서 머물며 거사 진행 상황을 지켜보고 있던 그였다.

고개를 들어 먼 하늘로 시선을 돌리는 심환지.

솔개 한 마리가 바람을 타고 유유히 허공을 날고 있다. 끄응, 노구의 입 밖으로 신음 같은 한숨이 새어 나왔다. 암살 기도를 보류하기엔 위험부담이 컸다. 이미 적잖은 규모의 사병들이 동원된 상태. 뒤로 물린다고 하더라도 주변의 눈을 피하긴 어려울 것이다. 게다가 주상이 환궁하자마자 노론 당파의 목을 조일 것이 뻔한 진퇴양난의 상황.

"대감, 어떻게 하시겠습니까?"

수하가 초조한 듯 심환지의 눈치를 보며 물었다.

"그대로 진행하라 일러라."

이윽고, 굳은 표정으로 먼 허공을 응시하고 있던 심환지가 답을 던졌고, 수하는 이내 시야에서 사라졌다.

사즉생생즉사라고 했던가.

앉아서 당하느니 차라리 정공법으로 밀어붙이겠다는 심산이었다. 공교롭게도 지난번에 암살을 기도했던 곳과 거의 같은 장소. 이미 한 번 실패한 장소에서 또 암살을 시도할 만큼 우둔한 자는 없을 것이다.

'역으로 상대를 노려야 승산이 있는 법. 이번엔 반드시 주상의 숨통을 끊어 놓아야 할 게야.'

노회한 그가 멀리 노량배다리가 있는 방향을 향해 애써 담담한 시선을 던졌다.

그 시각, 노량배다리 건너편 일각의 갈대밭엔 수십여 명의 반군 군사들이 매복해 있었다. 초조한 심경으로 배다리 입구를 주시하던 반군 수장의 시야에, 저 멀리 예정대로 배다리를 향해 접근하는 어가행렬이 들어왔다. 천천히 배다리를 건너기 시작하는 어가행렬. 채제공이 이끄는 선발대가 지나고 혜경궁 홍씨가 탄 자궁가교에 이어 임금이 탄 좌마가 홍살문을 통과했다.

"지금이다. 점화하라."

배다리 건너편 갈대밭에서 어가행렬을 초조한 눈빛으로 지켜보고 있던 반군 수장이 명령을 내리자, 수하가 기다렸다는 듯 화약심지에 불을 붙였다.

치이익-!

갈대밭 아래의 땅 밑으로 길게 매설한 원통 속 도화선을 따라 점화된 불꽃이 빠르게 번져 갔다.

"기다려라."

갈대밭에 몸을 숨기고 숨죽인 채 수장의 명령을 기다리는 군사들.

이윽고 임금이 탄 좌마가 배다리 출구를 지나는 순간, 반군 수장의 낯빛이 흠칫 굳었다.

"어… 어찌 된 게냐?!"

반군 수장이 새된 목소리로 수하를 노려봤다.

"왜 폭발하지 않느냐?"

좌마가 배다리 출구를 십여 보쯤 지나쳤을까, 콰쾅! 굉음과 함께 그제야 땅 밑에 매설된 폭약이 폭발했다.

"이런… 빌어먹을!"

순간 반군 수장의 낯빛이 사색으로 변했다. 화약심지에 불을 붙인 뒤 예상했던 것보다 어가행렬의 속도가 빨랐던 것.

"어떡할까요?"

수하가 당황한 표정으로 물었다.

"뭣들 하느냐?! 어서 공격하라!"

퇴로는 없다. 무슨 일이 벌어져도 무조건 어가행렬을 공격해 주상의 목을 베라는 최종 명령을 받은 상태. 반군 수장의 명령과 동시에 왕이 탄 좌마를 향해 살수들이 일제히 화살을 날렸다. 왕이 아슬하게 몸을 낮춰 화살을 간신히 피했으나, 좌마 주변을 에워싸고 호위하던 군사들이 쓰러지며 우왕좌왕했다.

"주상의 목부터 쳐야 한다!"

반군 수장이 검을 높이 치켜들며 고함치자, 반군들이 갈대밭에서 일제히 튀어나와 어가행렬을 공격하기 시작했다. 반군 수장과 날랜 수하들이 좌마를 향해 달려들었다. 그와 동시에, 기다렸다는 듯 요란한 함성과 함께 갈대밭 뒤편의 숲속에서 군사들이 튀어나와 반군을 에워싸며 역공을 시작했고, 날랜 호위무사 몇이 반군 수장의 앞을 가로막았다.

"네 이놈! 독 안에 든 쥐다. 칼을 버려라!"

호위무사가 날 선 검을 겨누며 호령했다.

"…이… 이럴 수가…"

반군 수장의 얼굴이 흙빛으로 변했다.

"크, 큰일 났습니다! 매복입니다!"

그제야 사태를 파악한 듯 반군 수장이 낭패한 얼굴로 이를 문 채 상대를 노려봤다. 반군들이 당황해 주춤하는 사이 어가행렬의 군사들까지 합세하면서 반군보다 서너 배쯤 많은 군사가 사방에서 협공하고 있었다.

"…이… 이런…"

화원: 밀사화의 비밀

반군 수장이 입술을 지그시 깨문 채 눈을 질끈 감으며 칼을 버렸다. 그것을 신호로, 반군들은 힘을 한번 제대로 써 보지도 못한 채 칼을 버리고 투항했다. 그렇게 순식간에 전세가 역전돼 모두 포박되고 마는 반군.

"전하, 반군을 모두 제압했사옵니다."

채제공이 고개를 숙여 사태가 종료되었음을 왕에게 보고했다.

"대체 얼마나 더 피를 뿌려야…"

먼발치에서 굳은 얼굴로 그런 모습을 지켜보는 이가 있었으니, 바로 융복을 입은 임금이었다.

"황공하옵니다, 전하."

말없이 허공에 시선을 던지고 있던 임금이 물었다.

"이번에도 장사율이라고 했소?"

"그렇사옵니다, 전하. 장사율이 『한강주교환어도』 번각본에 얽힌 수상한 비밀을 눈치채고 종사관 강도수에게 이를 알렸고, 직접 말을 달려 제게 보고했사옵니다."

채제공이 잠시 뜸을 들인 뒤 말을 이었다.

"다행히 어가행렬이 배다리를 건너기 전에 알게 돼 화를 피하게 됐으니, 이는 필시 이 땅의 만백성을 위하는 전하의 참뜻을 돕고자 하는 하늘의 뜻임이 분명하옵니다, 전하."

여전히 허공에 시선을 던진 채 말없이 고개를 끄덕이는 임금.

"장. 사. 율."

임금이 사율의 이름을 한 자 한 자 또박또박 읊조리듯 말했다.

이번에도 장사율이었다.

사율의 보고를 받은 채제공이 이를 극비리에 임금에게 보고한 뒤, 배다리를 건너기 전 휴식하는 동안 행렬 중 임금의 용태와 가장 비슷한 자를 수소문해 융복을 입혀 배다리를 건너게 했던 것도, 급히 전갈을 보내 극비리에 날쌘 군사를 동원해 반군의 매복 지점을 에워쌌던 것도, 신전을 사용해 어가행렬 전후방과 연통을 주고받으며 합동 작전을 펼칠 수 있었던 것 또한, 시간을 달리듯 목숨을 걸고 말을 달려 이 같은 사실을 알린 사율의 공 덕분이었다.

그랬다. 이번에도, 그 모든 것의 중심에는 사율이 있었다.

화원: 밀사화의 비밀

왕의 반격

며칠 후, 창덕궁 편전 선정전.

대소신료가 입시한 가운데 정조가 단호한 어조로 훈시를 했다.

"과인이 즉위한 이래, 편전을 탕탕평평실이라 칭하며 탕평을 위해 노력했건만, 불미스럽게도 이번 원행 여정에서 두 번이나 과인을 해하려는 역당들의 암살 기도가 있었소."

서릿발 같은 왕의 목소리가 편전의 공기에 팽팽한 긴장감을 더했다. 공기를 가를 듯 단호한 목소리의 기세에 눌린 노론 측 인사들이 바짝 허리를 굽혔다.

"과인은 친국장에서 역당의 음모를 명명백백하게 밝혀내고, 시시비비를 가려 엄벌에 처할 것이오. 이 자리에 모인 대소신료들은 한 치의 사심도 없이 그 일에 임해야 할 것이오."

심환지를 비롯한 백관들이 일제히 허리를 굽힌 채 국왕의 다음 말에 귀를 기울였다.

"들라 하라."

임금의 말이 떨어지기 무섭게 누군가 편전 안으로 조용히 들어섰다. 양쪽에 입시한 대소신료 사이를 천천히 걸어와 왕에게 깊이 허리를 숙이는 이. 그 모습에 심환지가 흠칫 놀라며 미간을 찌푸렸다.

바로 사율이었다.

"두 차례에 걸친 역당의 역모를 막는 데 심대한 공을 세운 장사율을 화원직에 복직시킴은 물론, 자비대령화원에 정식으로 임명해 왕실과 조정을 위해 그 재주를 귀하게 쓸 것이오."

허리를 굽혀 군왕에 대한 예를 표하며 감읍하는 사율.

"성은이 망극하옵니다, 전하."

실로 파격적인 인사였다.

진찬례 행사장에서 벌어진 불미스러운 일로 파직된 지 얼마 지나지 않은 시점에서, 대소신료가 입시한 편전에서 왕이 전격적으로 발표했으니 말이다. 그것도 화원이라면 모두가 부러워하는 자비대령화원직이 아닌가.

"미천한 이 한 몸, 왕실과 조정의 무궁한 광영을 위해 헌신하겠사옵니다, 전하."

사율이 앞으로 나아가 왕이 하사하는 임명장을 허리 굽혀 두 손으로 받아 들었다. 그런 사율의 모습을 바라보며 심환지가 무언가 말하려는 듯 입술을 달싹거렸으나, 이내 다물었다.

"병판, 무슨 할 말이라도 있소?"

화원: 밀사화의 비밀

그 모습을 놓치지 않았는지 임금이 심환지 쪽을 응시했다.

"아… 아니옵니다, 전하."

심환지가 정중하게 허리를 숙였다.

"인재를 널리 골고루 쓰시는 전하의 심량의 넓이와 깊이에 만백성이 크게 감읍할 것입니다, 전하."

임금이 앉아 있는 어탑을 향해 다시 한 번 허리를 굽혀 예를 표하는 심환지. 고개 숙인 그의 얼굴 위로 싸늘한 냉기가 퍼졌다. 얼음장 위로 살얼음이 번지듯.

사흘 후, 금위영에서 정조의 친국이 벌어졌다.

전현직 정3품 이상 당상관인 시원임대신을 비롯해 의금부당상, 양사의 대간, 좌우 포도대장이 위관으로 참석한 가운데, 일차로 심문을 거쳤던 죄인들이 포박된 채 끌려 나와 무릎을 꿇었다. 이미 곤장을 맞아 초죽음이 된 죄인들이었다. 노량배다리에서 추포된 반군들과 박 종사관 및 그를 따르는 자객들이다.

형방승지가 추국 조서인 추안을 작성하고, 별장이 주리를 틀어 죄인들에게 두 차례에 걸친 암살 시도 전반에 관해 토설케 하지만, 묵묵부답으로 버티는 죄인들.

"네 이놈! 무사치 못할 것이야!"

반군 수장이 산발이 된 머리, 피칠갑이 된 얼굴을 간신히 들어 임금을 향해 고함을 질렀다.

"이 나라는 허울뿐인 주상이 아니라 사대부들의 나라란 말이다!"

쿨럭쿨럭, 반군 수장이 입을 열 때마다 입 밖으로 핏물이 튀었다.

"네 놈이 아무리 백성을 위하느니, 그 요사스러운 혓바닥으로 헛소리를 지껄여 저잣거리의 환심을 사려 해도 소용없는 짓이란 말이다!"

형방승지가 발악하듯 고함치는 반군 수장 앞으로 나서며 호통을 쳤다.

"네 이놈! 사실대로 불지 못하겠느냐? 네놈들과 연통해 역모를 공모한 자들이 누구냐 물었다!"

퉤! 반군 수장이 입안에 고인 핏덩이를 뱉으며 껄껄 소리 내 웃었다.

"헛소리가 길구나. 어서 날 죽여라, 이놈들아!"

모진 고문과 추국이 계속되지만, 어떤 연관성도 거부한 채 오로지 자신들의 판단과 계획으로 암살 시도를 밀어붙였을 뿐이라고 주장하는 반군 수장과 그 수하들.

으아아아!

태배형과 압슬형이 가해지면서 죄인들이 지르는 비명과 고함, 피비린내가 금위영 뜰을 진동하는 가운데, 심환지가 눈 하나 깜박하지 않고 자신이 부렸던 충직한 수하들이 피투성이가 된 채 눈앞에서 쓰러져 가는 모습을 응시하고 있더니, 오히려 눈에 핏발을 세우며 별장들에게 소리쳤다.

"뭣들 하는 게냐! 죄인들을 난장으로 매우 쳐라!"

별장들이 죄인들에게 달려들어 무자비하게 난장형을 가했다. 피가 튀고, 살이 찢어졌으며, 뼈가 부러졌다. 사방에 가득한 피비린내와 죄인들이 지르는 참혹한 비명이 다시 금위영 안팎의 공기를 뒤흔들었다.

잠시 후, 초췌한 얼굴을 한 선화 이참이 친국장에 끌려 나왔다. 허리를 숙여 왕을 향해 예를 표한 뒤 벌건 핏물로 물든 의자에 앉아 앞을 응시했다.

"도화서 선화 이참에게 묻노니, 사실대로 말해야 할 것이야."

이번에는 왕이 친히 나섰다.

"여부가 있겠습니까, 전하."

이참이 담담한 표정으로 대답했다.

"『한강주교환어도』 번각본을 만들어 모반을 꾀한 사실이 있느냐?"

"소신, 추호도 그런 일이 없사옵니다, 전하."

"다시 묻겠노라. 선화 이참은 그림을 통해 역모를 꾀한 적이 있느냐?"

이참이 그린 『한강주교환어도』 중 서양 화법인 원근법을 적용한 지점에서 폭약이 폭발해 여러 명이 죽거나 다친 사실을 추궁하는 왕.

"전하, 하늘에 맹세코 소신, 도화서 선화 이참은 어느 한순간도 깃털만큼의 반역의 생각조차 가슴에 품은 적도, 행동으로 옮긴 사실도 없사옵니다. 그저 주상전하의 은혜를 입은 몸, 왕실이 맞는 광영의 순간을 화폭에 옮기는 명예로운 소임을 기꺼이 다하고자 노력했을 뿐이옵니다."

"네가 그린 그림의 번각본이 여러 죄인들의 품에서 나왔다. 이는 모반을 꾀하기 위해 네가 역심을 품고 그림을 그렸거나, 적어도 역모에 네 그림을 이용했다는 사실을 입증하는 것이다. 사실이 이처럼 명명백백한데도 부인을 하는 게냐?"

왕의 추궁은 추상같았다.

"전하, 소신은 그저 규장각 회합에서 결정된 사항에 따라 그림을 그렸으며, 여러 사람이 그림을 갖고 싶어 해 번각본으로 만들어 예판 대감께 건넸을 뿐이옵니다."

예판이 펄쩍 뛰었다.

"네 이놈! 어느 안전이라고 감히 사특한 망발을 지껄이는 게냐!"

예판이 앞으로 나서 핏대를 세우며 이참의 진술을 극구 부인했다.

"네놈이 언제 나에게 번각본을 주었더냐, 이놈! 전하, 전혀 사실이 아니옵니다! 뭣들 하는 게냐? 저놈의 사지를 찢어발기지 않고!"

태배형에 이어 주리를 트는 고문이 가해졌으나, 신음을 토하면서도 결백을 주장하는 이참.

"그 정도로 되겠느냐? 대역죄인의 다리를 분질러 놓거라!"

별장들이 이참을 무릎 꿇린 뒤 그의 허벅지에 널빤지를 놓고 그 위에 올라서며 압슬형을 가하려는데, 지켜보던 왕이 손을 들어 중지시켰다. 워낙 고통이 심한 형이었기에 선왕 영조가 공식적으로 철폐한 참혹한 형벌이었다.

"전하, 죄인이 연루되었음을 입증하는 명백한 증좌가 있으니, 이 기회에 역모의 싹을 잘라 발본색원해야 할 것이옵니다."

예판이 앞으로 나서 이참의 간교함을 지적하며 혹독한 형을 가해 배후를 명명백백하게 밝혀낼 것을 주청했다.

"마지막으로 묻겠다. 죄를 실토하면 목숨만은 살려 줄 것이되, 그렇지 않으면 죽음으로 죗값을 치러야 할 것이다."

임금의 물음에 이참이 숨을 헐떡이며 간신히 대답했다.

화원: 밀사화의 비밀

"소… 소신은 그저… 제가 그리는 그림 속에… 원행을 행하신 주상전하의 크신 뜻을… 조금이라도 더 담을 수 있기를… 염원했을 뿐이옵니다, 전하…"

이참은 뼈를 깎는 극심한 고통 속에서 가쁜 숨을 몰아쉬면서도 눈빛만은 흩트리지 않고 진술했다. 팽팽한 긴장감 속 모두의 시선이 임금이 내릴 처결에 집중돼 있던 순간.

"전하."

나직하지만 묵직한 목소리.

누군가 말릴 틈도 없이 사율이 앞으로 나섰다. 어명에 따라 친국장의 뒤쪽에 서서 줄곧 눈앞의 모든 과정을 지켜보고 있던 그였다.

"평소 선화 이참의 언행으로 미루어 보아, 그의 의중과 진술이 참됨은 여지가 없어 보입니다. 실무 처리 과정에서 약간의 미숙함이 없다고는 할 수 없겠으나, 탁월한 그의 재능이 부디 왕실과 백성을 위해 널리 두루 쓰일 수 있도록 통촉하여 주시옵소서, 전하."

사율의 돌출 발언에 모두의 시선이 임금에게 쏠렸다.

고개를 들어 잠시 허공을 응시하는 임금. 맞는 말이었다. 이참은 뛰어난 재능과 실력을 겸비한 도화서 화원이었다. 별제는 이참의 업무수행 평가서에 늘 좋은 평점을 내리곤 했으며, 그의 손길이 닿은 궁중화의 화폭에는 정갈한 기품과 정기가 담겨 있었다.

"죄인들의 품속에서 번각본이 발견되었다는 사실만으로는 선화 이참이 역모에 직접 연루되었다는 명백한 증좌가 될 순 없을 것입니다. 산란하는 빛에 현혹됨이 없이, 부디 진실이라는 빛이 똑바로 가리키는 곳을 굽어살피시옵소서, 전하."

거침없는 사율의 발언에 참석자들의 얼굴에 뜨악한 긴장감이 역력했다.

임금이 이참과 사율을 번갈아 보며 잠시 생각에 잠기는 듯하더니, 이윽고 입을 열었다.

"선화 이참을 방면하라. 하나, 추가 조사를 통해 그의 결백이 명백히 입증돼야 할 것이다."

이참이 피비린내 밴 가쁜 숨을 몰아쉬며 천천히 고개를 들었다. 그리고 저만치 서 있는 사율과 눈빛이 마주쳤다. 무언가 말하려는 듯 이참이 입술을 달싹였으나, 입 밖으로 소리가 돼 나오진 못했다. 그렇게 두 사람은 서로를 바라보고 있을 뿐이었다.

모반자들의 배후를 캐는 일에 집중했음에도 불구하고 결국 그 배후를 밝혀내지 못한 채 국문이 종료됐고, 구경꾼들이 운집한 가운데 서소문 앞에서 죄인들에 대한 처형이 집행됐다. 더러 울부짖거나 저주를 퍼붓는 이도 있었으나, 대다수의 죄인은 묵묵히 형장의 이슬로 사라져 갔다.

다음 날, 편전. 모든 대소신료들이 입시한 가운데 정조가 특별 교서를 내렸다.

快

화원: 밀사화의 비밀

특별 교서의 내용은 단 한 글자.

'쾌할 쾌.'

국왕의 특별 교서 내용이 공개되자, 긴장한 표정이 역력하던 대소신료들이 뜬금없다는 얼굴로 서로 눈치를 살폈다. 교서에 담긴 왕의 심중을 어떻게 헤아려야 할지 난감하다는 표정들이다.

그런 신하들을 어탑에 앉아 가만히 내려다보던 왕이 아무 말 없이 편전 밖으로 걸음을 옮겼다. 그것으로 상참이 끝나자, 신하들의 궁금증은 더욱 증폭됐다. 신하들이 내전으로부터의 부언을 기다렸지만 아무런 말이 없었다. 그럴수록 살얼음판 같은 팽팽한 긴장감에 신하들의 표정이 굳어졌고, 편전과 빈청 안팎이 술렁였다.

'쾌, 라…'

심환지가 임금이 자리를 비운 어탑을 응시하며 머릿속에서 한 글자를 곱씹었다.

'이제 마음이 유쾌하니…'

그의 입가에 기묘한 미소가 떠오르는가 싶더니.

'그만하자…?'

이내 그림자처럼 스러졌다.

그날 밤, 침통한 분위기 속에 심환지가 주재하는 노론 당파의 비상회의가 소집됐다. 김종수를 비롯한 노론 수뇌부가 전원 집결한 가운데, 두 차례의 암살 시도가 결국 실패로 돌아간 것에 대한 깊은 자성의 목소리가 밤늦도록 이어졌다.

"장사율, 그자를 얕잡아 본 게 패착이었소⋯"

"그자가 두 번이나 초를 칠 줄 상상이나 했겠소?"

"절호의 기회였는데, 우리가 상대를 너무 가벼이 여겼소."

"만일을 대비해 좀 더 치밀하게 계획했어야 했소이다."

무겁게 내려앉은 공기를 애써 밀어내려는 듯 참가자들이 한마디씩 던졌다.

"잡힌 수하들이 다행히 배후를 불지 않고 처형됐으니, 그나마 최악은 면했소이다."

"하나, 이참에 주상이 고삐를 단단히 틀어쥐고 밀어붙일 게 뻔하질 않소?"

"앉아서 당할 바에 차라리 총공세를 취하는 게 어떻겠소?"

의견이 분분했다.

가만히 듣고 있던 심환지가 비장한 어조로 입을 열었다.

"다들 모르겠소? 진짜 문제는 주상이 숨기고 있는 패란 말이오."

그 소리에 좌중이 일제히 그를 주목했다.

"쇠 띠로 단단히 봉한, 그것 말이오."

누군가 경기를 일으키듯, 새된 목소리로 물었다.

"대감⋯ 설마⋯ 금등지사를 이르시는 말씀이옵니까⋯?"

"오늘 주상이 특별 교서를 내려 화해를 청했지만, 주상은 그 패를 절대 내려놓지 않을 것이오. 기회가 있을 때마다 내내 우리 숨통을 조이려 할 거란 말이외다, 알겠소?"

맹수가 으르렁거리듯 심환지가 날 선 눈빛을 번득이며 좌중을 둘러

화원: 밀사화의 비밀

보았다.

"내 생각도 같소이다."

김종수가 뱉은 처음이자, 마지막 말이었다. 좌중에 무거운 침묵이 내려앉았다.

"다행히 방책이 있소."

다시 심환지의 입을 주목하는 좌중.

"매병 증세가 조금씩 심해지고 있어 주상이 그걸 어딘가 깊숙이 숨겨놓고, 그 위치의 단초가 되는 물건을 편전에 두고 있다는 전언이오. 금등을 우리가 찾아내야 하오. 문제는… 그 단초가 되는 물건이 뭔지 알아내는 것이오."

좌중이 술렁였다. 임금이 치매를 앓고 있다는 소문이 예전부터 조정에 널리 퍼지긴 했으나, 최근 그 정도가 심해졌다는 심환지의 발언에 참석자들의 얼굴에 놀란 기색이 역력했다. 이윽고 좌중의 시선이 다시 심환지에게 쏠렸다. 주상이 곁에 두고 있는 물건을 무슨 수로 찾아낼 수 있겠느냐는, 의구심 어린 눈빛들이다.

심환지가 입가에 기묘한 미소를 머금은 채 말을 이었다.

"적임자로 점찍어 둔 인물이 있소."

화성행차의 전말을 기록하고 후세에 전할 의궤를 제작할 의궤청이 설치됐다. 『원행을묘정리의궤』의 제작이 본격 궤도에 올랐던 것. 특이한 점은, 화원이 직접 손으로 그린 필사본으로만 만들던 전례와 달리, 102부의 활자본 의궤로 만들어지게 됐다는 것이다. 활자로 인쇄되는 최초의 의궤인 셈이다. 의궤에 사용될 글씨는 목활자인 생생자를 본떠서 제작한 금속활자인 정리자이고, 반차도를 비롯한 각종 도식은 목판에 새겨서 찍는 목판본을 사용하기로 결정한 것.

잔설을 이고 핀 홍매화가 눈이 시리도록 파란 하늘을 밀어낼 듯 붉은 도화서 후원 뜰. 도화서 별제를 비롯해 중책을 맡고 있는 화원들이 한자리에 모였다. 화성행차가 마무리된 이후 열리는 첫 회합의 자리였다.

"정리하자면,『원행을묘정리의궤』는 권수 1권, 본문 5권, 부록 4권, 도합 10권 8책으로 구성될 것이오. 그러니, 다들 맡은 소임에 최선을 다해 주시오."

도화서 별제가 좌중을 둘러보며 술잔을 들었다.

"짧지 않은 원행 기간 다들 고생 많았소. …고초도 많았고…"

좌중을 둘러보는 별제의 착잡한 눈빛에 미처 말로 표현할 수 없는 많은 것이 담겨 있었다.

"이것 하나만 기억합시다. 뼈와 살을 바르듯, 우리의 혼을 담아 한 점한 점 그림을 완성해 나간다면… 먼 훗날 우리 후손들에게 부끄럽지 않은 이름으로 남질 않겠소?"

별제가 한 사람씩 눈을 마주치며 호명했다.

"김홍도, 장한종, 김득신, 이인문, 이명기…"

이윽고 그의 시선이 한 사람 앞에서 멈췄다.

"장. 사. 율."

굵은 방점을 찍듯, 별제가 한 자 한 자 힘줘 사율의 이름 석 자를 호명했다.

화원: 밀사화의 비밀

모두의 시선이 사율에게 향했다.

저잣거리에서 얕잡아 낮춰 부르곤 하는 '그림쟁이', 그 이상의 가치와 용기를 대담하게 행동으로 보여 준 사율을 진정한 동료 화원으로 인정한다는, 경외심 가득한 눈빛이었다.

실로 파격적인 선발이었다.

산수, 누대, 인물, 영모 등 화문에 따라 출제된 화제를 선택해 진채 두 장과 담채 두 장씩을 그려 제출하는 공개 시험도 치르지 않고 사율이 파격적으로 규장각 소속의 자비대령화원에 임명된 것을 두고 말들이 많았지만, 그는 그저 묵묵히 자신의 소임에 매진했다.

화성 원행 행렬 모습을 담은 반차도를 수정 보완하고, 이참과 함께 초 잡았던 『봉수당진찬도』와 각종 도설을 비롯해 여덟 첩으로 구성된 병풍화인 『화성능행도병』 중 자신이 맡았던 『서장대야조도』의 완성 작업에도 심혈을 기울였다. 현장에서 종이에 초 잡았던 그림을 비단에 그대로 옮겨 그린 뒤 수묵 채색을 하는, 고도의 집중력과 세심한 필치가 필요한 정교한 작업이었다.

잠시 세필 붓을 내려놓고 주변을 둘러보는 사율.

김홍도, 최득현, 김득신, 이명기, 장한종…

당대에 쟁쟁한 이름을 자랑하는 선배 화원들과 어깨를 나란히 하는 자비대령화원이 됐다는 사실이 믿어지지 않는다.

가슴이 먹먹한 기분.

'사율아.'

아버지의 음성이 귓전에 울렸다.

'명심하거라. 무사는 검으로 전쟁터에서 싸우지만, 화원은 붓으로 화폭에서 싸운다는 걸.'

사율은 다시 붓을 들어 화폭에 집중했다.

기존의 정면 부감과 좌우 대칭적 화면에서 탈피, 대각선 구도와 지자형 구도를 적용하고 선투시도법과 원근법을 적극적으로 활용하면서 그림에 숨결을 불어넣는 사율. 그의 섬세하고 유려한 필치가 종이에 닿을 때마다, 행렬의 걸음이 닿는 곳곳을 화려하게 수놓았던 8일간의 장엄하고 유려했던 화성행차, 그 매 순간 속의 인물들이 화폭에 생생하게 살아나기 시작했다.

깊은 밤, 왕의 침전.

구름 사이로 초승달이 희미한 빛을 뿌렸다. 후원 너머 어디선가 부엉이 우는 소리가 차가운 밤공기를 타고 누각을 휘감아 돌았다.

"전하, 감계화라 하셨사옵니까?"

사율이 고개를 숙인 채 입을 열었다. 임금의 부름을 받고 한걸음에 달려와 침전에서 임금을 독대 중인 그였다.

"풍속감계화라고나 할까? 이름이 뭐가 됐든, 어려운 백성들을 생각하며 늘 곁에 두고 올바른 치세의 자세를 다질 수 있도록, 자네가 과인을 도와주어야겠어."

감계화.

과거의 잘못을 반면교사 삼아 다신 그런 잘못을 저지르지 않도록 경

화원: 밀사화의 비밀

계하는 뜻에서, 선대의 왕들이 스스로 되돌아보고자 늘 곁에 두고 있다는 그림. 왕은 지금 자신에게 진정한 실력을 인정받은 화원만 그릴 수 있다는 감계화를 그릴 수 있느냐 하문하고 있는 것이다.

"…전하, 감히 제가… 감계화를 그릴 수 있겠사옵니까?"

사율의 목소리가 떨려 나왔다.

"물론이네. 자네가 과인과 종묘사직을 위해 목숨을 걸고 무슨 행동을 했는지 되돌아보면 알 수 있네. 자네가 적임자라는 걸."

"…전하, 어떤 감계화를 원하시옵니까?"

"땀 냄새, 흙냄새, 똥 냄새."

"무슨 말씀이시온지요…"

"백성들 어려운 살림살이. 가감 없이 그런 백성들 일상을 담은, 땀 냄새 물씬 풍기는 그림. 먹고사느라 매일매일 애쓰는 저잣거리의 생생한 백성들 모습을 그려 오게. 『빈풍칠월도』와 『무일도』, 『경직도』는 이미 차고 넘칠 만큼 있으니."

파격적인 발상이었다.

"단원이 그린 풍속도도 좋지만, 장사율 자네가 그린 풍속도는 어떤지 보고 싶네. 무슨 말인지 알겠나? 아, 물론, 이건 어명일세. 자네가 말을 듣지 않으면 어떻게 되는진 알고 있을 테지?"

웃음기 섞인 임금의 으름장에 사율이 깊이 머리를 숙였다.

"전하, 성은이 망극하옵니다."

"그래, 의궤와 관련한 소임을 마무리하는 대로 착수하게."

"명 받들겠사옵니다, 전하."

머리를 조아리며 어명을 받드는 사율. 화성행차에서 있었던 일들이 주마등처럼 머리를 스쳤다. 며칠 지나지 않았음에도 일 년이 지난 듯 아득하게 느껴졌다.

"고개를 들라."

부드러운 목소리로 하명하는 임금.

사율이 천천히 고개를 드는데, 무언가 시선에 닿았다.

"화방 도구일세. 백성들의 고단한 삶을 늘 곁에 두고 교훈으로 삼는 감계화를 그리려면 그 정도는 돼야지. 지난번에 자네가 쓰는 화방 도구를 보니 채색 도구가 영 시원찮더구먼."

"…전하… 성은이 망극하옵니다…"

일개 화원이 쓰는 화방 도구를 임금이 눈여겨보고 있었다는 사실에, 사율의 목소리에 살짝 물기가 감돌았다.

"자네가 어떤 감계화를 그려 올지, 벌써 기대가 되는군."

사율이 더 말을 잇지 못한 채 왕을 향해 깊이 머리를 숙였다.

침전을 물러 나오는 사율의 시선을 낚아채는 그림 한 점.

그림 속 시선과 마주치는 순간 사율은 그 자리에 얼어붙고 말았다.

뼛속까지 꿰뚫어 볼 듯, 강렬하고 형형한 시선.

마치 거대한 몸체와 불타는 눈빛, 시뻘건 화염을 뿜어 대는 괴수를 만나 오줌을 지리듯 그 자리에 얼어붙은 강아지 신세가 된 듯한 기분이 이럴까?

윤두서의 『자화상』.

홍매화 꽃잎 하나, 바람을 타고 팽그르르 돌아 장독대 위 잔설에 떨어질 만큼의 시간이 흘렀을까, 등 뒤에서 임금의 목소리가 들렸다.

"어떤가? 숙종대왕 36년, 다산의 외증조 윤두서가 그린『자화상』일세."

사율이 간신히 그림에서 시선을 뗐지만, 쉽사리 말문이 열리지 않았다.

"괜찮아, 말해 보게."

"…기묘하옵니다."

그제야 사율이 천천히 입을 열었다.

"기묘하다…?"

"…옴짝달싹할 수 없는 기분… 마치 거미줄에 걸린 파리마냥, 손가락 하나조차 까딱할 수 없이 온몸이 결박된 기분이옵니다."

"흐음…"

정조는 말없이 고개를 끄덕이며 그림에 시선을 던졌다. 묘한 미소를 입꼬리에 문 채.

"시선을 비껴날 자, 누구던고. 주공에 이를 텐데…"

그리고, 혼잣말하듯 왕이 나직하게 읊조렸다.

어둠에 잠긴 골목길에 접어들자, 낙엽이 바람에 오소소 떨어져 발길에 채었다. 이런저런 생각을 하며 궐내각사의 임시 숙소로 향하는 사율. 늘 하던 대로 골목길 몇 개를 돌고 돌탑이 줄지어 선 작은 연못을 지나 저 멀리 보이는 궐내각사 뒷문으로 걸음을 재촉하는데, 서늘한 그림자가 등 뒤로 다가섰다. 문득 이상한 느낌에 뒤돌아보는 사율. 동공에 언뜻 사람의 형상이 맺힌다고 느끼는 찰나, 사율이 그대로 정신을 잃고 무너졌다.

얼마의 시간이 흘렀을까.

냉기가 목덜미를 타고 온몸으로 퍼지는 느낌에 사율이 천천히 눈을
떴다. 먼저 지하 밀실로 보이는 어둑한 공간이 시야에 들어왔다. 둔중
한 두통이 밀려들며 관자놀이가 욱신거렸다. 그제야 자신에게 무슨 일
이 벌어졌는지 조각을 맞추듯 기억의 잔상이 떠올랐다.

침전에서 물러 나와 궐내각사의 별관에 마련된 임시 숙소까지 얼마
앞두지 않은 지점, 이상한 느낌에 어둠 속을 뒤돌아보는 순간 언뜻 사
람 형체의 그림자가 그를 덮쳤고, 온몸에서 피가 빠져나가는 무기력한
느낌과 함께 그대로 정신을 잃고 말았던 것.

한동안 쓰러져 있었던 듯했다. 머릿속을 가다듬으며 주변을 살피던
사율의 눈길이 한곳에 붙박였다. 어디선가 새어 드는 희끄무레한 빛
속, 저만치 의식을 잃은 채 기둥에 묶여 있는 여인. 터져 나오려는 신음
을 사율이 애써 삼켰다.

놀라 확대된 그의 동공에 맺힌 것은, 정신을 잃은 채 기둥에 묶여 있
는 가희가 아닌가!

그때, 자물쇠를 여는 듯 덜컹거리는 쇳소리에 이어 인기척과 함께 환
한 불빛이 안으로 쏟아져 들어왔다. 누군가 계단을 내려와 그의 앞으로
다가섰다. 어둠을 밀어내며 사율의 얼굴 위로 환한 횃불이 쏟아졌다.

"쯧쯧… 정인이 묶여 있는 모습을 무기력하게 지켜봐야만 하는 사내
꼴이라니…"

밧줄에 포박된 채 눈이 부신 듯 미간을 찌푸리며 불빛을 응시하는 사

율. 불빛 너머에서 누군가 그를 내려다보고 혀를 차고 있었다.

예판 민종현이었다.

"…대감…"

믿을 수 없다는 듯 상대를 바라보는 사율.

"어찌 이러시는 겝니까? 저 여인은 아무 죄가 없습니다."

기다렸다는 듯, 예판의 뒤쪽 어둠 속에서 달려드는 묵직한 소리.

"네놈을 만난 게 죄지."

순간 사율의 동공이 다시 커졌다. 익숙한 목소리.

이윽고 횃불 안으로 천천히 다가서는 인물이 있었으니, 바로 병판 심환지였다. 사율이 놀란 얼굴로 상대를 똑바로 응시하는데, 심환지가 다가서더니 느닷없이 사율의 뺨을 냅다 후려갈겼다.

"네놈이 한 짓을 생각하면 당장 사지를 찢어 죽여도 시원찮겠지만, 그렇게 쉽게 보낼 순 없지."

"…역시 대감이셨습니까?"

사율이 물러서지 않겠다는 듯 상대를 똑바로 응시했다.

"네놈만 아니었어도, 한낱 그림쟁이 나부랭이가 주제를 모르고 날뛰는 바람에, 강상의 법도가 무너져 가는 이 나라를 살릴 절호의 기회를 망치고 말았단 말이다! 바로 네놈 때문에!!"

심환지가 사율을 무섭게 노려보며 호통을 쳤다.

"백성! 백성! 백성! 같잖은 백성 타령을 하는 주상 때문에 한낱 노비 출신 따위의 너 같은 천박한 놈까지 궁에 기어들어 와 이 사달이 나고 만 게야!"

당장이라도 상대를 물어뜯어 죽일 듯, 심환지가 맹수처럼 포효했다.

"임금을 몰아내고 사대부의 세상을 세우려는 게 대감이 말하는 강상의 법도입니까?"

사율이 시선을 떼지 않고 담담한 어조로 물었다.

"네 이놈! 어느 안전이라고 두 눈을 똑바로 뜨는 게냐?!"

예판이 거칠게 으르렁댔다.

"소인, 세상을 어지럽히는 부정, 불의를 보고 똑바로 바로잡으려고 애썼을 뿐입니다."

"이놈이 그래도!"

각목을 집어 들고 내려치려는 예판을 손을 들어 제지하는 심환지. 코가 닿을 듯 사율의 얼굴을 가까이서 응시하며 미간을 좁혔다.

"근데 네놈의 눈빛을 보면… 꼭 어디선가 본 듯한 느낌이 든단 말이야…"

역시 시선을 내리지 않고 똑바로 상대를 노려보는 사율.

"아무리 간악한 자라 할지라도, 자신의 손에 억울한 죽임을 당하는 자의 마지막 눈빛은 기억하기 마련이지요."

심환지의 미간이 꿈틀거리는가 싶더니, 사율을 바라보는 눈빛이 어느 순간 기이하게 빛을 발했다.

"…서… 설마…?"

심환지의 새된 목소리가 말미에 여운을 남겼다.

"이제 기억이 납니까, 대감?"

"그럼… 네놈이…?"

"그렇습니다. 소인은 장 자, 재 자, 휘 자 함자를 쓰시는 월색의 아들, 장사율입니다."

"으흐흐흐…"

심환지가 기묘한 소리를 입술에 베어 물었다.

"…네놈이… 정녕 네놈이… 월색의 아들이란 말이냐?"

탄식 같은 한숨을 내쉬며 심환지가 사율을 똑바로 응시했다. 그런 상대를 말없이 담담한 눈빛으로 바라보는 사율.

"그래… 그 눈빛을 보니…"

심환지가 천천히 고개를 내저으며 사율에게서 시선을 떼지 못했다.

"…용케도 살아남았구나…"

그제야 심환지는 사율이 역모의 죄를 뒤집어쓰고 자신의 손에 죽임을 당했던 화원 월색의 아들이라는 사실을 깨닫고 전율했다.

서로를 응시하는 두 사람의 시선. 둘 사이에 얼음장 같은 침묵이 흘렀다.

이윽고 사율이 침묵을 깨뜨리며 힘주어 말했다.

"대감, 저 여인을 풀어 주십시오. 아무 죄가 없습니다."

그런 사율을 바라보며 심환지가 비릿하게 웃었다.

"네놈이 저년을 살릴 방도가 있긴 한데…"

사율은 아무 일도 없다는 듯 업무에 복귀했다. 하지만 평소의 그답지 않게 그가 초 잡았던 『봉수당진찬도』의 보완 작업을 하다가 실수를 연발했다. 그 바람에 화원 장한종이 걱정스러운 낯빛으로 한지에 싸인

인삼 한 뿌리를 슬쩍 그의 자리에 두고 가기도 했다. 몸은 도화서 작업실에 앉아 있었으나, 마음은 온통 지하 밀실에 갇혀 있는 가희에게로 쏠려 있었던 것.

가희, 그녀가 누군가.

멸문지화를 입어 전 가족이 참혹한 죽임을 당한 뒤 홀로 살아남은 그에게, 그녀는 한 줄기 해사한 봄 햇살 같은 존재였다. 질식할 것 같은 죽음의 어둠 속에서 벗어나 비로소 숨 쉴 수 있게 해 주는, 주변을 환한 빛으로 밝혀 주는 은혜로운 존재가 아니었던가.

이제, 그녀를 살리기 위해선 해야 할 일이 있었다.

"주상은 심해지는 매병 때문에 편전 어딘가에 금등지사를 숨겨 두고 있을 게야. 그러니까 네놈은 반드시 그 위치를 찾아내야 한다. 적어도 단초가 될 물건이라도 손에 넣어야 할 게야. 아니면, 저년은 죽는다."

왕이 숨겨 놓은 금등지사의 위치를 반드시 찾아내야 한다는 것. 그러나 사율은 두 가지 문제점에 봉착한 상태였다.

우선, 임금이 편전에 두고 있다는 그 물건을 어떻게 찾아낼 것이냐 하는 것과, 자비대령화원으로 봉직할 수 있도록 해 준 임금의 성은을 배신해야 한다는 죄책감과 내면의 갈등을 어떻게 극복할 것이냐는 점이었다.

규장각에서 일과를 마친 뒤 사율은 편전을 찾아 알현을 청했다. 그의 머릿속은 우선 가희를 구해야 한다는 생각으로 가득 차 있었다. 잠시 후, 그는 정중히 예를 표한 뒤 임금과 독대할 수 있었다.

화원: 밀사화의 비밀

정조가 보고서를 찬찬히 살피는 동안 사율이 편전 내부를 빠르게 훑으며 눈 속에 담았다. 그동안 몇 차례 편전에 와 봤었지만, 집중해서 내부를 살핀 적은 없었다.

"이번 원행에 사용된 물자의 실입과 용환이 맞는지 확인하던 중이었네. 기존 물건을 빌려 사용하고 반납한 물품이 맞아야 물자의 낭비를 최대한 줄일 수 있으니."

이윽고 왕이 피곤한 듯 눈두덩이를 문지르며 보고서를 내려놓았다. 행사 경비로 책정한 십만 냥의 재원을 아껴 집행한 결과, 만 냥 이상이 남아 가난한 백성을 위한 구제미에 쓸 요량이었다.

"그래, 무엇 때문인고?"

임금이 알현을 청한 연유를 물었다.

"전하, 일전에 소신이 전하의 어명에 따라 그려 올렸던 수원팔경의 화폭이 미진하여 계속 마음에 걸렸사옵니다. 감계화를 그리기 전에 좀 더 손을 볼 수 있도록 윤허하여 주시옵소서."

그러자 왕이 묘한 미소를 띤 얼굴로 말없이 사율을 바라보았다.

"…역시 자넨 아비를 많이 닮았어…"

사율은 뭐라고 답해야 할지 난감한 듯 시선을 내렸다.

"월색도 뭐든 완벽하지 않으면 못 견뎌 했었지. 한번은 수묵화 한 점 속, 벚꽃 한 잎이 부자연스럽다며 손볼 수 있도록 해 달라고 몇 번이나 찾아왔지 뭔가. 내 눈엔 완벽한 벚꽃이었는데 말일세. 따스한 어느 봄날, 춘향 가득 머금은 벚꽃 한 잎이 허공에 빙그르르 돌며 떨어지는, 그런 완벽한 순간 말일세… 그때 자네 아비가 뭐라고 했는지 아는가?"

사율은 대답 대신 석상처럼 움직이지 않았다.

"꽃잎 가장자리의 먹물 농담이 안 맞는다는 거야. 나 참, 어이가 없어서…"

임금이 껄껄거리며 소리 내 웃음을 터뜨렸다. 얼마나 큰 소리로 웃었던지 사율은 내심 놀라고 있었다.

"이 자리에 앉아 있으면… 그럴 때가 많아. 웃음이 그리울 때 말일세…"

왕이 입가에 묘한 미소를 물었다.

"맘 놓고 시원하게 웃고 싶을 때가 많거든. 아무 생각 없이, 지금처럼 말일세. …원자 시절엔 그랬거든. 별다른 걱정 없이 봄 햇살을 맘껏 구경할 수 있었으니까, 그때는…"

사율은 서안 앞 바닥에 시선을 내린 채 머릿속으로 바지런히 답을 찾았으나 도무지 마땅한 대답이 떠오르지 않자, 석상처럼 그 자리에 앉아 있었다. 그러나 이젠 예처럼 식은땀이 흐르거나, 숨 쉬기 어려울 정도로 압박감이 느껴지거나 하진 않았다. 임금이 허락한다면 반 시진쯤은 더 머물러 있을 수 있었을 테니까.

화원: 밀사화의 비밀

서성우렵+한정품국

座馬

궐내각사의 임시 숙소로 돌아온 사율은 조금 전에 주의 깊게 봤던 편전 내부의 모습을 빠르게 종이에 그리기 시작했다. 눈여겨본 사물을 빠르게 그대로 그려 내는, 천재적인 그림 실력이 빛을 발하는 순간이었다. 완성한 그림을 숙소 안에 은밀히 숨긴 뒤, 사율은 규장각에서 조금 떨어진 봉모당으로 걸음을 옮겼다. 선대왕들의 어진과 어필 등을 보관하는 장소이다.

　내부로 들어서자, 안쪽에 임시로 만든 작업 공간에서 도화서 소속의 배첩장 두 사람이 나라의 큰 행사를 기념하기 위해 만드는 병풍인 계병 작업에 한창이었다.

　"내입도병부터 여덟 좌를 만들어야 하지요. 궁궐에 올리는 병풍이니까, 화공께서 그리신 『서장대야조도』를 비롯해 여덟 첩으로 된 큰 계병인지라 보통 손이 가는 게 아닙지요."

배첩장 하나가 연장을 든 채 잠시 허리를 펴고서 굵은 땀방울을 손등으로 훔쳤다.

"일전에 전하의 어명에 따라 제가 초 잡고 김홍도 선생님이 수정 보완을 하셨던 작품 『서성우렵』과 『한정품국』이 여기 있단 소리를 듣고 왔소. 좀 살펴봐도 되겠소?"

"아… 비단에 엷게 도채하신 작품들 말이십니까?"

"그렇소."

배첩장이 한쪽으로 사율을 안내한 뒤 다시 작업에 몰두하자, 사율은 자신의 작품들을 찬찬히 살폈다.

'정말 이 그림들 속에 단초가 될 무언가가 숨어 있을까…?'

금상이 단초가 될 물건을 곁에 두고 있단 소리를 들었을 때, 가장 먼저 떠오른 생각이었다. 국왕이 반차도 제작에 바쁜 와중에도 김홍도와 자신을 은밀히 따로 불러 다녀오게 했던 작품이 수원팔경이 아닌가? 더구나 늘 가까이 두고 보며 마음을 씻고 싶다며 특별히 관심을 기울였던 만큼 무언가 이들 그림 속에 해답이 숨어 있을지도 모른다는 직감말이다.

'나도 모르는 사이, 내가 의도하지 않은 바를, 누군가가 내가 그리는 그림 속에 교묘하게 숨겨 놓는 일이 과연 가능할까…?'

사율은 천천히 고개를 내저었다.

그런 일이 가능할 것 같진 않았다. 도무지 말이 되질 않는 소리가 아닌가. 어떻게 그런 일이 벌어질 수 있단 말인가?

사율은 자신이 그린 작품 『서성우렵』과 『한정품국』을 찬찬히 살펴보았다. 화폭에 담긴 두 작품을 처음 보던 순간, 김홍도 선생과 대화를 나누었던 기억이 생생하게 떠올랐다.

서장대에서 내려다보이는 서성 밖 들판에서 사냥하는 풍광을 담은 그림을 그윽한 눈빛으로 바라보던 단원. 그리고 그의 입가에 머물던 잔잔한 미소.

"흠, 서성 밖에서 세월과 함께 사냥하는 경치라… 화제는 서성우렵이 어떤가?"

"작품과 썩 잘 어울리는 화제입니다."

"그럼, 이 작품의 화제는 서성우렵으로 정함세."

"좋습니다만…"

사율이 말끝을 흐리자, 김홍도가 그에게 시선을 돌렸다.

"제가 초 잡긴 했습니다만, 아무래도 부족하다는 생각이 듭니다. 해서 송구하옵니다만, 선생님께서 작품의 부족한 부분을 채워 주심이 어떠하신지요?"

김홍도가 곧바로 흔쾌히 수락했다.

"알겠네. 그럼 자네가 초 잡은 작품을 내가 수정 보완해 완성하기로 하지."

"고맙습니다, 선생님."

일사천리로 화제를 정한 뒤 두 사람의 시선은 옆 작품으로 옮겨 갔다.

"화성행궁의 후원 미로한정에서 가까운 낙남헌과 멀리 보이는 서장대를 한 화폭에 담아 보았습니다."

"이 작품의 화제는 자네가 정해 보는 게 어떻겠는가?"

서성우렵＋한정품국

"아, 예…"

잠시 화폭에 덤덤한 시선을 던진 채 생각에 잠겨 있던 사율이 입을 열었다.

"한정품국이라 함이 어떨지요?"

"미로한정에서 국화를 품평함이라… 좋구먼. 역시 자네의 필치처럼 간결하면서 세밀해."

"과찬이십니다."

"그럼, 이 작품의 화제는 한정품국이라고 함세."

"…좋습니다만…"

김홍도가 사율의 눈빛을 읽는가 싶더니, 엷은 미소를 지었다.

"그럼세. 자네가 초 잡은 한정품국도 내가 수정 보완하지. 그럼 됐나?"

"이제야 맘이 놓입니다, 선생님."

"아닐세. 자네 같은 새 사람이 도화서 고인 물을 물갈이해 주니, 우리 도화서도 썩지 않고 다시 꽃이 필 걸세. 새바람이 불 게야, 암!"

김홍도가 큰 소리로 웃음을 터뜨렸다.

"무슨… 문제라도 있습니까?"

그때였다. 배첩장 하나가 옆에 다가와 걱정스러운 듯 물었다. 그제야 과거의 기억에서 깨어나 화폭에서 시선을 거두는 사율.

"아… 아니오. 조금만 더 살펴보리다."

사율은 배첩장이 작업에 몰두하는 틈을 타 작품들을 다시 세밀하게 살폈으나, 도무지 이상한 점이라고는 보이지 않았다. 자신이 마무리했던 상태 그대로였다. 뒷면을 살폈으나, 역시 얇은 비단일 뿐 이상한 점은 없었다. 너무 시간을 끌면 배첩장이 이상하게 여길 듯해 일단 철수하기로 하고 봉모당에서 물러 나왔다.

깊은 밤, 홀로 깨어 있는 사율이 편전 내부를 그린 그림을 마주하고 있었다. 얼마 동안이나 석상처럼 앉아 있었을까, 창 너머로 여명이 밝아 왔다. 이윽고 그는 다음과 같은 결론에 이르렀다.

첫째, 금등지사를 숨긴 지점을 적은 종이를 봉한 뒤 편전 어딘가 깊숙이 숨겨 놓았을 가능성. 둘째, 금등지사를 숨긴 지점을 암시하는 단초를 편전 어딘가에 암호처럼 위장해 숨겨 놓았을 가능성.

첫 번째라면 사실상 단초를 찾을 가능성은 없다. 밤과 낮으로 호위가 삼엄한 편전에 무슨 수로 들어가 내부를 뒤진단 말인가. 두 번째라면 희박하나마 가능성이 영 없는 것은 아닐 것이지만, 역시 성공하기란 극히 어려운 일일 것이다.

여명이 어둠을 밀어내며 창밖이 희부옇게 밝아 올 때쯤, 그는 어떤 경우이든 성공 가능성이 극히 희박하다는 결론에 이르렀다. 하지만 그가 단초를 찾아내지 못한다면, 가희는 놈들의 손에 죽임을 당하고 말 것이다.

어떻게 그날 하루를 버텼는지 모른다.

그날 저녁, 힘겹게 하루의 일과를 마친 사율이 궐내각사의 임시 숙소로 돌아가던 길. 그림자처럼 등 뒤에 나타난 무사에게 혈을 찔려 정신을 잃은 사율은, 누군가 자신을 부르는 소리에 눈을 떴다.

예의 그 지하 밀실. 초췌한 모습의 가희가 여전히 기둥에 묶인 채 자신을 애타게 부르고 있었다. 그녀에게 다가가려고 안간힘을 쓰며 버둥 댔으나 허사였다. 그때, 조용히 심환지가 나타나 가회의 목에 칼을 들이댔다.

"안 돼! 그만두지 못하겠소?!"

사율은 결박된 채 몸부림을 치며 고함을 질렀다.

스윽, 심환지가 가회의 목을 살짝 긋자, 예리한 칼날을 타고 흘러내린 선혈이 그녀의 옷고름을 붉게 적셨다.

"네 이놈!!"

몸을 비틀며 짐승처럼 울부짖는 사율.

심환지가 사율 앞에 다가서더니, 피 묻은 칼을 들이대며 조용히 입을 열었다.

"사흘 더 말미를 주겠다. 그때까지 단초를 구해 오지 못하면 저년은 이 세상 사람이 아닐 게야. 내 약조하지."

심환지가 비릿하게 웃었고, 사율은 그런 상대를 집어삼킬 듯 무섭게 노려보며 몸을 비틀었다.

"가회야! 조금만 더 기다려 다오! 내 반드시 널 구하러 돌아오마!"

결박당한 채 호위무사에게 끌려 나가며 사율이 핏발 선 눈으로 가회를 돌아보며 소리쳤다. 심환지는 그런 사율과 기둥에 묶여 있는 가회를 번갈아 보며 느긋한 미소를 지었다.

"쉿! 이 친구, 경을 치겠네."

변사 사건을 처리하고 포도청으로 막 돌아온 강도수는 그를 기다리

화원: 밀사화의 비밀

고 있던 사율의 말을 듣자마자, 기겁하듯 재빨리 주변을 둘러보며 목소리를 낮췄다.

"이보게, 그게 절대 입 밖에 내선 안 되는 금기어란 걸 정녕 모르는가?"

못 들을 걸 듣기라도 했다는 듯, 종사관 강도수가 두 손으로 귓속을 후빈 뒤 탁탁 소리 나게 털었다.

"대체 금등지사가 뭐길래 그렇게 기겁을 하는가?"

"하아…"

어이가 없다는 듯 실소하며 고개를 내젓는 강도수.

그제야 사율은 강도수로부터 선왕과 사도세자에 얽힌 비극적인 사건과 금등지사에 관한 비화를 들을 수 있었다.

"이제 알겠나? 왜 다들 쉬쉬하는지."

사율이 담담한 눈빛으로 강도수를 응시했다.

"그게 다인가?"

"…이 친구, 이거…"

어이가 없다는 듯 강도수가 고개를 내저었다.

그길로 포도청을 떠난 사율이 모습을 드러낸 곳은 궐내각사의 빈청이었다. 느닷없이 찾아온 그를 본 심환지가 놀란 속내를 감추고 한적한 후원으로 앞장서 걸음을 옮겼다.

"지금 네놈이 제정신인 게냐? 감히 여기가 어디라고 빈청까지 날 찾아왔단 말이냐?"

사율을 사납게 쏘아보는 심환지.

"금등지사에 대해 더 알아야겠습니다. 도와주십시오, 대감."

종사관 강도수로부터 금등지사에 얽힌 비화를 듣긴 했으나, 왠지 부족하다는 생각에 사율이 곧바로 빈청으로 심환지를 찾아왔던 것.

"들었으나 놓친 게 있는 듯 허전합니다. 알맹이가 빠진 듯…"

심환지가 탄식 같은 신음을 뱉으며 사율을 노려봤다.

"금등지사란 말, 다신 입에 올리지 말거라. 감히 네놈 따위가 입에 올려서도, 더 알아서도 아니 될 일이다."

"하오나, 대감. 이대론 한 발자국도 앞으로 나갈 수가 없습니다. 대감이 주신 소임에 손조차 댈 수가 없습니다. 그러니, 절 좀 도와주십시오, 대감."

"돌아가거라."

심환지가 몸을 돌리는데, 사율이 심환지의 소매를 움켜잡았다.

"가희를!"

순간 사율의 목에 칼을 겨누는 호위무사.

"저의 여인을! 반드시 살려야 합니다, 전!"

허공에서, 사율과 심환지의 시선이 격하게 부딪쳤다.

"하오니, 제 소임을 다할 수 있도록 도와주십시오."

절박한 눈빛으로 상대를 응시하는 사율.

"여기에서 기다려라. 반 시진 뒤 사람을 보낼 것이니."

심환지가 사라진 뒤, 사율은 못 박힌 듯 그 자리에서 꼼짝도 하지 않았다.

사방에 홍매화가 붉은 꽃망울을 터뜨리고 있었으나 아무것도 그의 눈에는 들어오지 않았다. 그렇게 얼마쯤 초조하게 기다렸을까, 누군가

화원: 밀사화의 비밀

조용히 다가와 그에게 무언가를 내밀었다.

밀봉된 봉투였다.

사율은 곧바로 성문 밖으로 나가 백성들의 삶의 현장 속으로 뛰어들었다. 육조거리를 따라 들어선 시전과 저잣거리를 지나 외곽으로 향하는 사율. 거리와 골목길 구석구석을 찬찬히 살펴 나가자, 이전에는 눈에 들어오지 않던 궁핍한 백성들의 참상이 그의 가슴을 때렸다.

한 끼도 먹지 못한 채 구걸하는 걸인이 수두룩했고, 굶어 죽어 아무렇게나 방치된 시신도 눈에 띈다. 시전에서 쌀을 훔치다 걸린 여인은 배곯아 칭얼대는 아이를 품에 안은 채 온몸으로 매를 견딘다. 그 모습을 본 사율이 지니고 있던 엽전을 털어 여인을 구해 냈다. 걸인들 틈에 섞여 낮에는 무작정 거리를 헤맸고, 밤에는 폐가에서 불편한 잠을 청했다. 거리에서 고작 사흘을 보냈을 뿐인데, 목구멍을 타고 치미는 갈증과 배고픔, 추위에 눈앞이 아득해져 왔다.

사율은 곧장 숙소로 향했다. 그리고 정성을 다해 거리에서 보냈던 사흘의 고난을 화폭에 담았다. 고작 사흘로 백성들이 겪는 고난과 고통을 화폭에 모두 담을 순 없지만, 서둘러 감계화를 완성하고 임금에게 알현을 청할 생각이었다. 화폭에 담은 시간은 짧더라도 진정성이 담긴 그림을 갖고 국왕을 봬야 한다는, 화원으로서의 알량한 자존심은 포기할 수 없었기 때문이었다.

창덕궁 편전. 사율이 독대를 청해 임금과 마주했다.

"…이토록 곤고하단 말이더냐…"

사율이 그려 온 여러 점의 감계화를 찬찬히 훑어보던 왕이 이윽고 착잡한 얼굴로 감계화를 서안에 내려놓았다.

"…내… 과인의 백성을 위하고자 그렇게 애를 썼건만…"

정조가 자괴감 어린 목소리로 말끝을 흐리며 사율을 응시했다.

"임금을 칭송하는 목소리가 적지 않았사오나, 백성들이 몸소 버텨 내는 현실은 실로 만만찮았사옵니다. 전하, 송구하고 외람된 말씀이오나… 고작 사흘 그들 곁에 맴돌았을 뿐이온데…"

사율은 더 이상 말을 잇지 못한 채 고개를 떨구었다.

감계화를 사이에 두고 잠깐의 침묵이 흘렀다.

"고생했네. 자네가 그려 온 감계화는 곁에 두고 치세의 근본으로 삼을 수 있도록 하지."

"성은이 망극하옵니다, 전하."

"그만 물러가 쉬도록 하라."

"…전하…"

물러가지 않고 머리를 숙여 부복해 있던 사율이 품속에서 무언가를 꺼내 두 손으로 공손하게 바쳤다.

"무언가, 이것이?"

봉투에 든 종이를 꺼내 읽어 내려가던 왕의 얼굴이 흠칫 굳는다.

자신을 응시하는 임금의 시선을 받으며 입을 여는 사율.

"피 묻은 적삼이여, 피 묻은 적삼이여. 오동나무 지팡이여, 오동나무 지팡이여. 누가 안금장과 차천추 같은 충신인가. 내 죽은 자식을 그리

화원: 밀사화의 비밀

위하고 있노라."

사율이 봉투에 적힌 글귀를 담담히 읊조리는 동안, 무거운 정적만이 편전에 내려앉았다. 사율이 심환지에게서 은밀히 전달받았던 밀봉된 봉투 안 종이에 적혀 있던 글귀였다.

"계축년 8월 8일, 시원임대신과 내각, 삼사의 제신들을 소견한 자리에서 전하께서 대신들에게 보여 주신 구절이옵니다. 하오나, 비서의 진위와 존재 여부를 놓고 여전히 논란이 많은 것으로 알고 있사옵니다."

화들짝 놀란 상선이 황망한 목소리로 사율을 꾸짖었다.

"네 이놈! 어느 안전이라고 감히…?!"

임금이 조용히 손을 들어 상선을 제지했다.

떨리는 목소리를 간신히 목구멍 안으로 삼키며 말을 이어 가는 사율.

"하오니, 백성을 생각하시는 전하의 치세가 날로 숭상받는 지금이야말로, 금등이란 존재를 세상에 내놓으셔서 애절한 마음 가눌 길 없으셨던 선대왕의 애통함과 전하의 비통함을 동시에 달래심이 어떠하신지요?"

사율이 한 호흡을 쉰 뒤 말을 이었다.

"그것이, 선대왕의 뜻은 물론이요, 장 자, 륜 자, 륭 자, 범 자, 기 자, 명 자, 창 자, 휴 자, 여덟 자의 존호를 장조께 바치신 전하의 뜻을 세상에 널리 알림은 물론 쓸데없는 논란을 잠재울 수 있는 비책이 아닌가, 감히 여쭈옵나이다."

말을 마친 사율이 머리를 조아린 채 꼼짝도 하지 않았다.

정조가 담담하게 종이에 쓰인 글귀를 천천히 다시 읽어 내렸다.

이태 전, 사도세자의 신원을 두고 영남만인소 파동에 이은 채제공의 상소와 김종수의 이의 제기로 촉발된 논란이 일파만파 전국으로 번져갈 때, 그가 비책으로 꺼내 들었던 '금등지사'.

선대왕께서 사관을 물리친 채 휘령전에 나와 당시 도승지였던 채제공을 불러 신위 아래에 보관하도록 했다는 어서.

그것의 존재로 말미암아, 자신이 죄인의 아들이라는 오명을 벗고 국왕으로서의 정통성을 확보함은 물론, 대척점에 서 있는 노론 당파를 견제하며 지금에 이를 수 있었다고 해도 과언이 아니었다. 그런데 한낱 화원에 불과한 자가, 그 이후 그 누구도 감히 입 밖에 꺼내기를 두려워하는 사안을 거침없이 왕에게 직언하고 있지 않은가?

"소신이 죽음을 무릅쓰고 주제넘게 진언을 드리는 것은, 다만 전하의 신하 된 자로서의 올바른 도리를 다하고자 하는 충심에서 비롯됐음을 부디 굽어살펴 주시옵소서, 전하."

사율은 지금 자신의 행동이 얼마나 터무니없고 위험한지 누구보다 잘 알고 있었다. 당상관은커녕 삼사의 관원도 아닌 주제에, 누구나 언급을 꺼리는 극히 민감한 사안을 감히 임금의 면전에서 생뚱맞게 꺼냈으니 말이다.

당장 임금이 칼을 꺼내 자신의 목을 내려친다고 해도 전혀 이상할 것이 없을 것이다. 달리 다른 방도가 없었다. 이렇게 무리수를 두는 한이 있더라도, 어떻게든 단초가 될 물건을 찾아내야 한다. 그래야 가희가 살 수 있는 것이다.

왕은 가타부타 말이 없었다. 무심한 얼굴로 엎드려 있는 사율을 바라

화원: 밀사화의 비밀

보더니, 상선을 시켜 연잎차를 내오라 명했다.

이윽고 사율의 앞에 찻잔이 놓였다.

"마시게. 마음이 조급할 때 차분하게 해 줄 게야."

은은하게 코끝에 감도는 연잎 향.

사율은 천천히 고개를 들었다. 감히 임금의 용안을 마주하지 못하고 떨리는 손으로 찻잔을 들어 한 모금을 마셨다. 왕은 사율이 찻잔을 다 비울 때까지 말없이 기다렸다. 두 사람 사이에, 팽팽한 긴장감이 뒤섞인 기묘한 침묵이 내려앉았고, 사율의 이마에 송글송글 땀방울이 맺혔다.

이윽고 사율이 찻잔을 비우자, 임금이 묻는다.

"그것 외, 달리 할 말은 없는가?"

사율이 간신히 답했다.

"없사옵니다, 전하."

숙소로 돌아온 사율은 곧바로 복면을 쓰고 변복할 준비를 서둘렀다. 이제 마지막 수단밖에 남지 않은 상태. 야음을 틈타 편전에 침입해 내부를 뒤지는, 섶을 지고 불 속으로 뛰어드는 형국이지만, 그에게 남아 있는 유일한 선택이었다. 다시 복기해도 임금과의 독대는 너무나 무리한, 터무니없는 시도였다. 그 자리에서 목이 잘리지 않고 온전한 몸으로 귀환한 것 자체가 기적에 가까운 일이었다.

조용히 밤이 깊어지기를 기다리는데, 내관이 사율을 찾아와 따라올 것을 지시했다.

'드디어 올 것이 온 건가?'

내관이 향하는 등불의 방향을 보니, 내전 쪽이었다.

이렇게 쥐도 새도 모르게 최후를 맞는구나. 모든 것을 체념한 채 내관의 뒤를 따르는 사율. 애당초 가희를 구해 내는 일은, 아니, 단초가 될 물건을 찾아내는 것은 불가능했다. 심환지는 넘을 수 없는 거대한 벽 앞에 자신을 내동댕이쳐 놓고 도리 없이 끙끙대는 그의 꼬락서니를 지켜보며 그저 비웃고자 했음이 분명했다.

내관은 편전을 지나 침전으로 걸음을 옮겼다. 이윽고 금군이 지키는 침전에 이르는 사율. 이곳이 최후를 맞는 장소인가. 그렇게 생각하며 심호흡을 하는데, 내관이 사율이 도착했음을 침전에 알렸다.

침전 안. 사율이 임금에게 정중히 예를 표하고 조용히 그 앞에 앉았다. 임금의 표정을 읽으려고 했으나, 왕은 무심한 얼굴로 서책에 시선을 던지고 있었다.

"자네가 어제시를 직접 써서 그림에 방점을 찍을 기회를 주고 싶어 이렇게 불렀네."

이윽고 왕이 어제시가 적힌 종이와 붓과 벼루를 사율 앞에 조용히 내밀었다. 사율의 눈앞에, 계병으로 제작된『서성우렵』이 세워져 있었다.

日長山色碧嵯峨
東去西來同一步

화원: 밀사화의 비밀

일장산색벽차아 : 세월 흘러도 푸른 산이 높고 높듯

동거서래동일보 : 동으로 떠난 이나 서로 간 이나 같은 걸음

"동계 정온 선생의 강직한 성품과 충절을 기려 과인이 지은 어제시라네. 자네가 초 잡고 단원이 마무리한 『서성우렵』과 잘 어울릴 듯해서 말일세."

"…전하…"

어찌할 바를 모르겠다는 듯 말끝을 흐리는 사율.

"말하지 않았는가, 자네가 그린 화폭에 자네 손으로 직접 화제를 쓸 기회를 주겠다고."

"전하, 정말 소신이 그리하여도 되는지요?"

"물론이네."

사율은 떨리는 손으로 천천히 세필 붓을 들었다. 두방망이질하는 심장 박동 때문에 붓 끝이 흐트러질까 저어하는 심정으로 붓에 먹이 스며들기를 기다렸다.

이윽고 사율이 『서성우렵』 계병 앞에 서서 호흡을 가다듬은 뒤, 오른쪽 상단 여백에 어제시의 첫 글자를 써 내려갔다. 오롯이 붓 끝에 정신을 집중한 채 한 호흡씩 가다듬으며 단숨에 첫 구절을 써 내리고 마지막 획에 방점을 찍었다.

잠시 숨을 고르는데, 단원 김홍도가 도화서 차비노 둘을 대동하고 침전 안으로 들어섰다. 말끔하게 표구를 마친 작품을 조심스럽게 『서성우렵』 옆에 내려놓고 차비노들이 물러가자, 김홍도가 임금에게 정중하

게 예를 표했다.

"전하, 『한정품국』 대령이옵니다."

"어서 오게, 단원."

사율은 세필 붓을 내려놓고 김홍도와 눈인사를 나누었다.

"오호, 이 작품이 바로 그 작품이로군…"

왕은 나란히 세워진 『서성우렵』과 『한정품국』을 바라보며 만족스러운 듯 환한 미소를 지었다.

"뭐랄까, 청명한 햇살 아래 나뭇가지에 앉아 서장대를 내려다보는 청설모 한 마리. 어서 온 천지에 고운 단풍이 물들어 도토리 가득 줍길 고대하는 녀석의 마음을 담았다고나 할까… 여튼 필치가 놀랍도록 생생하고 세밀하군그래."

"과찬이시옵니다, 전하."

김홍도와 사율이 허리를 굽혔다.

"그래, 『한정품국』이라고 화제를 지은 이가 화원 장사율이라고 했던가?"

"그러하옵니다, 전하."

"작품과 썩 잘 어울리는 화제일세. 매화꽃이 한창일 때 가을 풍경을 담아 달라고 한 과인의 무리한 요구에도, 이리도 훌륭하게 화폭에 담은 두 사람의 공이 크다 할 것이오."

"성은이 망극하옵니다, 전하."

사율과 김홍도가 다시 머리를 숙여 어심에 감읍한 듯 예를 표했다.

"두 작품을 이렇게 놓고 보니…"

나란히 벽 앞에 세워진 『서성우렵』과 『한정품국』을 바라보는 왕의 입

화원: 밀사화의 비밀

가에 옅은 미소가 번졌다.

"비단에 담채라… 튈 듯 차분하고, 차분할 듯 도드라지는 멋이 참으로 멋스럽지 않소?"

임금이 미소를 머금은 채 사율과 김홍도를 번갈아 보며 물었다.

"그러하옵니다, 전하. 화원 장사율이 세밀하고 대담한 필치로 그린 작품이옵니다. 소신은 그저 멋들어진 화폭에 점과 선 몇을 더했을 뿐이옵니다. 하여, 혹여 제 졸작들에 견주실까 저어되옵니다."

"단원의 겸양 또한 너무 지나치구려, 허허허."

임금이 소리 내 유쾌하게 웃었다.

그렇게 왕과 단원이 대화를 주고받는 사이, 몇 걸음 떨어져 자신의 두 작품을 말없이 응시하는 사율. 마치 그림을 처음 대하기라도 하는 듯한 생경함이 얼굴에 묻어났다.

'뭐지, 이 느낌은…?'

사율이 뚫어져라, 나란히 세워진 두 그림을 응시했다.

그날 밤, 침전에서 물러난 사율은 뜬눈으로 밤을 지새웠다.

『서성우렵』과 『한정품국』 두 작품을 보면서 받았던 기묘한 느낌 때문이었다. 하나, 아무리 생각을 거듭해도 잡힐 듯 말 듯 머릿속에서만 맴돌 뿐이었다. 다음 날, 무작정 승정원의 주서를 찾아가는 사율. 어젯밤 왕이 직접 내리신 어제시를 적은 종이를 내보였다.

"전하께서 동계 정온 선생의 충절을 기리며 내리신 어제시입니다. 혹시 원본을 볼 수 있겠습니까?"

"아, 이 어제시…? 잠시 기다려 보게나."

금방 기억해 낸 주서가 서고 안으로 들어가더니, 이내 한지에 잘 싸인 어제시 원본을 내왔다.

日長山色碧嵯峨
鐘得乾坤正氣多
北去南來同日義
精金堅石不曽磨

어제시 원본과 어젯밤 왕이 자신에게 보여 주며 『서성우렵』 화폭에 쓰라고 했던 어제시를 찬찬히 비교하는 사율. 어느 순간 그의 동공이 천천히 커졌다.

'…다르다…'

자세히 살펴보니, 어젯밤 왕이 내밀었던 어제시는 원본의 첫째와 셋째 구에서 따온 글귀였으며, 셋째 구의 자구가 다르다.

北 대신 '東'을, 南 대신 '西'를, 同日義 대신 '同一步'를 썼다.

다시 두 시구의 글자를 찬찬히 비교해 살펴보는 사율.

北去南來同日義
東去西來同一步

'동으로 떠난 이나 서로 간 이나 같은 걸음…?'

화원: 밀사화의 비밀

주서가 재촉하는 바람에 승정원에서 이내 아쉽게 물러 나온 사율의 머릿속에서, 의문 하나가 내내 부연 안개처럼 떠돌았다.

'임금은, 대체 왜, 어제시 원본의 자구를 바꿔 자신이 그린 그림의 화폭에 담으려고 했던 것일까…?'

깊은 밤, 자신을 불러 후대에 남을 궁중화 화폭에 직접 어제시를 쓰도록 윤허했으나, 사실상 어제시를 쓰도록 하명한 왕이었다. 대체 왕의 행동에 숨은 의도는 무엇일까? 원본과 달리 자구를 바꿔 가며 왕이 사율에게 쓰도록 한 어제시엔 대체 무슨 비밀이 담겨 있는 걸까? 밤이 깊도록 잠들지 못하는 사율이었다.

다음 날 밤, 사율이 홀로 조용히 편전에 들어섰다. 침전에서 편전으로 옮겨진 두 작품을 다시 찬찬히 살펴보고 마지막 손길을 더할 기회를 달라는 그의 간청을 왕이 허락한 터였다.

이틀 내내 머릿속을 맴돌던 생각의 끝을 매조져야 했다.

어차피 오늘 밤 인경까지 단초를 구하지 못하면, 가희는 죽고 말 것이다. 부용지에서 귀신을 쫓는다는 불꽃놀이가 한창이어선지 편전을 지키는 금군의 경계가 느슨해진 시각, 사율이 나무 화구통을 지참하고 홀로 편전에 들어섰다. 저만치 선 내관 하나가 감탄사를 연발하며 편전 안쪽과 부용지 하늘을 환하게 수놓고 있는 불꽃놀이를 바라보는 가운데, 사율이 작품『서성우렵』과『한정품국』앞에 섰다.

'…대체 뭐란 말인가…?'

펑펑, 부용지 쪽에서 폭죽 터지는 소리가 들려왔다. 정신을 집중한 채 두 작품을 뚫어질 듯 응시하는 사율.

'설마 내가 그린 그림 속에, 숨겨진 단초라도 있단 말인가…?'

석상처럼 눈앞의 두 작품을 응시하던 사율이 작품 쪽으로 한 걸음 다가서더니, 『한정품국』을 조심스럽게 들어 『서성우렵』 옆에 바짝 붙여놓았다. 세 보쯤 떨어져 있던 두 작품이 어깨를 나란히 하는 순간, 펑펑! 부용지 상공에서 연달아 폭죽이 터졌고, 밤하늘을 대낮처럼 밝힌 불꽃이 편전 내부에 환한 빛을 드리웠다.

그 찰나의 순간.

깨달음 같은 자각으로 사율의 동공이 희열로 번득였다. 두 점의 그림 속에서 우뚝 솟아 있던 서장대가, 깃대봉이, 그리고 그날 밤 어둠 속 서성 밖의 너른 들판에서 목격했던 의문의 장면이 한데 뒤엉키며 벼락처럼 머릿속 무언가를 건드리며 파열시켰던 것.

'아… 바로 이거였어!'

그의 입에서 짧은 신음 같은 탄식이 새어 나왔다.

'두 작품은 둘이 아니라, 하나였어…!'

낙뢰 같은 깨달음이, 전율처럼 사율의 온몸을 휘감았다.

자신이 그렸음에도, 그제야 화폭 속에 숨은 비밀을 깨닫는 사율. 그동안 부연 안개처럼 줄곧 그의 머릿속에서 부유했던 봉인된 수수께끼가 풀리는 순간이었다.

첫째, 두 작품 속에 공히 그려진 서장대 깃대봉에 주목해야 한다.

『서성우렵』은 화서문 성곽과 그 바깥쪽 너른 들판에서 사냥하는 풍경을 담은 그림으로, 화폭 중심에 서장대가 위치했고 노대 앞에 두 개의 큰 깃대봉이 그려져 있다.『한정품국』은 행궁 안 북쪽에 자리한 미로한정을 중심으로 가까운 좌측 하단엔 낙남헌을, 먼 우측 상단엔 서장대를 배치해 균형을 잡은 작품인데, 역시 노대 앞에 두 개의 큰 깃대봉이 그려져 있다.

핵심은 두 작품 속, 두 개의 깃대봉이 동서 방향으로 서로 마주 보고 있다는 것. 즉, 두 작품 속에서 시야와 부감의 방향을 달리했으나, 나란히 바짝 붙인 상태에서 보았을 때, 두 개의 깃대봉이 서로 마주 보게 된다는 사실이다.

둘째,『한정품국』의 서장대 깃대봉과,『서성우렵』의 서장대 깃대봉 사이를 사선으로 일직선을 긋는다.

셋째,『한정품국』의 서장대 깃대봉에서 좌측 가운데 산등성이에 그려진 작은 망루까지의 거리를 어림 눈대중으로 잰다.

넷째, 이제 어제시의 바뀐 자구가 단초를 풀 핵심 역할을 할 차례다.

東去西來同一步

동거서래동일보: 동으로 떠난 이나 서로 간 이나 같은 걸음

즉,『한정품국』의 서장대 깃대봉에서 좌측 가운데 산등성이에 자리한 작은 망루까지의 거리를,『서성우렵』의 서장대 깃대봉에서 같은 거리만큼 화폭 밖에서 측정한 - 화폭에서 사선으로 그으면 허공이지만, 그 거리만큼 서성 밖의 들판에 실제로 적용한 거리 - 그 지점에, 바로 단초가 될 물건이 묻혀 있을 것이다. 물론 정확한 지점을 상징하는 사

물은 현장 어딘가 은밀히 은폐돼 있을 것이다.

다시 정리하자면, 왕은 점점 나빠져 가는 자신의 매병을 우려해 금등지사가 묻힌 정확한 지점을 『서성우렵』과 『한정품국』이라는, '하나같은 두 개의 그림' 속에 암호처럼 은밀히 숨겨 둔 채 편전에 두고 있었던 것이다.

"그래, 바로 이거였어!"

사율이 주먹을 불끈 쥐며 자신도 모르게 소리를 질렀다. 그 바람에 문밖에서 지키고 서 있던 내관이 흘끗 돌아보더니, 잰걸음으로 다가와 의뭉스러운 눈빛으로 물었다.

"무슨 일이오?"

"아, 아니오… 자세히 보니, 뭐 달리 손댈 게 없어 보여 그렇소."

사율이 별일 아니라는 듯 애써 웃으며 바닥에 놓아두었던 화구통을 냅다 집어 들었다.

횃불을 밝히고 있는 지하 밀실.

"자, 어서 가희를 풀어 주시오."

"명심하렸다. 만약 네놈이 수작을 부렸다는 게 밝혀지는 순간."

사율과 심환지의 시선이 허공에서 부딪쳤다. 두 그림에 숨겨진 비밀을 알아낸 직후, 밀봉된 서찰을 임시 숙소에 남겨 두고 한달음에 달려온 사율이었다.

"저년은 죽은 목숨이 될 게야. 알겠느냐?"

사율이 심환지를 응시하며 단호하게 답했다.

"사람 목숨이 경각에 달렸는데, 대감이라면 금방 탄로 날 거짓부렁을 고할 겁니까?"

팽팽하게 부딪치는 사율과 심환지의 날 선 시선.

이윽고 심환지가 고갯짓하자, 수하 하나가 가희를 묶은 밧줄을 풀더니 바깥으로 데리고 나갔다.

"당장 채비를 서두르게. 놈이 말한 장소에 가서 반드시 그 물건을 손에 넣어야 할 것이야."

"알겠사옵니다, 대감."

예판 민종현이 목례를 한 뒤 사율을 쏘아보았다.

"허튼짓하면 가차 없이 네놈 목을 칠 것이다. 어서 앞장서거라."

사율은 횃불을 따라 천천히 밀실 밖으로 걸어 나갔다. 구름 너머로 희끄무레한 달빛이 음습한 어둠 위에 내려앉아 있었다.

지하 밀실 밖으로 나온 사율은 예판이 이끄는 무리와 함께 말을 타고 어둠 속을 부지런히 내달린 끝에, 태양이 머리 위 정점에 이르렀을 무렵 화성 현장에 도착했다.

수원화성 화서문 옹성 밖의 인근 들판.

네 구간으로 나눠 축성한 화성 중 서성은 서장대를 중심으로 팔달산 정상에서 남북 방향으로 축성한 성벽 구간이다.

환한 햇빛을 마주하고 선 사율. 예판의 무리와 함께 서성 밖 들판에 서서 저만치 팔달산 정상에 우뚝 서 있는 서장대를 바라보았다.

"자, 어디란 말이냐?"

예판 민종현이 재촉했다.

"어서 고하거라."

대답 대신 사율은 두 장의 그림을 펼쳤다.

『서성우렵』과 『한정품국』을 그린 그림인데, 필치가 마음에 들지 않아 폐기하려고 아무렇게나 구겨 보관하고 있었던 것을 가져온 것이다.

사율은 서장대와 가까운 작은 망루와 자신이 서 있는 들판을 번갈아 보며 눈대중으로 거리를 측정하기 시작했다.

東去西來同一步

동으로 떠난 이나 서로 간 이나 같은 걸음

『한정품국』의 서장대 깃대봉에서 좌측 가운데 산등성이에 자리한 작은 망루까지의 거리를, 『서성우렵』의 서장대 깃대봉에서 같은 거리만큼 화폭 밖의 들판에 적용해 금등지사가 묻혀 있는 지점과 가까운 곳을 찾아내는 것이 난제였다.

문제는, 막상 현장에 와 보니 그것이 생각처럼 그리 간단치 않다는 점이었다.

두 개의 그림을 나란히 세워 놓고 화폭상 눈대중으로 잡았던 거리와, 성 밖 현장의 들판에 적용했을 때 필연적으로 발생하는 거리 오차를 어떻게 최대한 줄일 수 있느냐 하는 난제에 직면했던 것.

"네 이놈, 무얼 그리 꾸물거리는 게냐?"

예판이 새된 목소리로 재촉했다.

화원: 밀사화의 비밀

아랑곳하지 않고 우뚝 서 있는 서장대를 응시하는 사율.

그날 밤 목격했던 장면이 뇌리에 스쳤다. 서장대에서 가까운 산등성이에 자리한 작은 망루에 올라 왕이 손수 군사를 지휘하던 야간 훈련 장면을 그리고 있을 때였다. 지친 눈을 쉴 겸 화폭에서 눈을 떼고 잠시 서성 밖의 너른 들판을 바라보고 있는데, 어둠 속의 은밀한 움직임이 그의 시선을 낚아챘다.

구름 사이로 희끄무레하게 내리비치는 달빛 아래, 말을 탄 두 명의 사람 형체가 언뜻 보이는가 싶더니, 이내 어둠 속으로 사라졌다. 이 시각 들판에 웬 사람이…? 눈을 비비고 다시 봤지만 어둠뿐이었다. 잘못 봤나 싶어서 다시 세필 붓을 집어 드는데, 바람이 구름을 밀어내며 들판에 일순 환한 달빛을 드리웠고, 그 찰나의 순간 적막을 깨뜨리는 말 투레질 소리와 함께 말에 물린 붉은 재갈이 언뜻 보였다.

왕실의 위엄을 상징하는 어마의 붉은 재갈.

이내 다시 구름이 달빛을 가리는 바람에 착시처럼 어둠에 가려졌지만, 그가 본 것은 분명 어마를 상징하는 붉은 재갈이었다.

'이 시각, 서성 밖 들판에 전하께서…?'

호기심과 의구심에 줄곧 들판의 한 지점을 응시했지만, 사람이나 말의 형체는 어둠에 가려 더 이상 보이지 않았다.

"네 이놈, 귀가 먹었느냐!"

예판이 신경질적으로 사율을 쏘아붙였다.

"잠시만 시간을 주시지요, 대감."

사율은 『서장대야조도』를 그릴 당시를 떠올리며 온 신경을 저만치 보이는 서장대와 산등성이에 자리한 작은 망루에 집중했다.

'서장대에서 작은 망루까지의 거리가…'

자꾸만 주변의 움직임이 신경을 거슬렀다. 눈을 감는 사율. 당시 숲 속을 직접 걸어 작은 망루까지 향했던 장면을 머릿속으로 그리며 거리를 재기 시작했다. 서른다섯, 서른여섯, 서른일곱… 울퉁불퉁 파인 산 길에 넘어질 뻔하고, 튀어나온 돌부리에 채이기도 하며 한 걸음씩 나아가는 사율. 쉰일곱, 쉰여덟, 쉰아홉…

잠시 후, 사율이 번쩍 눈을 떴다.

"일흔일곱."

그 소리에 모두의 시선이 사율에게 쏠렸다.

"서장대 앞에서 전방의 남서 방향으로 일흔일곱 보쯤 떨어진 들판입니다."

사율의 거리 추정치가 가리키는 서성 밖 들판 지점의 인근에서 자색 비단 띠가 매어진 키 작은 소나무가 발견됐다. 언뜻 봐선 주변의 큰 나뭇가지에 가려 잘 보이지 않았지만, 분명 누군가 표식으로 매둔 비단 띠가 분명했다. 말에서 내려 직접 비단 띠를 확인하는 예판 민종현.

"여기가 틀림없으렷다?"

예판의 물음에 사율이 저만치 보이는 서장대와 주변을 눈대중으로 일별하더니 고개를 끄덕였다.

"그런 것 같습니다."

"뭣들 하느냐? 어서 파 보거라."

화원: 밀사화의 비밀

예판이 재촉하자, 수하들이 미리 챙겨 온 도구를 집어 들고 신속하고 은밀하게 소나무 주변의 땅을 파기 시작했다. 일각이 채 지나지 않았을 무렵, 쇠스랑에 쇠붙이가 부딪히는 소리가 들렸다.

"여깁니다!"

흙더미 사이로 땅속에 묻혀 있던 쇠붙이 손잡이가 드러났다. 민종현이 턱짓을 하자, 수하 하나가 쇠붙이 손잡이를 힘껏 당겨 열어젖혔다. 어둠을 밀어내며 지하 밀실에 환한 빛이 드리워졌다.

사율을 필두로 민종현과 호위무사가 밀실 안으로 들어섰다. 차가운 바깥 공기와 달리 작고 아늑한 내부. 만든 지 얼마 되지 않은 듯 흙벽은 습기를 머금은 채 눅눅했고, 항아리 두어 개와 나무로 만든 의자, 호미 따위가 놓여 있었다. 안을 둘러보던 민종현의 얼굴이 일그러졌다. 기대와 달리 금등지사는 어디에도 없었다.

"발칙한 놈!"

예판 민종현이 단숨에 검을 뽑아 사율의 목에 들이대며 으르렁댔다.

"감히 네놈이 우릴 우롱해…?!"

금방이라도 목을 벨 것처럼 무섭게 사율을 노려보는 민종현. 칼날을 타고 핏물이 살짝 배어난다.

"진정하시지요."

담담한 시선으로 입을 여는 사율.

"무어라?"

"소인이 어찌 전하의 심중을 헤아릴 수 있겠습니까? 다만 보시는 것처럼 그것을 잠시 이곳에 보관했다가 다른 장소로 옮긴 듯 보입니다만…"

검을 부여잡고 있던 민종현이 이죽거렸다.

"한 번 더 기회를 주마. 하나, 명심하거라. 다음에도 헛걸음하게 만들면 단칼에 네놈 목을 베어 버릴 것이야."

대답 대신 사율이 파란 하늘을 올려다보며 무심한 시선을 던졌다. 눈부시게 환한 햇살이 쏟아져 내리고 있었다.

다음 날, 사율을 지하 밀실에 가둔 심환지는 가희를 다시 잡아 오라고 지시한 뒤, 노론 당파 수뇌부를 이끌고 침전으로 향했다. 전격적인 독대를 청해 임금과의 담판을 시도해 판을 엎어 보겠다는 것.

이윽고 정조와 독대하는 심환지.

"병판, 잠을 설쳤소? 거, 낯빛이 납덩이마냥 무거워 보이는군그래."

임금이 찻잔을 들어 한 모금 마셨다.

"홍매화차요."

붉은 홍매화 꽃잎이 떠 있는 찻잔. 침전에 은은한 매화 향이 감돌았다.

"병판도 한잔 마셔 보구려. 삭풍을 견디고 잔설을 뚫고 꽃망울을 틔운 녀석들이 참 대견하지 않소?"

심환지가 찻잔을 드는 대신 용안을 응시하며 입을 열었다.

"일찍 핀 꽃이 시선을 끌지는 모르나, 모름지기 피고 질 때를 가릴 줄 아는 꽃이 아름다운 법이지요."

팽팽한 긴장감에 꼬리를 물듯 매화 향이 엇돌았고, 임금은 말없이 입가에 미소를 지었다.

"강상의 법도 위에 세운 이 나라에서, 감히 남의 밥그릇을 넘보지 않고 제 주제를 알고 족함을 알며 사는 백성들이 어여쁜 것처럼 말입니다."

그것을 신호로, 심환지가 작심한 듯 거침없이 입을 열었다.

왕이 구상하거나 곧 시행하기로 예정된 독단적인 개혁 정책을 철회하고, 노론 당파가 주도하는 조정과 긴밀한 협력을 통해 안정적으로 국정을 운영하라는 것이 주된 요구 사항이었다.

이윽고 잠자코 듣고 있던 임금이 입을 열었다.

"가마솥 안에서 살아온 개구리 왕국이 있었소. 어느 날 왕은 백성들이 궤멸될 직전이라는 무서운 사실을 알아냈소. 그동안 개골, 개골, 요란스럽게 소리를 지르는 백성들이 없어 왕은 백성들이 무탈하리라 생각했거든. 그런데 그게 아니었소. 가마솥 주인인 선비가 서서히 장작불을 땠거든. 얼마 동안 불을 땠는지 아시오, 병판?"

다그치는 왕의 시선을 피하지 않고 마주 받는 병판 심환지.

"사백 년을 땠소. 무려 사백 년간 서서히 불을 땠으니, 개구리 백성들은 물이 뜨거워지고 있는지조차 눈치채지 못했던 거요. 끓는 물에 모두 삶겨 죽기 직전이었는데도 말이오."

입꼬리에 미소를 문 채 바라보는 임금과 달리, 심환지의 눈빛에 싸늘한 냉기가 감돌았다.

"선비 주인의 솜씨 또한 칭송받아 마땅하리라 사료되옵니다. 무려 사백 년이란 오랜 세월 동안 개구리 백성들을 무탈하게 보살피지 않았사옵니까?"

"온갖 감언이설로 개구리 백성들의 눈과 귀를 가리고 호도하며 구워삶았던 게 아니고?"

뚫어질 듯 상대를 응시하는 왕의 형형한 눈빛.

뭐라고 말을 하려던 심환지가 가만히 왕을 응시했다.

무표정한 얼굴로 그렇게 상대를 응시하는 임금과 신하. 그들 사이에 넘지 못할 단단하고 높은 벽이 버티고 서 있었다.

화원: 밀사화의 비밀

시선을 비껴날 자, 누구던고

"이제 길은 하나뿐!"

한양의 외곽 야산 기슭, 햇불 대열이 밤을 밝히며 일사불란하게 모여들었다. 심환지가 모여든 햇불을 바라보며 연설에 힘껏 방점을 찍었다.

"우리는 미욱한 주상을 끌어내리고, 이 땅에 새로운 시대를 열 것이다!"

기슭에 운집한 수백여 명의 군사들이 햇불과 무기를 치켜들며 환호했다.

금상과의 최후의 담판이 결렬되자마자 심환지가 노론 수뇌부 비밀회의를 소집했고, 곧바로 궁으로 쳐들어가 왕을 왕좌에서 끌어내리기로 최종 결정했던 것.

곧 전면적인 개혁 정책이 시행될 것이며, 종국에는 주상이 화성으로 천도를 감행할 것이라는 소문이 파다했다. 더구나 화성행차 도중에 왕에 대한 두 차례의 암살 시도가 실패로 끝난 마당에, 노론을 포함한 사대부 세력의 기득권이 치명적인 타격을 받을 것이란 사실은 불을 보듯 뻔한 일이었다. 게다가 왕의 배후엔 장용영이란 막강한 군사력이 버티고 있었고, 갈수록 그 위세를 더하고 있는 위급한 상황이었다.

먼저 움직여야 했다. 말이 아닌 행동으로.

"주상… 어차피 우린 함께 갈 수 없는 운명인가 보오…"

어둠을 밝히며 집결한 횃불들을 보며 심환지가 비장한 낯빛으로 중얼거렸다.

'막아야 해, 파국만은…'

지하 밀실에 갇힌 채 주변 공기가 심상찮게 돌아가는 것을 본 사율은 심환지 일당이 무력으로 반정을 시도하려는 것임을 직감했다.

어둠에 잠긴 지하 밀실 안.

결박된 사율이 초조한 심정으로 나무 덮개의 성긴 틈 사이로 들려오는, 바깥의 긴박한 움직임과 발걸음, 두런거리는 말소리에 신경을 곤두세우고 있었다. 지난 일들을 곰곰이 되돌아보았다. 두 그림에 숨겨진 비밀을 알아낸 자신의 유추가 맞는다면, 서장대가 보이는 서성 밖 들판의 지하 공간에 금등지사, 혹은 그 단초가 될 물건이 있어야 했다. 그러나 그곳엔 아무것도 없었다. 누군가 그 같은 비밀을 알아챌 것을 우려한 금상이 미리 빼돌렸던 걸까?

이런저런 생각으로 머리가 어지러운데, 횃불 하나가 냉기를 이끌고 어둠을 밀어내며 안으로 들어섰다.

"…가… 가희야…"

화원: 밀사화의 비밀

사병이 그녀를 기둥에 묶어 놓고 사라지자, 초췌한 얼굴을 한 가희가 힘겹게 눈을 떴다.

"…오라…버니…?"

"그래, 나야. 괜찮아?"

힘겹게 간신히 고개를 끄덕이는 가희.

"나쁜 놈들…"

사율이 차마 말을 맺지 못한 채 지그시 입술을 물었다.

다시 가희가 밀실로 끌려온 것이다. 그렇게 지하 밀실에서 다시 슬픈 재회를 하는 두 사람. 사율이 무사한 것을 본 가희가 걱정스러운 눈빛으로 지난 일을 물었다.

"어명을 받고 감계화를 그리려고 가셨다는 소식은 들었는데, 그림은 무사히 잘 그렸습니까?"

순간 둔중한 망치로 머리를 맞은 듯한 느낌이 엄습했다. 감계화를 그려 올 것을 하명받은 그가 침전을 물러 나올 때, 마주쳤던 그림 한 점이 뇌리를 때렸다.

윤두서의 『자화상』.

보는 사람의 정신을 오롯이 옭아맬 듯한 강렬한 시선과, 혼잣말처럼 이어지던 왕의 한마디가 뇌리를 때렸던 것.

"시선을 비껴날 자, 누구던고. 주공에 이를 텐데…"

다음 순간 전광석화처럼 그의 가슴을 치는 깨달음!

'맞아, 시선과 주공에 단초가 있었어…!'

주공이 누구던가? 공자가 평생 성인의 모범으로 삼았던 인물이자,

은나라를 멸망시키고 주나라를 세운 무왕의 동생이 아닌가.

『서경』의 「주서」 편을 보면, 주공이 죽은 뒤 성왕이 금등서를 열어 보니, 주공이 기꺼이 자신의 목숨을 바칠 테니 사경을 헤매는 무왕을 부디 살게 해 달라고 하늘에 비는 비서가 발견되었고, 그제야 주공의 충성심을 깨달은 성왕이 눈물을 흘렸다는 내용이 수록돼 있지 않았던가.

"침전이었어!!"

자신도 모르게 사율이 소리쳤다.

"『서성우렵』과 『한정품국』은 미끼였고!"

출입구 쪽을 향해 고함을 치는 사율.

"알아냈어! 알아냈다고! 이보시오! 그곳이 어딘지 알아냈단 말이오!"

주공에 이른다는 말은, 곧 금등지사가 숨겨진 장소에 이르는 지름길임을 암시하는 암호 같은 것이었다.

몇 번이나 고함을 쳤을까, 사병 둘이 안으로 들어섰다. 짚과 나무가 타는 냄새가 훅 코를 덮쳤다.

"이보시오! 병판 대감을 만나게 해 주시오! 긴히 드릴 말씀이 있소!"

대꾸도 없이 다짜고짜 가회를 끌어내는 사병.

"이, 이보시오! 그러지 마시오!"

사율이 손을 뻗어 절규했다.

"제, 제발! 가회를 내버려두시오! 제발…!"

사율이 우악스럽게 끌려 나가는 그녀를 무력하게 지켜보는데, 불길이 확 치솟았다. 사병이 떠나면서 바닥에 쌓인 짚단에 횃불을 던졌던 것. 사율이 몸부림을 쳐 보지만, 단단히 포박된 채 기둥에 묶여 있어 불길을 피할 길이 없다. 화르륵, 순식간에 불길이 번지며 열기와 매캐한 연기가 덮쳤고, 사율은 의식을 잃고 쓰러지고 말았다.

천천히 눈을 뜨는 사율.

밤하늘에서 빗방울이 떨어졌다. 힘겹게 일어나 주변을 살폈다. 어느 산기슭 아래의 풀밭이다.

"정신이 드는가?"

눈앞에 이참이 나타났다. 그제야 밀실에서 의식을 잃는 순간 누군가 그를 들쳐 업으며 소리쳤던 게 기억났다.

"…자네…였나?"

이참이 고개를 끄덕였다.

"지난번 자네가 금등지사 운운하는데, 도저히 그냥 앉아 있을 수 없더군. 그래서 무작정 자네 숙소를 찾아갔다가 자네가 남긴 서찰을 발견했네."

만일의 경우를 대비해 가희가 갇힌 곳의 위치 약도와 자신이 그곳으로 간다는 내용의 서찰을 남겼는데, 사율의 숙소에 들른 이참이 그 서찰을 읽고 이곳으로 말을 달려 왔던 것.

"전하를 알현해야 해."

사율이 힘겹게 몸을 일으켰다.

"병판이 군사를 일으켜 궁으로 향하고 있어. 대역무도한 자들이 반역을 일으켰단 말일세."

"난 가야 할 데가 있네. 내 말을 타고 가게나."

사율이 서둘러 말 쪽으로 다가가는데, 등 뒤에서 다시 들리는 이참의 목소리.

"고맙네."

무슨 뜻이냐는 듯 뒤돌아보는 사율.

"자네가 내 목숨을 구해 주지 않았던가?"

두 사람의 시선이 허공에서 얽혔다.

"그때 자네가 앞으로 나서서 내 진술에 힘을 보태 주지 않았으면… 지금쯤 난 세상에 없을 테지?"

이참이 설핏 미소를 지었다. 연기를 많이 마셨는지 사율이 쿨럭 기침을 했다.

"…이래서 사람의 일은 한 치 앞을 모른다고 하는가 싶군…"

말없이 서로를 응시하는 사율과 이참.

친국장에서 사율이 이참의 진술을 옹호해 줬던 일을 말하는 것이리라. 짧은 시간 허공에서 교차하는 둘의 시선 속에 많은 함의가 담겨 있었다.

"뭐 하는가? 어서 서두르게."

이참의 말에 정신을 차린 사율이 말의 고삐를 움켜잡고 채찍을 휘둘렀다. 사율은 질풍노도처럼 궁을 향해 말을 내달렸다.

창덕궁 침전 안.

침전 한편에 걸린 윤두서의 『자화상』에서 몇 걸음 떨어진 곳에 선 사율이 꼼짝 않고 그림을 정면으로 응시하고 있다.

화원: 밀사화의 비밀

한 인간의 내면세계를 온전히 담아 쏘아보듯 보는 이를 압도할 듯한 형형한 눈동자. 눈앞에서 휘날릴 듯 생생하게 그려 넣은 수염과 날것 그대로의 선 굵은 이목구비. 마치 눈앞의 인물이 튀어나와 목을 조를 듯한 강렬한 긴장감이 화폭에 그득하다.

이윽고 사율이 좌로 몇 걸음, 우로 몇 걸음씩을 뗀 뒤 그림을 응시한다. 그러다 다시 그림에서 몇 걸음 앞이나 뒤로 위치를 옮긴 후, 역시 좌우로 각각 몇 걸음을 뗀 뒤 그림을 노려본다.

그렇게 이상한 움직임을 반복하는 사율의 기이한 모습을 말없이 지켜보는 종사관 강도수. 사율로부터 반군의 거병 사실을 듣고 즉각 편전에 보고했는데, 침전으로 들라는 어명을 받았던 그였다.

사율이 몇 번이나 그 같은 동작을 반복했을까, 어느 순간 한곳에 서서 꼼짝하지 않고 그림을 응시한다.

이윽고, 그의 입가에 번지는, 깨달음 같은 기묘한 미소…

그때, 등 뒤에서 들리는 목소리가 있었다.

"이제야 알아냈는가?"

왕이 침전으로 들어서고 있었다. 사율이 그 자리에 엎드려 머리를 조아렸다. 그리고 기다렸다는 듯 입을 열었다.

"시선을 비껴날 자, 누구던고. 주공에 이를 텐데, 라고 하신 전하의 말씀에 주목하고서야 비로소 알아낼 수 있었사옵니다."

사율이 천천히 고개를 들었고, 임금과 시선이 마주쳤다.

"여러 차례의 시험 끝에, 마침내 정면을 응시하는『자화상』의 시선에서 비껴나는 장소, 즉 눈을 마주치고는 있으나, 그 시선을 벗어나는 지점을 알아낼 수 있었고, 비로소 바로 그곳 아래에 전하께서 소중하게 간직해 오신 그것이 보관돼 있다는 사실을 깨달을 수 있었사옵니다."

정조가 천천히 사율에게 다가섰다.

"대단하군, 허허허."

입가에 미소를 문 채 사율을 바라보는 임금.

"비밀을 하나 덧붙이자면, 『자화상』의 시선에서 비껴날 수 있는 자는 극히 드물지. 수천수만에 한 사람쯤 될까…? 즉, 마음이 담대하되 소박하고, 강건하되 순결한 자만이 그 시선을 온전히 비껴날 수 있다네."

서로를 응시하는 임금과 신하의 시선에 은밀하고 묘한 동질감이 담겨 있었다.

"자네나 과인 같은 기이한 시각을 가진 사람들 말일세."

그랬다.

어느 날 『자화상』을 정면으로 바라보되, 전후좌우로 몇 걸음 비껴난 채 응시했을 때, 보는 이의 시선을 집어삼킬 듯 강렬한 『자화상』의 시선에서 벗어나는 지점이 있다는 놀라운 사실을 발견한 임금이, 바로 그곳 바닥 아래의 비밀 공간에 금등지사를 비밀리에 보관하고 있었던 것이었다. 날이 갈수록 점점 심해지는 매병 때문에 고심하던 어느 날, 하늘이 무심히 던져 주듯 선사한, 난공불락 같은 그만의 암호 체계였던 것.

"『서성우렵』과 『한정품국』에 숨기신 비밀 또한 참으로 풀기 힘들었사옵니다."

"두 개의 작품을 하나로 보는, 정교하되 넓고 자유로운 심성이 있어야만 그 또한 풀 수가 있지. 하지만 자네는 끈질기게 파고들어 결국 풀어내지 않았는가."

사율을 응시하는 임금의 눈빛에 따뜻한 신뢰가 묻어났다.

『서성우렵』과 『한정품국』, 그리고 『자화상』까지, 참으로 복잡하고 정교해 불가득, 즉 아무리 얻으려 해도 얻을 수 없는 넓고 큰 수수께끼 판에서 논 듯, 여전히 혼미한 마음 가눌 길이 없사옵니다."

"하나, 마침내 풀어내지 않았는가."

"송구하옵니다, 전하."

"아닐세. 누군가와 비밀을 나눌 수 있다는 게… 영감을 함께할 수 있다는 게 이렇듯 묘한 기분이 드는군."

사율이 임금을 향해 머리를 조아렸다가 천천히 고개를 들었다.

"서장대 밖의 들판에 숨겨 두셨다고 확신했던 그곳을 찾았으나 텅 비어 있었을 땐 막막했습니다."

"야조 때 그곳에 숨겨 두었는데, 가만히 생각해 보니 너무 멀더군. 중요한 것은 모름지기 가까이 두어야 하지 않겠나? 하여, 이쪽으로 옮겼다네."

가희를 구하기 위해 사력을 다하며 겪었던 고초가 사율의 뇌리에 빠르게 스쳐 갔다.

"자네가 승정원 주서를 찾아왔었다는 소리를 듣고 자네가 그곳을 찾아낼 줄 알았네. 아, 물론 자네에게 단초를 주고 싶어서 어제시를 쓰게 했지만, 혹여 너무 복잡하고 난해하진 않을까 내심 염려가 된 것도 사실이었네. 하나, 역시 자네는 내 기대를 저버리지 않더군."

"…참으로 힘들었사옵니다…"

사랑하는 여인의 목숨을 두고 임금과 벌였던 두뇌 싸움.

과연, 임금은 자신이 얼마나 처절하고 간절한 심경으로 임금이 궁중화에 숨겨 놓은 수수께끼를 풀려고 고군분투했는지 티끌만큼 짐작이라도 할까 하는 야속한 마음이 들었으나, 이내 내려놓았다. 자신의 재능을 알아봐 준 금상이 아니었더라면 지금의 자신도, 집안의 원수 심환지에 대한 복수의 완성도 꿈꾸지 못했으리라.

"그랬을 게야… 나 같았으면 이곳까지 이르렀을까…?"

어림도 없다는 듯 임금이 고개를 절레절레 혼들며 옅은 미소를 지었다.

이윽고, 왕과 사율의 시선이 마주쳤다.

주고받는 눈빛 속에 만감이 교차하는 듯 시간이 멈췄다.

"…정말 대단했어…"

"…지나고 보니… 그저 매일매일 소신이 할 수 있는 일을, 조금씩 했을 뿐입니다."

왕은 말없이 고개를 끄덕였다.

궁중화를 매개체로 왕과 화원이 밀고 끌어당기며, 때론 서로를 시험하듯 달려온 지난 시간.

두 사람은 잠시 말없이 그렇게 서로를 응시하며 서 있었다.

영문을 모르겠다는 듯, 두 사람을 지켜보던 강도수가 뒤늦게 정신을 차리고 황급히 병판 일당의 거병 사실을 다시 보고했다.

"신료가 임금을 내쫓으려고 거병을 했다…? 거, 흥미롭구먼…"

왕은 고개를 한 번 끄덕이고는 서안에 놓여 있던 서책을 펼쳐 태연자

화원: 밀사화의 비밀

약하게 읽기 시작했다. 사율과 종사관 강도수가 초조한 얼굴로 임금을 바라보았다.

"그만 가 보게. 자네 마음이 향하는 곳으로."

시선을 여전히 서책에 둔 채 임금이 말을 이었다.

"내 몫의 걱정은, 과인이 감당할 테니."

사율이 큰절을 한 뒤 천천히 침전 밖으로 물러나는데, 임금이 그를 불러 세웠다.

"장사율."

그 자리에 멈춰 서서 몸을 돌리는 사율.

"자네와 함께할 수 있어서 기꺼웠네."

사율이 다시 한번 왕을 향해 깊숙이 허리를 숙여 예를 갖췄다.

"성은이 망극하옵니다, 전하."

침전 밖으로 나서는 사율의 얼굴에 시나브로 미소가 번졌다. 잔설을 뚫고 해사하게 피는 홍매화 꽃잎처럼. 그리고 온몸을 다해 숭례문 쪽으로 내달리기 시작했다. 그에겐 반드시 해야 할 가장 중요한 일이 남아 있었다.

숭례문 외곽 지역. 궁궐 진입을 시도하던 심환지의 반군 앞을 기다렸다는 듯이 장용영 군사들이 막아섰다. 왕의 특명을 받고 만약의 사태를 대비해 은밀히 비상 상태를 유지하고 있었던 것.

"움직이지 마라! 너희들은 포위됐다!"

장용영 대장이 앞으로 나서며 투항할 것을 명령했다.

"당장 무기를 버리고 투항하라!"

장용영 군사들의 단호한 기세에 눌려 주춤하는 반군.

"물러서지 마라! 뭣들 하느냐! 쳐라!"

반군의 장수가 주춤 물러서는 병사 하나를 베며 전진을 명했다.

피차 물러설 수 없는 외나무다리.

이윽고 불꽃이 튀듯 장용영의 군사와 반군이 충돌했다. 칼과 창이 부딪치고, 검이 허공을 가르며 끔찍한 비명과 함께 선혈이 사방에 낭자했다. 수백여 명의 군사들이 한데 뒤엉켜 전투를 벌이면서 피비린내와 함께 참혹한 주검들이 쌓여 갔다.

"낭자! 낭자~!!"

사율이 참혹한 현장에 도착했다. 가회를 소리쳐 부르며 애타게 그녀를 찾는 사율. 그러나 어디에도 그녀의 모습은 보이지 않았다.

그 시각, 반군 하나가 심환지의 명을 받고 가회를 한쪽으로 데려가더니 검을 뽑아 가회의 목을 겨누었다. 마지막을 예감한 가회가 담담하게 눈을 감았다. 칼날이 허공에 번득이는가 싶더니, 검이 뼈와 살을 파고드는 소리가 정적을 깨뜨렸다.

쿵, 반군이 쓰러지자, 누군가 어둠 속에 서 있었다.

"괜찮소, 낭자?"

선혈이 낭자한 단검을 든 이참이 그녀에게 다가왔다.

언젠가 도화서에서 본 적이 있던 이참의 얼굴을 확인한 가회가 그제야 털썩 그 자리에 주저앉았다.

"낭자, 어서 피해야 합니다."

화원: 밀사화의 비밀

이참이 가희에게 다급하게 손을 내밀었다.

"가, 가희… 아니더냐?!"

비명과 선혈이 낭자한 참혹한 현장을 아슬아슬하게 피하며 나아가던 사율이, 저만치 이참의 손에 이끌려 그곳을 빠져나오던 가희를 발견하고 반갑게 그녀의 손을 와락 움켜잡았다.

"오라버니…!"

구세주라도 발견한 듯 그녀의 얼굴이 일순 밝아졌다.

"괜찮은 게냐? 그래, 어디 다친 데는 없고?"

"괜찮습니다. 오라버니 친우 덕분에…"

황망히 그녀를 살피던 사율이 그제야 이참의 손을 부여잡았다. 목숨이 위태로운 상황에서 이참이 그녀를 구한 사실을 알게 된 사율이, 그의 손을 꼭 부여잡은 채 놓지 않았다.

"정말 고맙네, 이 사람아. 내 자네의 은공은 잊지 않음세."

"아니네. 당연히 할 일을 했을 뿐이네."

그렇게 서로의 손을 움켜쥔 채 상대를 응시하는 두 사람.

한때 서로의 심안을 괴롭혔던 질시와 시기, 자책의 감정이 복잡미묘하게 교차되는 순간이었다.

"어서 가 보게. 언제 반군이 닥칠지 몰라."

이참이 주변을 살피며 재촉했다.

"무슨 소린가? 같이 가세나."

"아냐, 난 갈 데가 있네."

"함께 가세나, 오랜 친구를 잃고 싶지 않네."

이참이 할 일이 남았다며 맞잡은 사율의 손을 힘껏 움켜잡았다. 순간 이참의 동공이 미세하게 흔들리는 것을 놓치지 않는 사율.

"어서 가게. 집안을 위하려면 어쩔 수가 없네. 저들과 함께하는 수밖에…"

말을 맺지 못하는 여백 속에 담긴 이참의 고뇌가 엿보였기에, 사율은 말없이 그를 바라볼 뿐이었다. 예로부터 노론 집안이었던 이참으로선 장래 집안을 위해서라도 이들의 봉기를 모르는 척할 수 없었을 터. 함께 갈 것을 설득했지만, 쓸쓸히 고개를 내젓는 오랜 친구를 바라보며 사율의 마음이 신산하게 무너졌다. 비명에 스러져 가는 군사들의 절규가 불어오는 차가운 밤바람을 타고 그의 심신을 옥죄었다.

"이참, 부디… 무탈하게…"

"걱정 말고, 낭자나 잘 챙기게."

사율과 가희를 번갈아 보며 애써 옅은 미소를 짓는 이참.

"그럼 또…"

이참이 막 몸을 돌리려는 찰나였다.

슈우욱-!

바람을 가르며 날아온 화살이, 이참의 가슴을 정통으로 꿰뚫었다. 사율의 동공에 저만치 흔들리는 숲속 나뭇가지 사이로 어른거리는 그림자 형체가 언뜻 맺히는가 싶더니, 이내 사라졌다. 사율이 쓰러진 이참을 황급히 끌어안았다.

"이참! 이 사람아, 정신 차리게!"

화원: 밀사화의 비밀

울컥울컥 피를 쏟아 내며 허망한 눈빛으로 사율을 응시하는 이참.

"…내… 언제나 자네 그림 솜씨가…"

"말하지 말게. 곧 의원을 불러올 테니."

"…참으로…"

"…말 좀 아끼게, 제발…"

사율의 뺨을 타고 흘러내린 눈물이 이참의 얼굴 위로 떨어졌다.

"…차… 참으로… 부… 부러…"

말을 끝맺지 못한 채 가쁜 숨을 몰아쉬는 이참.

사율이 그런 그를 애끊는 심정으로 내려다보았다.

"…이참… 이, 이 사람아…"

이참이 마지막 가냘픈 한 줌의 숨을 토해 내더니 움직이지 않았다.

"…참… 이 사람아…!"

이참을 끌어안은 채 사율이 절규했다. 차갑게 식은 그의 시신을 보며 가희도 흐르는 눈물을 감출 수 없었다.

얼마쯤 시간이 흘렀을까.

차마 발걸음이 떨어지지 않아 사율이 울음을 삼키고 있는데, 두 사람의 등 뒤로 그림자 형체가 다가섰다. 인기척을 느낀 사율이 고개를 돌리는데, 나뭇가지 사이로 흘러든 흐릿한 달빛을 받아 어둠 속에서 칼날이 번득였다.

사율의 목을 겨눈 채 차가운 밤공기를 가르며 다가오는 자객의 칼끝.

"이제야, 네놈 명줄을 끊어 내는구나."

어둠 속에서 서늘한 목소리가 다가왔다.

상대가 서너 걸음 앞으로 바짝 다가섰을 때, 비로소 상대의 정체를 깨닫는 사율. 흠칫 얼굴에 균열이 일었다. 심환지의 심복인 무귀였다. 무귀가 사율의 목을 겨눈 채 허공을 벨 듯 소리 없이 검을 치켜들었다. 단칼에 상대를 끝장낼 기세.

다음 순간 쉐엑! 날카로운 소리가 공기를 갈랐고, 무귀가 흠칫 그 자리에 얼어붙더니 그대로 무너졌다. 어둠을 가르며 날아온 화살에 가슴을 꿰뚫렸던 것. 느닷없는 상황에 사율이 고개를 돌리는데, 저만치 종사관 강도수가 날쌘 군사 몇을 이끌고 이쪽으로 달려오고 있었다. 승부의 추가 기울었는지 어둠 너머로 금군들이 내지르는 거친 함성이 적막한 밤공기를 깨뜨렸다.

쾌쾌

座馬

창덕궁 정전 앞뜰.

반군의 수장 심환지를 비롯한 적장들이 대거 꿇어앉아 있었다. 그들 등 뒤에는 허수아비가 각각 묶인 네 개의 기둥이 세워져 있었고, 그 앞에 한 자루의 검이 땅에 박혀 있었다.

이윽고 임금이 나타나자, 도열하고 있던 신하들이 정중히 예를 갖춰 임금을 맞았다. 역도의 무리 앞에서 걸음을 멈추는 임금. 피바람을 목전에 두고 눅진한 적막감이 정전 앞뜰을 을씨년스럽게 휘감았다. 병판 일당을 일별한 왕이 땅에 박힌 칼을 뽑아 들더니, 심환지 앞으로 다가갔다.

마주치는 두 사람의 시선.

최후를 직감한 듯 심환지가 지그시 눈을 감았다.

휘이, 물기를 머금은 바람이 정전 앞뜰을 한차례 휩쓸고 지나갔다.

왕이 천천히 허공에 칼을 치켜들었다. 이미 죽음을 받아들인 듯 초연한 얼굴로 눈을 감은 채 꿇어앉아 있는 심환지.

쉬익-!

검이 바람을 갈랐다. 칼날이 허공에 번득이는 것과 동시에 댕강 허수아비의 목이 잘려 나갔다. 곧바로 김종수의 등 뒤에 서 있던 허수아비의 목이 잘렸다. 그다음, 예판 민종현의 등 뒤에 선 허수아비의 목이, 마지막으로 반군 대열을 이끌었던 장수의 허수아비 목이 바닥에 떨어져 나뒹굴었다.

군더더기 없는 왕의 검무.

정조가 상선에게 무심한 시선을 던졌다. 당황한 상선이 왕의 시선을 피하며 바르르 팔을 떨었다. 왕이 눈짓을 하자, 상선이 떨리는 손으로 밀봉된 봉투를 열어 종이 한 장을 꺼내 들고 병판 일당 앞에 펼쳐 보였다.

快快

힘 있되 정갈한 필치로, 한 호흡으로 써 내린 두 글자.

누가 봐도 임금이 친히 쓴 필치가 분명했다.

"읽어 보라."

어명에 상선이 떨리는 목소리로 읽었다.

"쾌, 쾌."

짧은 침묵이 정전 앞뜰에 내려앉았다.

기이한 풍광이었다. 반란을 일으킨 역모의 수장과 그 일당이 무릎 꿇은 채 참수를 기다리고 있었고, 잘린 네 개의 허수아비 목이 바닥에 나뒹굴고 있었으며, 상선의 대답 이후 왕이 어떤 처결을 내릴지 주목하는 신하들의 시선이 임금에게 일제히 향한 채 얼어붙어 있었기에.

팽팽한 긴장감 사이로, 낯선 실망감과 일말의 기대가 뒤섞인 기묘한 채근이 임금에게 향한 채, 허공에 얼어붙어 있었다.

왕이 꿇어앉아 있는 심환지 일당을 천천히 일별했다.

왕과 시선이 마주치자, 황급히 시선을 피하며 고개를 떨어뜨리는 일당. 마지막으로 왕이 심환지 앞에서 걸음을 멈췄다.

"눈을 뜨시게."

왕이 입을 열었다.

천천히 눈을 뜨는 심환지. 두 사람의 시선이 허공에서 부딪치며 얽혔다.

"보이는가?"

왕의 하문에 역모의 수장은 답이 없다.

"눈 좀 크게 떠 보게. 보이지 않는가? 홍매화 꽃망울 너머 핀 저 새로운 세상 말일세."

"……"

무슨 말을 하려는 듯 심환지의 입술이 움찔거렸으나, 그대로 입을 다물고 만다.

"그대가 좋든 싫든, 곧 이 정전 앞뜰에 홍매화가 흐드러지게 필 걸세. 허허허."

땅에 칼을 꽂은 임금이 먼 허공에 무심한 시선을 던졌다.

금방이라도 비가 쏟아질 듯 물기를 잔뜩 머금은 먹구름이 하늘을 뒤덮고 있었다.

"거, 날씨 한번 참 좋구나…!"

먹구름을 올려다보는 왕의 입가에 봄바람 같은 미소가 번졌다. 뒷짐을 진 채 등을 돌려 천천히 걸음을 옮기는 왕.

심환지가 고개를 돌려 멀어지는 군왕의 뒷모습을 물끄러미 바라보았다. 노회한 늙은이의 눈초리가 일순 가늘게 떨리는가 싶더니, 이내 고개를 떨구었다.

화사한 벚꽃이 꽃잎을 떨구자, 눈부시도록 하얀 이팝나무 꽃송이가 숲을 뒤덮었다. 파릇한 새싹과 따뜻한 대기에 생동하는 생명의 힘이 충만했다. 겨우내 얼어붙었던 산과 들, 강줄기가 소생하고 있었다. 완연한 봄이었다.

따사로운 햇살이 비쳐 드는 편전.

임금은 석상처럼 뒷짐을 지고 선 채 먼 허공을 응시하고 있다.

"전하, 서찰을 보내시겠습니까?"

몇 걸음 뒤에 서 있던 상선의 목소리가 햇살처럼 느긋하다.

"몇 통쩬가?"

"두 분이 주고받으신 서찰이 벌써 서른두 통째이옵니다."

가타부타 말도 없이 여전히 먼 하늘에 시선을 던지고 있는 왕.

파란 하늘에 뭉게구름이 피어나고 있고, 구름 몇 조각이 바람 따라

화원: 밀사화의 비밀

정처 없이 흘러가고 있었다.

"…저 뭉게구름 말일세…"

상선이 고개를 들어 파란 하늘에 떠 있는 구름을 응시한다.

"예, 전하. 춘심을 머금은 듯 따사롭사옵니다."

"아니, 그거 말고…"

"무슨 말씀이시온지…"

"잘 보게. 뭐 느껴지는 거 없는가?"

그 말에 상선이 다시 고개를 들고 가만히 구름을 바라본다.

"유유자적한 듯하나 세심히 들여다보니, 정중동이라고 함이 옳을 듯
하옵니다, 전하."

"좀 더 자세히 말해 보게나."

"멀리서 언뜻 보면 아무런 움직임이 없는 듯하나, 자세히 보면 수시
로 바투 움직여 바지런히 그 모양과 형태를 바꾸는 듯하옵니다."

"바로 그걸세!"

임금이 탁 소리 나게 무릎을 치며 빙긋 웃는다.

"바로 그거라고, 허허허!"

여전히 먼 창공의 뭉게구름에서 시선을 떼지 않는 왕.

"…저 구름 말일세. 언뜻 상대를 집어삼킬 듯 기세 좋게 몸집을 부풀
리는 듯 보이지만, 이내 한데 뒤섞여 또 다른 형태를 만들고… 충돌하
는가 싶지만, 사실 상대와 뒤섞이는 것일 게야. 아, 물론 자세히 보면,
격렬하게 부딪치고 뒤엉키며 서로 지랄발광을 떠는 중일지도 모를 테
지만 말이야."

임금이 껄껄 소리 내 웃으며 잠시 호흡을 고른 뒤 말을 잇는다.

"요는, 괜히 요란 떨며 억지로 애쓸 필요 없이, 그냥 끊임없이 움직이면 되는 거겠지. 그렇게 정. 중. 동. 하면 되지 않겠나."

순간 임금의 말 속에 함축된 의미를 깨달았다는 듯, 상선이 말없이 허리를 숙인다.

"봄 햇살 좀 더 느긋하게 즐긴 뒤, 심환지에게 써 둔 서른세 번째 서찰을 보내도록 하게."

"예, 전하."

따사로운 봄 햇살을 받으며, 두 사람은 꽤 오랜 시간 그 자리에 선 채 먼 하늘을 그렇게 바라보았다.

달포 후, 수원화성의 외곽 산속.

쇠스랑으로 산 중턱에 자리한 척박한 밭을 일구던 사율이 잠시 허리를 펴고 얼굴에 흥건하게 흐르는 땀방울을 닦아 낸다.

소나무 잔가지 사이로 청명한 미풍이 불어와 뺨을 훑고 스친다. 천천히 고개를 들어 파란 하늘을 올려다보는 사율. 하얀 솜털 구름이 한 폭의 그림처럼 창공에 흐른다.

"…거… 날씨 한번 참 좋네…"

사율이 넋을 잃고 눈부신 하늘을 바라본다.

지나간 시간이 바람처럼 눈앞을 스쳐 갔다.

풍월관에서 일병화를 그리다 도화서 화원이 된 것도, 오로지 집안의 원수 심환지에 대한 복수에 혈안이 됐던 일도, 반차도에 숨은 비밀을 깨닫고 왕에 대한 반역을 막는 공을 세우게 된 것도, 그리고 자신도 모르는 사이, 왕이 자신의 소임에 숨겨 둔 비밀을 깨닫고 전율했던 일도, 그리고 가회를 살리기 위해 사력을 다해 고군분투하던 일도, 이제는 모두 흘러간 과거일 뿐이었다.

왕이 세 차례나 사람을 보냈으나, 단호하되 정중히 고사한 그였다.

어지럽던 모든 것에서 떠나고 싶었다. 어떠한 굴레와 속박에서도 벗어나 그저 바람처럼 자유롭게 떠다니고 싶었으므로.

모든 것이, 한바탕 꿈을 꾼 듯, 아득하게 느껴진다.

"…참 좋구나…"

그때, 바람결에 어디선가 들려오는 노랫소리.

사율은 고개를 돌려 숲속을 바라본다. 그리고 홀린 듯 천천히 숲 쪽으로 걸음을 옮긴다.

쇠스랑 하나만 들고 맨손으로 일구던 밭을 지나 숲속 초입에 접어들자, 노동에 지친 심신을 위로하듯 청량한 솔향이 훅 폐부에 끼쳐 들었고, 애절한 노랫가락이 심금을 흔든다.

가시리 가시리잇고
버리고 가시리잇고

연인과의 이별로 어쩌지 못하는 안타까움과 원망, 슬픔과 체념을 넘어 훗날 다시 재회할 수 있기를 소망하는 간절한 염원을 담은 노래. 애절한 연심을 애끓는 노랫가락에 담아서인지 들을수록 애가 탄다.

방해될지 모른다는 생각에 사율은 까치발을 들고 숲속에 가만히 선 채 정면을 바라본다.

　날더러 어찌살라고
　버리고 가시리잇고

멀리 겹겹이 굽이치며 깊어지는 산등성이를 바라보며 가희가 청아한 목소리로 〈가시리〉를 부르고 있다. 오뉴월의 청명한 햇살처럼 너무나 맑아 오히려 구슬픈 노랫가락.

사율은 무언가에 홀린 듯 소나무 가지에 걸어 놓았던 화구통을 소리 없이 풀고 화구를 펼친다. 그리고 그의 눈앞에 펼쳐진 장관을 화폭에 담기 시작한다.

'…이젠 가슴을 뛰게 하는…'

사율이 세필 붓을 집어 들고 잠시 붓을 내려다본다.

'…그림을 그리리라…'

그는, 그렇게 다짐하며 고개를 들어 눈앞의 여인 가희를 가만히 응시한다.

궁중화에 숨은 비밀을 두고 벌였던 잔혹한 그림 전쟁터에서 마침내 벗어난 지금, 그 누구보다 소중한 존재가 눈앞에서 선사하는 천상의 노랫가락을 듣고 있는 기적을 목도하고 있는 사율이었다.

'이제, 그대 곁에서, 그대와 함께 행복하리라.'

사율이 세필 붓에 먹을 묻혀 화폭에 첫 필치를 찍는다.

　　　　　　　　　　　　　화원: 밀사화의 비밀

사랑하는 사람과 함께,

풀 끝에 맺혀 아침 햇살 아래 반짝이는 이슬방울처럼,

그들은 찬란할 것이다.

그렇게, 가희가 뽑아내는 천상의 노랫가락과 함께 사율의 필치가 거침없이 화폭 위를 내달리기 시작한다.

마침내,

비로소 시작되는,

진정한 그들만의 새로운 삶의 여정이 펼쳐지는 순간이었다.

이제 막 꽃망울을 터뜨리려는, 눈부신 꽃봉오리처럼.

참고 도서

조선왕조실록

원행을묘정리의궤

조선 궁중의 잔치, 연향
　　김종수 외 7인 지음. (주)글항아리. 2013년

〈반차도〉로 따라가는 정조의 화성행차
　　한영우 지음. 효형출판. 2007년

조선 왕실 기록문화의 꽃, 의궤
　　김문식, 신병주 지음. 주식회사 돌베개. 2005년

그 외, 다수의 자료, 기록 등을 참고했음을 밝혀 두는 바이다.

　　　　　　　　　　　　　　　　　　　　　　화원: 밀사화의 비밀